秦州（紫竹）著
网络"客"文化
福建人民出版社

CONTENTS 目录

第一章 “客”文化散论

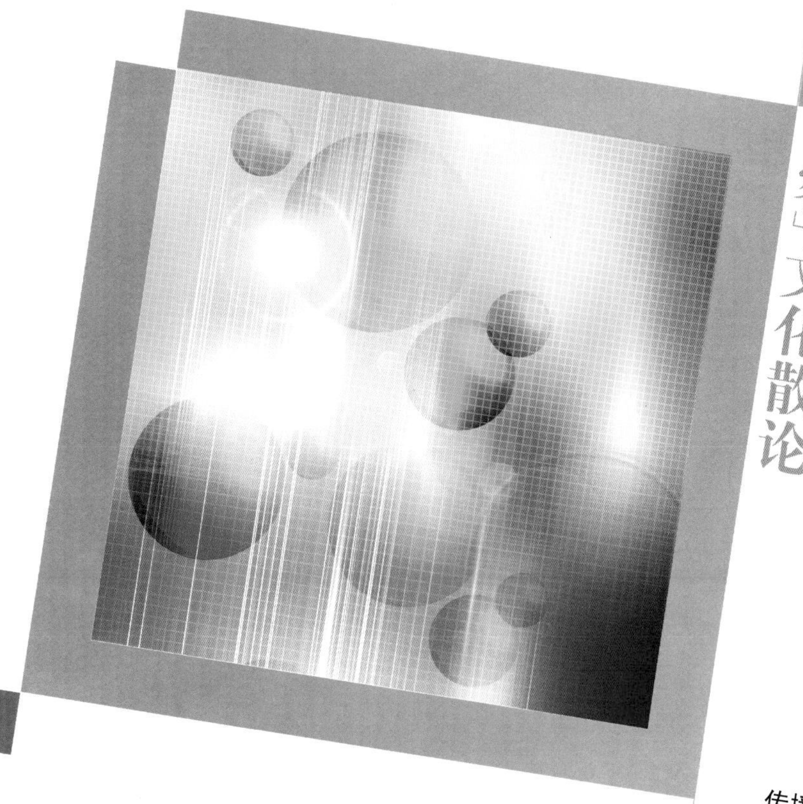

传播特征　延展与超越媒介属性
价值取向　对峙与挑战传统观念
双重效应　载舟与覆舟——永恒悖论

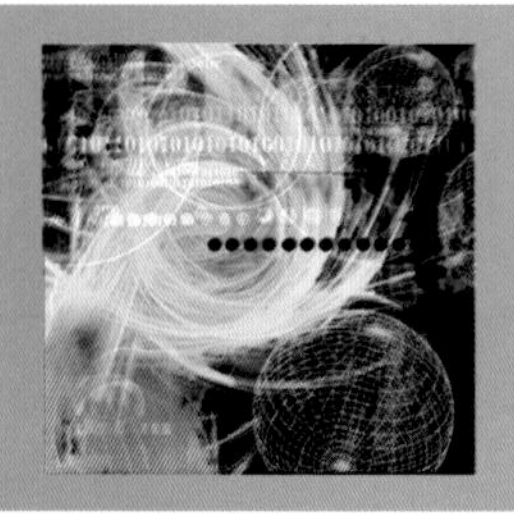
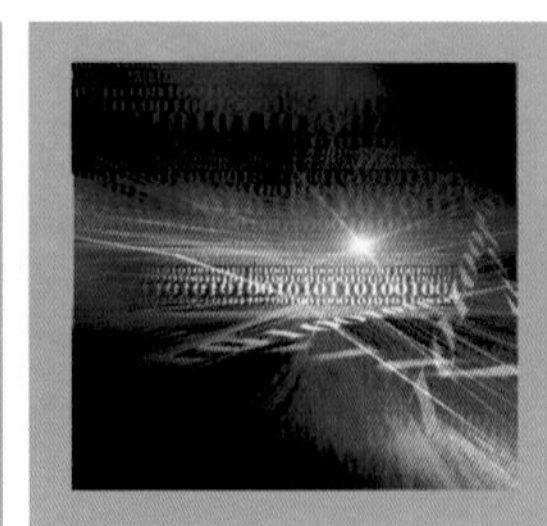

媒介即讯息

网络“客”文化正是随着互联网这个电子技术的新发展——数字技术，充盈着我们的感官与神经，延伸到地球上的每一个角落。

“电子边疆”正在对民族、国家的地理边疆形成挑战。网络虚拟空间对现实社会的作用是它可以产生“真实”的效用，而网民在使用网络时，能够体验到一种对现实生活羁绊的解脱的感受。

——大卫·贝尔《网络文化读者》

2005年北京时间8月5日晚11点40分，百度正式在美国纳斯达克挂牌上市，发行价27美元，开盘价66美元，不到3小时就突破了100美元，最高冲刺到151.21美元的“天价”，成为在纳斯达克市场“身价”最高的中国互联网公司……百度上市算得上2005年中国IT行业最令人震惊与振奋的事情了。说起百度成功的原因，不仅有复杂的技术背景——搜索引擎在互联网普及型应用中技术含量很高，许多创业者未必敢于触碰这个领域，而且有深刻的文化背景——搜索引擎使得人类对信息与知识的获取变得史无前例的方便与快捷，“一键式”检索几乎能“搞掂”一切概念与定义，人类在知识汲取与文化进阶上从此进入一个新纪元。更为有趣的是，“百度”这个名称本身就具有丰富的文化内涵，它取自辛弃疾的“众里寻他千百度，蓦然回首，那人却在灯火阑珊处”。而行事低调的百度CEO李彦宏，几乎一直不为人知，及至圈内圈外人“蓦然回首”时，他的身价已经超过9亿美元，百度公司一下子也出了7个亿万富翁，一时才传为佳话。由此可见，互联网虽然是一个高科技的行业，网络文化的“因子”却无所不在。1946年，世界上第一台计算机诞生于美国，这是人类文明史上自电发明之后最伟大的一个发明。时隔23年，阿帕网的诞生及随后互联网的飞速发展又使它威力猛增，如虎添翼。20世纪70年代以来，因为计算机与互联网的结合而产生的无法估量的巨大推动力正在书写人类文明与文化史上最精彩的华章。

在许多情境下，文明与文化有相同或相近的指向，文明常常通过文化表现出来。英国学者泰勒在《原始文化》一书中说：“文化或文明，就其广泛的民族学意义来说，乃是包括知识、信仰、艺术、道德、法律、习俗和任何人作为一名社会成员而获得的能力和习惯在内的复杂整体。”美国文化人类学家克罗伯与c. 克拉克洪则在他们的著作《文化：概念和定义的批判性回顾》中，提出了一个欧美公认的文化定义：“文化是包括各种外显或内隐的行为模式；它通过符号的运用使人们习得及传授，并构成人类

群体的显著成就，包括体现于人工制品中的成就，文化的基本核心包括由历史衍生及选择而形成的传统观念，尤其是价值观念；文化体系虽可被认为是人类活动的产物，也可被视为限制人类进一步活动的因素。”① 这虽然被认为是一个经典的描述，但事实上关于文化的定义丰富繁杂，几乎没有一种定义可以包罗万象、无懈可击。从文化与文明的对应关系来理解：“文化是相对于自然的，既包含了物质的形态，也包含了精神的形态；而文明总是相对于野蛮的，它主要是指凝聚于文化中的合理的精神品格和进步的观念意识”②。

百度员工欢呼公司在纳斯达克上市

关于文化与文明这两个概念之间的关系，还可以从西语这两个词的含义中来感受。英文“culture（文化）”一词，源于拉丁语的 cultura，原意为对土地的耕耘和植物的栽培。这一含义在少数现代英语词中仍有保留，如 agriculture（农业）、horticulture（园艺）等。在不同的地域与不同的历史时期，都出现了不同种类与内容的文化。因此从其词源看，它本身就包容了人类社会生存、进步与发展的丰富内涵。英文“civilization（文明）”一词，其词根是“civil”，这个词根在英语、法语中都表示“城市公民”，说明这个词的出现与城市文化的兴起有关，因为“城市公民”概念的广泛流传正是与资产阶级大革命后出现的“公民化”的文化新气象密切相关的。因此，“如果说文化的观念来源于人类最初的自觉的创造活动——农业耕作的出现，那么文明则应看作文化发展到一定阶段即产生不从事农业的人群的聚居点之后的产物”③。

网络文化，作为人类文化的最新积淀，则是自有互联网以来的一个新概念，它既与

① 转引自吴格言：《文化传播学》，中国物质出版社 2004 年版，第 8 页。

② 宋开之：《中外文化概论》，河海大学出版社 1999 年版，第 5 页。

③ 徐行言主编：《中西文化比较》，北京大学出版社 2004 年版，第 10 页。

计算机、互联网密切相关，也与文化密切相关。不过要说清这个概念显然不容易，既然千百年来关于文化的定义尚且众说纷纭，那就更遑论网络文化的定义了。事实上，学者们对于网络文化的众多描述不仅在文字上有许多不同，而且在内涵上也存在相当大的差异。其中，具有一定认可度的定义主要有以下两种：

1. 网络文化是指以计算机技术和通信技术的融合为物质基础，以发送和接收信息为核心的一种崭新文化。①

2. 网络文化有广义、狭义之分：狭义的网络文化是指在电脑与互联网上进行的各种文化活动；广义的网络文化则是指借助计算机网络所形成的一切经济、政治和社会现象。②

西方有些学者则认为，网络文化不仅包括与网际行为有关的规范、习俗、礼仪和特殊的语言符号形式，还包括网际欺诈（flaming）、信息滥发（spamming）、网上狂言（ranting）等现象。并且，他们更倾向于把网络文化看作是"一种充满竞争与演进过程的叙述，叙述者有激进主义分子、政治家、电脑奇客、社会科学家、科幻小说作家和数字艺术家等，所有这些人参与到这场新思想与新概念的创造中来"③。

笔者把书名定为"网络'客'文化"，主要是出于在中文语境中的一种快意，但这似乎又在原本复杂的网络文化的定义上增加了一层扑朔迷离的色彩。应该说明，"客"文化并非是一个学术性概念，所谓网络"客"文化，其实就是网络文化，是从网络诸"客"现象与视角来阐释网络文化，亦可以把它看成是网络文化的一个特定领域。汉语中的"客"字，有丰富的含义。《高级汉语词典》对"客"的一个解释是"从事某种活动的人"，这当是网络诸"客"之"客"的基本意思。"客"的另一个解释是"旅居他乡的人"，如旅客，这似乎正好与博客相关，对于博客来说，这里的"他乡"就是互联网，博客不正是旅居在互联网上的人么？"客"还有一个解释是"外来的盗寇或敌人"，这正巧又与带有攻击与破坏色彩的黑客之意有所重叠了。更为凑巧的是，本书涉及的

---

① 匡文波：《论网络文化》，（载《图书馆》，1999 年第 2 期，第 16 页）和李贤民：《民族文化不能在网络中消失》，（载《光明日报》，2001 年 12 月 12 日）中都是这样的表述。

② 鲍宗豪：《网络与当代社会文化》（载上海三联书店 2001 年版，〈引用李仁武观点——笔者注〉，第 295 页）和张相轮：《网络文化及其哲学问题》（载《自然辩证法研究》，1999 年第 9 期，第 8～12 页）中这样表述。

③ David Bell，Brian D. Loader，Nicholas Pleace and Douglas Schiuler，*Cyberculture*，*The Key Concepts*，Routledge，NY，2004，p3.

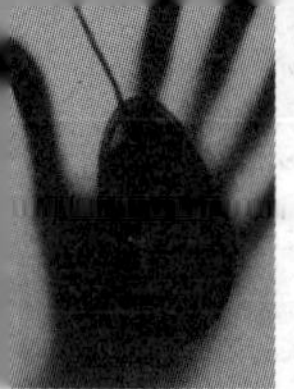

六个“客”——黑客（Hacker）、闪客（Flash）、博客（Blog）、维客（Wiki）、奇客（Geek）和数字朋客（赛博朋克）（Cyberpunk），他们的英文名称，都不同程度的与“客”字谐音。这也是它们均被翻译成“＊客”的一个重要原因。然而，必须指出，一方面，如前所说，“客”文化只是汉语情境下的一种特定提法，甚至是不无诙谐与随意性的提法，而无法在英语中找到对应的概念，如果要生硬对接，“客”的英文是 guest，“客”文化就是 guest culture，那就谁都不懂了。因此，无论是考虑到中、西方两种语境的概念对接，还是出于对一个概念的科学定义，网络“客”文化在英语中的表述只能是 cyberculture，而 cyberculture 的意思也就是赛博文化或网络文化。另一方面，对于每一个具体的“客”来说，“＊客”文化的概念在中英文中都是可以对接的。如：黑客文化（hacker culture）、闪客文化（flash culture）、博客文化（blog culture）、维客文化（wiki culture）、奇客文化（geek culture）和数字朋客文化（赛博朋克文化）（cyberpunk culture）。而且，这些“客”都呈现出自己文化方面的特点或特征，尤其是前三个“客”，已经为人们所广泛熟知。“就社会倾向而论，黑客是网上反主流文化的代表，蔑视社会权威并且经常加以挑战。博客对意识形态、社会问题非常感兴趣，重视社会权威并且利用网络媒体构建（或解构）社会权威，至于其主导倾向则是比较复杂的……闪客则更为关注消闲文化、娱乐经济”①。因此，本书下文在将“客”文化作为一个总体提及时，一般情况下与网络文化有相同语意，而在分析评价“＊客”时，则直接使用“＊客文化”的提法。例如在分析博客时，就用“博客文化”。

网络时代，你是什么“客”？

① 黄鸣奋：《“网络三客”艺术论》，《南京师范大学文学院学报》，2004 年 1 月第 1 期，第 176 页。

传播特征

延展与超越媒介属性

互联网将全球信息一网打尽，它的技术与在技术基础上衍生的文化都具有全球性，网络诸"客"，不论是黑客、闪客、博客、维客、奇客还是数字朋客，都成为一种国际现象。"客"文化作为一种诸"客"背后所显现的文化潮流，各自从独特的角度丰富了整个网络文化。例如，黑客文化主要体现了一种反传统的瓦解型文化，并成为网络文化的源头。早在20世纪60年代末美国麻省理工学院出现的第一代黑客身上，就体现了所谓的"黑客伦理"：反对集权和权威主义，强调人们拥有绝对的信息自由和使用计算机的权利，主张利用计算机过上更好的生活（这里实际上也包含了奇客文化）。这样的"黑客伦理"后来也在奇客文化与数字朋客文化中得到了相应的延伸与拓展，尽管奇客与数字朋客的"客"体性不如黑客，但是，奇客与朋客在倚重技术方面与黑客一脉相承：奇客通过对技术的沉溺来冷落社会环境，数字朋客通过对技术的幻想来摆脱社会控制。闪客文化则更多地体现了互联网上的一种平民色彩，它丰富了网络文化中"人人平等"这样一个重要价值观。博客文化与维客文化则主要体现了一种全新的信息发布与出版方式，前者强调的是以个体为信息传播的基本单位，后者则是协作式出版的最佳平台。随着博客的普及，"数以亿计的大量文字被'个体'所书写与阅读，而这些个体原本与传统媒体没有关联或几无联系"[①]。因此，一种被称为"草根媒体"（grassroot media）或"市民新闻"（citizen journalism）的全新传播方式正在世界范围内崛起，并对主流（网络）媒体形成了重要的影响与有力的冲击。"现在，全世界每天传播的媒体内容，有一半是由6个大媒体巨头所控制，其利益驱动、意识形态，以及传统的审查制度，使得这些经过严重加工处理的内容已经越来越不适应人们的需求，这种大教堂式的工业模式主导了整个媒体世界。

---

① Hugh Hewitt. *Blog: understanding the information reformation that's changing your world*, Nashville, Tenn., 2005. PXVI.

如今，博客的崛起正在潜移默化地变革整个媒体界的经济学和社会学。"① 由此可见，以博客为最大影响的网络诸"客"，正在以它们所具有的独特传播方式，影响着社会的信息传播格局，并对浸淫其中的网络文化的发展产生广泛而深远的影响。

对博客的传播学透视，也可以扩大到整个"客"文化层面。网络文化与传统的文化相比，对技术的依赖性更强，它与高科技的发展不可分割并日益与之融合，与物理性的"网络"也密不可分。所以可以说，网络文化，就是以网络为介质的文化。这里的"介质"，其实就是"媒介"。

自从互联网诞生以来，一般都是把它作为第四媒体看的，它也确实具有此前所有媒介类型的一切功能，毋庸置疑，这也是我们分析"客"文化时一个重要参照系。然而，更应当引起我们注意的是，互联网作为一种媒介，它在哪些方面拓展了原有媒介的功能？又在哪些方面衍生出原有媒介所完全不具有的属性？以此为参照，网络"客"文化至少具有如下几个重要特征：

1. 数字性。"客"文化的传播，不再像此前的众多文化以原子的形式存在，而是以比特（byte）的形式存在，即文字、图片、声音与活动图像均被高度统一为 0 与 1 的数字记录，因此在信息的存储、复制与传播方面超越了此前的一切文化介质。同时，由于计算机语言的普适性，"客"文化以 Windows 的应用软件为工作语言框架，形成了文化信息承载和传播的高度的统一性，从而打破了众多传统文化各自独立发展和缓慢进化的局面。②

大约在 5 年前，笔者就收到过一位闪客通过 E-mail 寄赠的 flash 生日贺卡，那是第一次收到这种比特形式的贺卡，"展读"时感慨万千。这种电子贺卡虽不具有实物（即原子）形式，却是"绘声绘色"、可供观赏——你能说它不是一件礼"物"么？况且，与以前通过邮局寄送的同类生日贺卡相比，这种电子贺卡无论是在信息传达的便捷性上，还是在信息传达的丰富性上，都大大超越了前者。现在，各大商业门户网站都将早几年的静态图片电子贺卡，改换成动态的 flash 电子贺卡。可以说，闪客文化，已经成为"贺卡文化"的主流。

---

① 方兴东、胡泳：《媒体变革的经济学与社会学——论博客与新媒体的逻辑》，《现代传播》，2003 年第 6 期。

② 李琳：《论网络文化的特征及功能》，《湘潭师范学院学报》（社会科学版），2005 年第 11 期，第 23 页；钟晓梅：《网络文化的特征及影响》，《探求》，2001 年第 4 期，第 62 页。

2. 虚拟性。“客”文化总体上为我们打造了一个与物理空间相对应的新的空间存在形态，在这个虚拟的“存在”中，任何个体都可以以虚拟的身份和多重的角色来表现自我，并与其他“客”人或群体进行交流，其交流的对象与言说的内容也同样可能是虚拟的。①

到 2005 年底，据说全球博客注册人数已经过亿，这当然是一个庞大的数字。尽管博客与 BBS 不同，它以个体为“信息发布单元”，但在任何一个博客网站上，我们看到大多数博客仍然用网名作为自己的博客名，继续了 BBS 时期用户总体上的“虚拟存在”特性。而在一些知名博客的跟帖栏里，我们看到绝大多数跟帖者都是利用假名或游客身份跟帖，与 BBS 里的情况几乎无异。如果有黑客“访问”了你的电脑，那就更是“来不落名、走不留姓”了。所以尽管网络文化的传播形式会随着技术的发展而发展，如 2005 年“博客热”就有点压倒了网络用户对 BBS 的热情，但“虚拟性”依旧。博客文化再一次显示了网络传播虚拟性这一重要特征，不仅对于我们认识网络文化的总体特征很有帮助，而且对于我们思考 BBS 实名制的可行性与可操作性问题会有所启迪。

3. 交互性。以信息的双向流动为重要特点的网络传播技术，为“客”文化的双向交流提供了保证，打破了传统媒体以单向传播为主的局面，消除了信息反馈的间接性与滞后性，促使文化交流以前所未有的便捷、实时或准实时地进行。②

这里仍以博客为例。想一想，如果博客技术仅仅是将 BBS 以话题为主线，改为以个体（即博客本人）为主线，而摒弃了 BBS 的跟帖（即交互性）功能，它能出现今天这样的全球热么？恰恰是它保留了这种交互性，使得它的所有信息反馈都围绕着博客个体，比 BBS 中的跟帖更加贴近或逼近信息源——博客本人，从而使得信息的交互性传播发生了一个重要转变：从以内容（话题）为中心转向以用户（博客）为中心。内容是无生命的，而用户是一个个活生生的个体。而这一点，从传播的角度，体现了博客文化中浓厚的 Web2.0 情结；从文化的角度，则体现了网络文化在“以人为本”这个主题上不仅超越传统文化，而且自身也在不断演进。

4. 平等性。网络为任何一位用户（包括“＊客”）提供了新的话语空间，赋予了他们面向他人与公众的话语通道。尽管大多数情况下这种话语空间的大小与人们在现实中

---

① 冯永泰：《网络文化特征的系统分析》，《理论界》，2005 年第 6 期，第 177 页。

② 同上书，第 188 页。

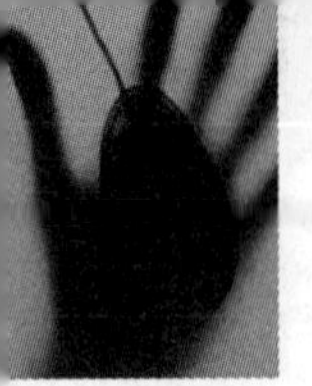

的社会地位不无关系，但是从理论上讲，任何组织与个人在网上发布信息的机会与权力都是相等的。①

除了网络传播上的这一平等原理外，网络诸“客”的一个共同特点，就是蔑视传统意义上的权威。例如，黑客文化没有“领袖”。因为在这一“高手”云集的圈子内，追求“领袖”的名誉是危险的，是随时有可能“翻船”的。如果你在这圈内待的时间足够长，你可以成为它的部落酋长或者发言人，但绝不是“领袖”。

也有一些研究者提出，以上这些特征只是属于网络文化的物质层面，还存在精神层面的特征，如网络文化内容上的多元性、群体上的争鸣性、语言上的独特字符性，等等。笔者以为以上网络文化的所谓物质层面的特征，其实主要是从信息传播的角度来予以分析与界定的。这样做也比较自然，因为计算机本来就是信息处理的工具，而互联网具有显著的媒体属性与强大的媒介功能。网络文化浸入其中，自然带有这些属性与功能。媒介的历史，可以划分为部落文化阶段的口头传播、古登堡阶段或个人化阶段的印刷媒介及新部落文化阶段或电子文化阶段的电子媒介。从媒介文化的角度来看，网络是麦克卢汉意义上的电子媒介的最新形式，是一种具有全方位整合力的媒介。“客”文化正是随着互联网这个电子技术的最新发展——数字技术，充盈着我们的感官与神经，延伸到地球上的每一个角落。网络空间里不仅正在产生一种崭新的文化，而且还会影响到其他空间中的文化。

价值取向

对峙与挑战传统观念

如果说“客”文化的特征主要建立在网络作为一种传播介质的基础上，那么“客”文化的价值则更多地面向这种介质对所传播内容的影响及内容本身。麦克卢汉说：媒介

① 冯永泰：《网络文化特征的系统分析》，《理论界》，2005年第6期，第177～178页。

即信息。意思是一种新媒介的出现，不仅代表了传播介质的变化，也必然引起传播内容的变化，带来新的语言、概念与价值观或引起内容的质变，最终也必然对社会政治、经济、文化产生影响，对人们原有的生存方式、交往方式、生活方式、思维方式及观念模式产生影响。研究者对于网络文化价值的看法是多种多样的，这与各自的研究视角也有关系。其中，有的偏重于"客"文化与人的关系，有的偏重"客"文化与传统文化的冲突。在将这两个视角结合起来的基础上，不妨从以下四个方面来审视一下"客"文化的价值。

一、促进人的全球性的普遍交流与交往。交流与交往作为人的社会本性，在互联网以前的社会中总是受到地域与通信工具的制约。尤其是自古以来的"封闭的自给自足的生存与交往方式经过历史的积淀，在每一地域上形成了严密厚重的宗法血缘关系网络，这些血缘关系网络便是人与人之间的根基与范围"①。网络文化使人们有可能突破这些传统的根基与范围，在兴趣、爱好等更具有现代文明指向的基础上，形成新的文化圈子与交往范围。事实上，互联网上已经形成了无数价值独具的龛文化②。利用搜索引擎，人们可以很快找到自己的兴趣团体并进而加入其中，与团体中的每一个成员进行便捷的联系与交流。你"可以用网络创造出一个幻想世界，在这个幻想世界中，文学、绘画、音乐、建筑，以至虚拟的自然环境，应有尽有，一切都可以为适合小群体的特殊兴趣而定制出来"③，因此，一个文化的环境与氛围的创造变得前所未有的轻松与快捷，而这在过去或许是需要几十年甚至更长时间才能做到的事情。

2005年博客应用在全球掀起热潮，专业博客与名人博客大量涌现，为互联网上的信息传播与文化景观增添了一抹瑰丽的色彩。博客文化的一个重要功用，就是让人们能够迅速找到兴趣团体中的"大腕"或曰领军人物，从而更好地吸收他们身上散发出来的文化气息。比如你对性学研究与同性恋文化感兴趣，你会很方便地找到李银河的博客；你喜欢写诗，找到北岛的博客也不是什么难的事情，尽管北岛早就移居美国。对于专业人士来说，如果英语好，事实上都可以很快找到自己这个专业领域里的世界级的学术权威，从而获取一流的专业信息。

---

① 鲍宏礼、鲁丽荣：《论全球化时代网络文化的双重效应》，2004年第1期，第113页。

② 龛文化是指一个个有特殊口味的小群体，就像墙壁上一个个小壁龛。这一概念最早由王小东在他所著的《信息时代的世界地图》一书中提出。

③ 雷跃捷、辛欣：《网络新闻传播概论》，北京广播学院出版社2001年版，第209页。

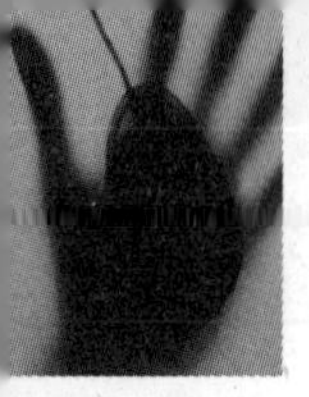

当然，商业门户网站在推荐名人博客时，也要有所选择，要意识到目前的博客文化仍然是一种“文字”文化或“文本”文化，擅写是个前提条件，因此作家或一些知名人文知识分子可能比较适合进名人博客，但娱乐界的一些明星就未必适合或多数未必适合。要注意防止名人博客推行过程中受商业利益驱动的庸俗化倾向。

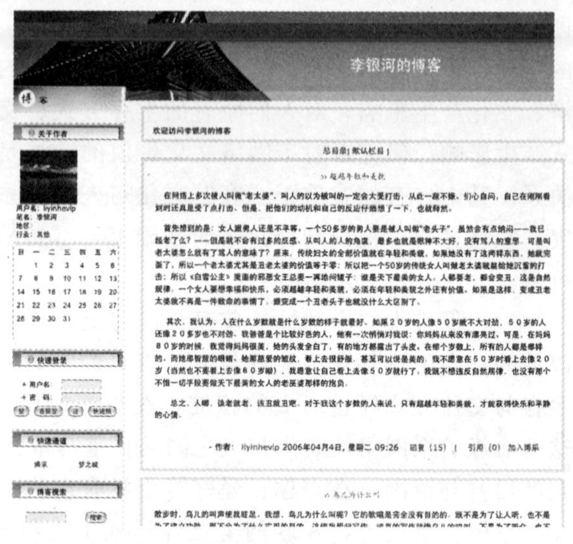

李银河的博客

网络文化具有全球性。从地域上讲，网络文化信息可以传播到地球上任何一台接入互联网的计算机上，反过来讲，任何人在任何一台联网的计算机上，都能面向“地球村”表达他的思想与观点。具有地域特征的民族文化将走向全球，同时，也接受来自全球的文化冲击。①

二、激发人的创造性思维。“客”文化衍生的过程，本身就是一个信息由一维走向多维、由平面走向立体、由线性走向非线性、由收敛型走向发散型的过程，这促进了人们思维方式的转变，激发了思维的创造性。“多个思维主体通过因特网实现情感交流和信息交换，在相互学习和启发中实现认识和思维的及时性和全面性，提高思维的预见性和准确性。”② 大跃进时期，受极“左”思潮影响而产生的“亩产万斤”的口号，已经成为一个历史性的笑话。然而，在互联网上，“人有多大胆，地有多大产”却已经被许多 IT 行业创造的神话所证实并非是痴人说梦。只有 6 年历史的百度在纳斯达克的上市，阿里巴巴收购雅虎中国，都成为 2005 年中国乃至世界互联网舞台上蔚为壮观的景象。

互联网上永远有机会。作为奇客（技术尖子），英国威尔特郡一个名叫亚历克斯（Alex）的 21 岁学生，在 2005 年 8 月 26 日突发奇想，只用 10 分钟就建立了一个名叫

---

① 洪拓夷：《略论网络文化的特征》，《情报杂志》，2003 年第 11 期，第 23 页；冯永泰：《网络文化特征的系统分析》，《理论界》，2005 年第 6 期，第 177 页。

② 王栾生：《我国学界对网络文化及其影响研究综述》，《河南师范大学学报》（哲学社会科学版）2003 年第 3 期，第 123 页。

"百万首页"的网站（www. milliondollarhomepage. com），他将这个网站的首页平均分成1万份，每一份只是一个小小的格子，然后宣称每个格子卖100美元，于是一个几乎零成本的网页在经过亚历克斯的创意后，总价值就变成了一个高达百万美元的网页。买家可以在自己购买的格子中随意放置任何东西，包括自己网站的LOGO、名字或者特意设计的图片链接，等等。结果，大约3个月以后，亚历克斯居然开玩笑似的卷走了75万美元。并且，随着格子的不断售出，亚历克斯的收入还在不断增长。亚历克斯的赢利过程其实很简单，当他将最初的10个格子分别出售给了他的3个兄弟和几个好朋友筹到一千美元的时候，他用这笔钱发布了一篇相关的新闻稿并被BBC选用。之后，通过网络间的"口口相传"（电子邮件、BBS、博客等），亚历克斯的格子生意像滚雪球似的越滚越大，在头四个星期，他就赚了30万美元。①

英国亚历克斯的百万首页网站

而数字朋客文化在打造赛博空间的过程中，从科学与文学结合的层面，展示了人类思维的无穷创造性与极端神秘性，可谓叹为观止。借助网络，借助网络世界的虚拟现实，经济学家可以构建经济模型进行分析，历史学家可虚拟某一朝代的实时历史进行研究，化学家或物理学家可以"钻进"物质内部观察分子结构，医生可以借助心脏或大脑模拟手术来制定手术方案，科学家可以进行登临金星的模拟考察……模拟技术使人如身临其境，为人类创造力的发挥提供了一个巨大的文化空间，有利于人类智能的成倍扩增与裂变。②

三、推进人类经济快速发展。美国未来学家阿尔文·托夫勒在《力量的转移》一书

① 董璐：《Web2.0催生"格子经济"的诞生》，《互联网周刊》，2005年第8期。

② 鲍宏礼、鲁丽荣：《论全球化时代网络文化的双重效应》，2004年第1期，第113页。

中指出："以信息为基础，创造财富体系的崛起是当代经济方面最主要的事情。"自从托夫勒提出"后工业经济"的概念之后，数字时代的新经济有了众多的新名词：网络经济、信息经济、知识经济等，这些新名词不仅在学术著作与期刊中频频出现，而且为普通人耳熟能详，成为文化传播中的热门词汇。目前，人类正在进入一个以信息资源的占有、配置、生产和使用为基本要素的经济时代。电子商务的蓬勃发展，不仅给许多善于掌握网络经济要领的人跻身富翁排行榜提供了一个崭新的途径和历史性的机遇，也使普通消费者看到了极为诱人的前景：足不出户，就可以到世界上任何一个著名的大商场购物，在家中只要动动鼠标，就可以把瑞士的手表和巴黎的香水尽入囊中。瑞士的手表是文化，巴黎的香水也是文化。电子商务最终将在人类文明史上画出什么样的图画是难以预料的，而网络经济本身的发展会给文化带来什么样的撞击、流变与整合就更加难以预测。在网络经济发展的过程中，包括"客"文化在内的网络文化，已经渗透到企业生产、经营、管理的各个方面，成为经济社会活动的基础。①

维客文化，早就已经被许多知名大企业特别是信息行业奉为圭臬。据美国有关媒体报道，当今影响最大的搜索引擎——Google公司，就完全授予员工编辑内部网页的权力，他们采用一种叫做"麻雀（Sparrow）"的软件，使得员工们在修改与自己业务有关的网页内容时非常便利，每一个员工都可以根据自己的需要并结合公司的利益修改有关内容，从而使整个公司的业务得以以最高效率运转。作为一个年轻的公司，Google摒弃了一些老公司惯于将信息层层掌控的心理，创造出最好的信息分享与更新的环境，而这自然要归功于维客文化的开放精神。

四、为现代社会注入文明、鲜活与时尚的内容。信息技术的突破性发展除了使人类社会获得巨大的物质收益外，也会给人类的精神层面予直接的提升和影响，对传统文化中的优秀成分在继承的基础上予以放大和渲染，对那些不合理的、迂腐的、陈旧的理念则进行嘲弄、批判与消解。不可否认的是，"客"文化对人类文明中的一些普适价值观念的推广起到了积极作用。

1. 扶助弱者，放大弱者的声音。一个社会对弱势群体的总体姿态，反映了这个社会的进步与文明程度。我国不少城市新建的商场、医院里都设有残疾人专用车道，大街的人行道上辟有方便他们的坡道，这在20年前的中国是不可想象的。不要小看这些专用车

---

① 鲍宏礼、鲁丽荣：《论全球化时代网络文化的双重效应》，2004年第1期，第113页。

道与坡道，也许建设它们并不要花多少钱，但这却是整个社会观念的一大转变与进步。传统的社会渠道很难扩大弱者的声音，而互联网"互联互通"的特性很容易使"微弱的声音"在震荡中产生"增益"效果。正如巴兰（Baran）和戴维斯（Davis）所说："媒介技术本身没有力量来启动有益的变化，但技术会增加和放大个体和群体的行为，并通过这样，在一定规模上有助于社会变化进行迅速和广泛的传播。"① 多起网上成功救助的例子可以说明这一点。近年来，互联网上随处可见的关心艾滋病人的报道与故事，也温暖了无数在精神与肉体双重痛苦中挣扎者的心。"红丝带"已经成为网络搜索的一个"高频"词汇。艾滋病患者、同性恋者、癌症病人、不育人群与无性婚姻人群，纷纷建立起自己的"网上家园"，借此同"病"相怜，互爱互助，那根根网线传达的温暖，却是以前庞大的社会机构难以提供的。例如，广西柳州林海创办的无性婚姻网（www.wx920.com），给那些"因种种不可抗力造成性功能丧失者"或"心灵受过重大创伤者"，提供了一个渴望关爱、想要有个家的机会。试想，如果没有互联网，这样特殊的"弱者"能够聚在一起么？能够彼此关爱并受到社会的关爱么？现在，网上不仅有艾滋病人的网站、社区，而且有更多专门关爱他们的网站，笔者看到一个叫做"童心红丝带"（www.txhsd.com）的儿童网站，这是一个专门向受艾滋病影响的孩子送温暖的网站，在这里可以深切地感受到互联网在传达人文关怀方面的力量。而在这一切扶弱与人文关怀活动或事件的后面，我们都能感受到网络诸"客"活动的身影或他们潜在的影响。中

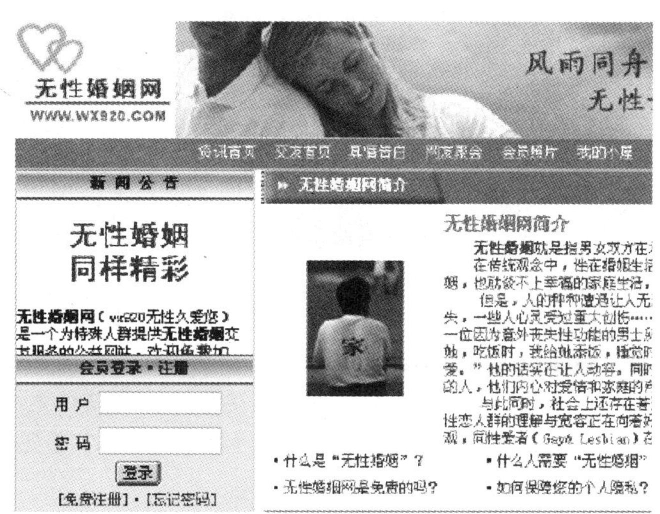

无性婚姻网站首页

① 转引自沃纳·塞佛林、小詹姆斯·坦卡德著，郭镇之等译：《传播理论：起源、方法与应用》，华夏出版社1999年版，第228页。

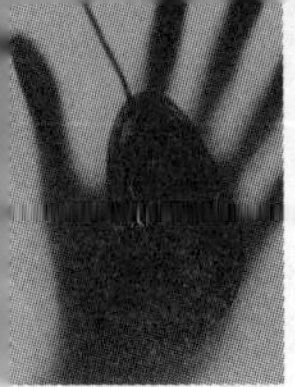

国第一起网上救助事件的发起者是著名网友老榕（王峻涛），这位网络“大侠”，早就是集诸“客”于一身的人物了。

菜青虫、陆幼青这两件著名的凡人“网”事，也从不同的侧面说明了这一点。菜青虫（真名陈帆红）1999年在参加中国首届网络小姐大赛后以“杰出的才华”位居浙江省赛区之首，但因腿疾被大赛组委会剥夺了参加全国决赛的资格，消息从网上披露后，网虫们对她的同情和对组委会的愤怒大有排山倒海之势，最终迫使组委会改变规则让她参加决赛，结果她技压群芳，一举夺魁，获得了“中国网络小姐”的桂冠。这桂冠于菜青虫是永久的无形资产，是她由弱者到强者的人生转折点。可以说，没有互联网，就没有菜青虫。奇客文化的一个重要特征，就是奇客靠技术改变命运，在20世纪90年代末中国互联网的发展仍处于起步阶段时，“做网页”是一项重要的技能，无数优秀的个人网站催生了中国互联网的春天，托起了新浪、网易、搜狐这些网络大海中的商业巨舰。从这个意义上说，菜青虫就是中国的奇客，中国著名的女性奇客，中国最早的奇客之一。

童心红丝带网站首页

同样，没有互联网，也就没有《死亡日记》。与菜青虫相比，陆幼青当然更是弱者。当胃癌晚期肿瘤疯狂侵袭他全身的淋巴时，陆幼青做出了一个惊人的选择：放弃治疗，和妻子、女儿在一起，享受最后的平静生活。此后互联网为我们创造了一个神话，就是这个病入膏肓的37岁的男人，在

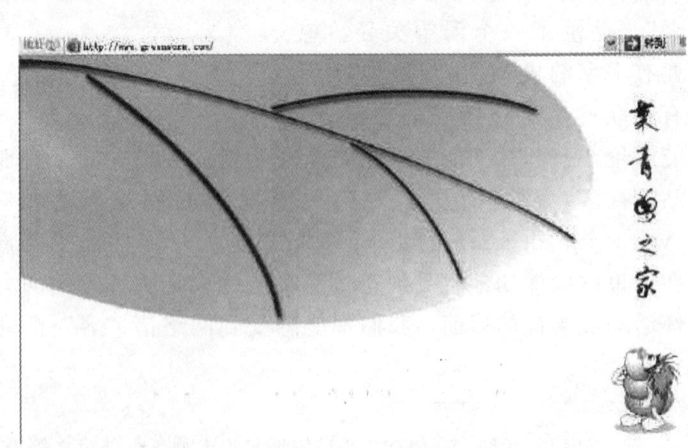

菜青虫之家网站首页

临终前的三个多月里为妻子女儿创造了 17 万元的稿费收入——这可能是许多正常人一辈子都没能达到的积蓄。陆幼青作为华东师范大学中文系的毕业生，是怜惜身后妻女的本能使他在绝望中把目光投向互联网，“以富有强烈感染力的文笔，记下了走向生命终结的每一天……写亲人，写朋友，写节目，写奥运；写给女儿、妻子的留言，写给自己选择墓地”①。榕树下网站也以网络社会特有的人文精神与扶弱情怀拥抱了他。这一情怀同时极大地感染了现实社会，许多报刊争相转载《死亡日记》，使之最终成为一本创下不菲稿酬的畅销书。博客作为一种个人网络出版方式，日志体是其重要特征，所以博客也被称为“网志”。从这一点上说，陆幼青就是中国第一位最有影响的博客，他以一息尚存之机坚持发表网志，用生命演绎了网络时代的“死亡文化”。

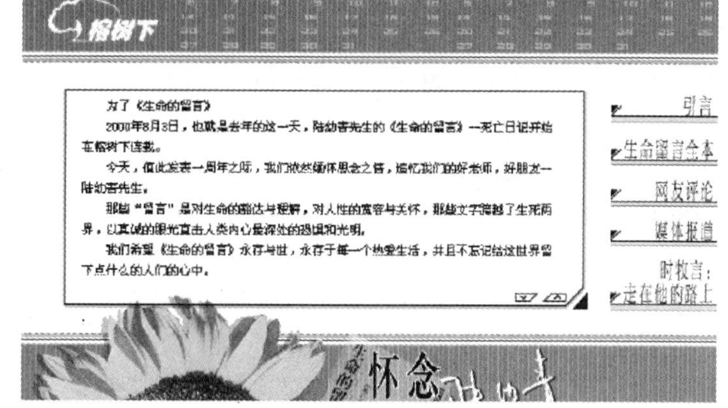

榕树下网站《生命的留言》页面

2. 尊重隐私，尊重人的个性及其展示。提高社会成员之间交往的私密程度并尊重隐私，是一个社会向文明发展的重要标志和必然趋向。互联网虚拟社会的特性，在一定程度上消解了人们原来因为惧于“身份认同”的从众心理，而释放出多姿多彩的生命活力与个性光芒。相形之下，报纸、电视、广播等传统大众传播媒介就难以起到这种作用。“由于大众传播媒介的非个人化特征，也有人指控媒介造成了社会中个性的丧失（这成为一种功能性障碍）。大众媒介横亘于人与人之间，阻碍了传播中人际交往的机会。”②

E-mail 便是知名黑客汤姆林森（Ray Tomlinson）对网络文化的一个杰出奉献，它不仅提供给我们最便捷的通信手段，而且改写了人类的“书信文化”。E-mail 至今仍然是网络用户上网的第一应用。作为数字化的人际交流工具，它具有保护隐私的“天性”。首

---

① 崔永元、白岩松：《生命的留言——“死亡日记”·跋》，华艺出版社 2001 年版。

② 斯坦利·巴兰、丹尼斯·戴维斯著，曹书乐译：《大众传播理论：基础、争鸣与未来》，清华大学出版社 2004 年版，第 9 页。

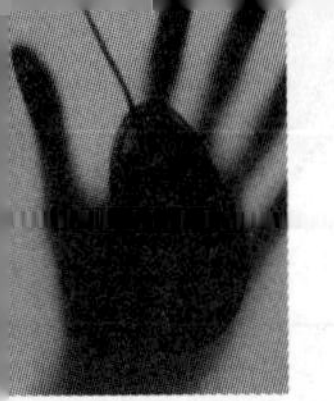

先，与传统信函相比，便捷虽然也是它的重要优势，但更为重要的是，它保护了信函的私密性。例如，有问题要与上司沟通，当面说没有机会，打电话又不是很方便时，发封 E-mail 是最好的办法。再如，与异性朋友通信，寄到家里可能会引起麻烦，寄到单位次数多了，办公室的人也会有"感觉"……E-mail 使信函不具实物性质，落到电脑里，谁也不知道，两个人互通 E-mail 十几年，只要不告诉别人，外界就永远无从知晓。第二，与电话相比，E-mail 又提供了人际交往的无干扰性。这是 E-mail 优于电话的一个主要方面。一个电话打过去，于对方或多或少总是一种干扰——一种"有声"之干扰：如果对方正在休息，或者当时情绪欠佳，可能就不愿受到这种干扰。事实上，在许多发达国家，人们对打一个电话（哪怕是给亲属）都非常慎重，轻易不去干扰别人，就是这个道理。电话铃声是有强迫性的，第一，你必须接，否则它就一直响个不停；第二，你接了后必须讲话，有时不想讲也得应付几句，有时不想长时间通话，却短不了。E-mail 是无声的，它静悄悄地来到你的信箱里，你可以回复也可以不回复，回复时还可以有即时、当天、隔日、数日后回复等多种选择。E-mail 的功效是多方面的，它对网络文化的贡献也是多层次的。如今不少年轻人从公司辞职时，不再与同事一一打招呼，而是"群发"一封"告别 mail"，不失为省事而又时尚的方式。E-mail 的发明人汤姆林森（Ray Tomlinson）1965 年从麻省理工学院毕业后，又花了两年时间拿到了电脑工程博士学位，说起来也是一位老资格的黑客了。他的这一重要发明不仅对于"书信文化"而且对于整个人类文化贡献的分量自会与日俱增。别的不谈，就连他当初随意选取的"@"这样一个不起眼的小记号，已经随处可见，出现在大街的广告牌上、学术会议的大厅里或构成企业名称的一部分，成为当今社会的一个重要的文化符号。[①]

两性关系历来是个人隐私的重要内容，在中国千百年的传统文化中意味无穷。这里不妨回溯一下"文化大革命"时期，那时集体主义价值观被强调到了无以复加的地步，个人隐私几近于无。"乱搞男女关系"成为把一个人"搞臭"的最好借口与方式——搞得郭建光、杨子荣、江水英等舞台英雄人物都是光棍一个。那个年代连隐私都得不到尊重，更不要说人的个性的展示了，全国人民连服装样式也就是中山装、军装等有限的几种！毋庸讳言，今天在某些事情上，我们仍然可以看到当年这些做法的一些影子。然而，通过"客"文化这个"瞭望台"，我们在互联网上，看到了太多充满个性的 ID，不仅那些

---

① 如美国有一家企业叫"@Home"，还有一家杂志社叫"Inter@ctive Week"。

假名充满了个性，而且他们发的帖子、他们用的语言、他们贴的图片、他们创作的 Flash 作品、他们创办的网站，等等，无不闪耀着个性的光芒。

2005 年是征婚交友类网站做强做大的一年，一批有实力的征婚网站开始从同类网站中脱颖而出。它们与 QQ、MSN 等即时通讯工具，以及门户网站的相关主题聊天室，都给了两性交往前所未有的便利与轻松，并且没有人可以阻遏、禁止或曝光这种自由的交往。

笔者以为，从广义上讲，像菜青虫一样有独自办网站的技术水平并办出影响的人，都可以视为网络奇客。因此，下面讲的这个办了征婚网站的小龙女，也是奇客。小龙女（真名龚海燕）是复旦大学新闻专业硕士生，她独自办了一个面向知识与白领阶层的征婚网站——世纪佳缘（www.love21cn.net），因为其自身的坦诚与善于打理网站的才华，使得这个网站人气非常旺盛，"每天以 50 对以上的速度，让一对对会员坠入情网"①。29 岁的小龙女，已成了 22 万人的红娘。世纪佳缘网站仅用两年时间，就成为百度交友网站排名冠军。她戏称自己"有家学渊源，奶奶就是方圆百里鼎鼎大名的媒婆，老妈也名气不小，备受尊重，我也希望发扬红娘世家之光荣传统，慢慢熬下去，有朝一日由红娘姐姐熬成伟大的媒婆"②，——网络时代大学生的个性与风采跃然纸上。她所称的"家学渊源"从下面这段文字即可略知一二。

> 她 88 岁的奶奶，在老家德高望重，常被人请去做媒提亲。时间久了，哪里有个成年的小伙，哪家有待嫁的姑娘，都进了奶奶脑子里的"数据库"，她又热情善谈，因此撮合成了不少美满的姻缘。海燕母亲性格与奶奶相似，后来继承了奶奶的"衣钵"，在十里八村特别有名。海燕在这样的家庭氛围里长大，对做红娘也有天生的爱好，所以在读研期间，就常常在各大高校 BBS 上的鹊桥版灌水，并成就了几桩好事。
>
> "不过，现在我可比奶奶和妈妈厉害多了，每天被我牵到一起的恋人，比她们一生促成的还多呢！"海燕调侃地说。③

---

① 黎阳清、胡彩丽：《女研究生创办交友网站　每天 50 对男女坠入情网》，《楚天金报》，2005 年 11 月 15 日。

② 龚海燕：《写给世纪佳缘的朋友》，http：//www.love21cn.net/new/about.htm。

③ 黎阳清、胡彩丽：《女研究生创办交友网站　每天 50 对男女坠入情网》，《楚天金报》，2005 年 11 月 15 日。

这就是互联网！这就是"客"文化！在这样一个男女交往空前自由的大环境下，动辄以暴露"隐私"去裹挟他人者已经难以有市场或难以有大的市场，"男女授受不亲"的封建伦理，也很难在互联网这个多元文化的集散地找到自己的市场。

世纪佳缘网站首页

3. 增进民主，包容多元文化。现在看来，互联网非常有利于一些具有人类普适价值的思想、文化的扩散与传播。正如比尔·盖茨所说："信息高速公路将打破国界，并有可能推动一种世界文化的发展，或至少推动一种文化活动、文化价值观的共享。"① 它是一个天然适合民主意识培养与民主机制操作的环境。从电脑技术的发展历史来看，由中央控制式的大型主机转变为入家入户的个人电脑，本身就是一个从集中不断趋向于分散的过程。互联网的出现则进一步强化了分权观念，打破了信息垄断与分隔，而传统的集权控制，正是建立在这一垄断与分隔之上。

在维客文化中，我们看到那些原来属于《大英百科全书》编撰委员会里德高望重的诺贝尔奖获得者、大学校长、知名学者、艺术家的权力，已经被下放给普通的民众——只要你是一个网民。维客文化的精髓，不仅在于大众参与，而且在于大众的自由表达，因为多元比一元，要更容易接近真理。而黑客文化中的无政府主义，奇客文化中网络空

① 转引自鲍宗豪：《网络与当代社会文化》，三联书店 2001 年版，第 317 页。

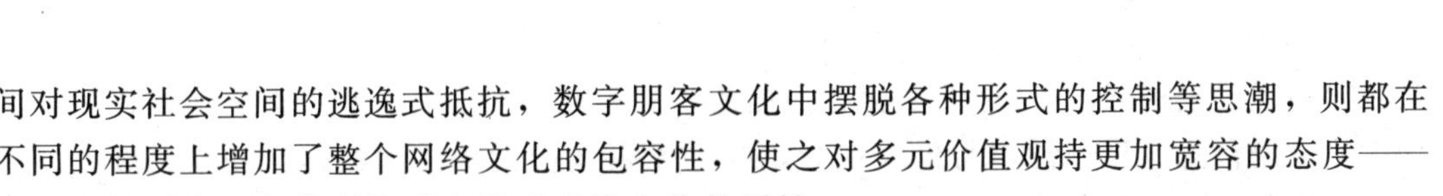

间对现实社会空间的逃逸式抵抗，数字朋客文化中摆脱各种形式的控制等思潮，则都在不同的程度上增加了整个网络文化的包容性，使之对多元价值观持更加宽容的态度——这，也是“客”文化所体现出的后现代文化的属性。

在没有互联网之前，普通的公众一般只能够利用人际交往进行某种政治传播，大众媒体则是他们无法企及的传播工具，尽管大众媒介的声音具有一定的代表性，但也不可能代表每一个人，事实上，大多数人的心声仍旧无法越过自己的生活范围被更多的人听到。“网络在每个用户家中都设置了一个传声器，人们可以随时发布政治信息，传播政治观念，用户可以参加网上的新闻组或政治论坛，其言论很难受到控制。”① 而网上投票、市长信箱等手段也使普通民众有了前所未有的选举权与接近官员的机会。博客与播客的兴起，不仅真正把这个“传声器”发到了每一个人的手中，而且让它传出了“声音”——传声器变得名副其实！

从全球范围来看，博客文化的发展，意味着越来越多的知识阶层与专业人士成为网络信息源，这将使互联网上不同的价值观之间的碰撞更加剧烈，并提高其层次与信息交流质量。一方面，国与国之间的信息疆界将进一步被打破，某个国家的重要新闻信息，会随时成为全球公民关注的焦点。“一国内部的事务将越来越多地引发世界范围的讨论，它虽然还不具备说服政府的能力，但意见的全球化，已经提高了政权忽视多舆论的代价。”② 另一方面，正由于人人都能在网上发言，各种各样的思想和观点才有可能表达与展示，百花齐放、百家争鸣——文化繁荣兴旺的景象才有可能真正出现。

双重效应

载舟与覆舟——永恒悖论

人类历史上还从来没有哪一种类型的文化像网络文化这样，既具有突出的积极作用，

① 杨华：《网络文化的本质特征及其当下意义》，《东疆学刊》，2004 年 1 月，第 87～89 页。

② 杜骏飞主编：《网络传播概论》，2003 年 5 月，第 190 页。

又具有明显的消极效应。"客"文化亦是如此。从积极方面来看，它以最灵活多样的方式向人们输送信息、思想意识与价值观念，几乎无限地扩大了人们的感官经验，极大地开拓了人们的想象力、创造力，产生了前所未有的强烈的亲和力，并正在改变着人类固有的生存方式、交往方式、生活方式、思维方式与观念模式。

然而，"客"文化的消极效应与积极作用并行不悖。多元价值观的另一面，是网上的文化霸权主义愈演愈烈；在新潮与时尚流行的同时，商业化的媚俗与浮躁也大行其事；在言论自由度变得宽松的背后，低级、庸俗的内容也充斥了这个虚拟社会。正如埃瑟·戴森所说，"数字化世界是一片崭新的疆土，既可以释放出难以形容的生产能量，也可能成为恐怖主义者和江湖巨骗的工具，或是弥天大谎和恶意中伤的大本营"①。因此，我们在称颂黑客的高超技术时，不要忘记银行服务器里的数字密码有可能被破解；我们在享受网络带来的交往的自由特别是这种自由是在异性之间进行时，不要忘记色情陷阱和日益泛滥的网络色情及其对儿童的影响；我们在用博客自由地表达自己的思想与观点时，不要忘记在网上污辱或诽谤他人，照样要承担法律责任……

"客"文化的消极影响与负面效应主要有：

1. 沉溺"虚拟"。所谓沉溺"虚拟"，指人们沉溺在虚拟社会的"无限风光"中难以自拔，是一种网络综合症。许多网民养成对网络的过分依赖，整天沉溺其中，严重影响了其生活质量，降低了学习和工作效率。有的甚至忘却或抛弃了现实生活，出现人格异常、心理变态或网恋悲剧与网络欺诈等现象。"客"文化从总体上讲，营造了一种虚拟性与隐蔽性都极强的文化环境，这既给现实中的人们带来了交流的便利与精神生活的丰富，但也的确容易使人们一味沉溺其中，分不清网上、网下的关系，导致现实社会中的道德冷漠现象。人越来越依赖于网络，异化为"网络人"，其重心转移到虚拟社会中的交往，从而削弱了他们在现实社会中的交往行为。而人作为社会关系的总和，社会性是其根本的属性，但是以计算机为媒介进行交往的网络社会造成人们直接交流的活动减少，必然造成群体意识的淡漠和人际关系的冷漠。由虚拟与隐蔽带来的另一特性——无约束性，则使得人们在网络中可以对任何事情都拒绝负起责任，呈现出道德相对主义倾向。

如果把网络社会不仅看作是一个虚拟社会，而且看作是"相对于现实世界而存在的人类精神交往的第二世界"②，由此既看重它在精神交往与文化传播方面的作用，也不至

---

① 埃瑟·戴森：《2.0版数字化时代的生活设计》，海南出版社1998年版，第17页。

② 张允若：《关于网络传播的一些理论思考》，《国际新闻界》，2002年第1期。

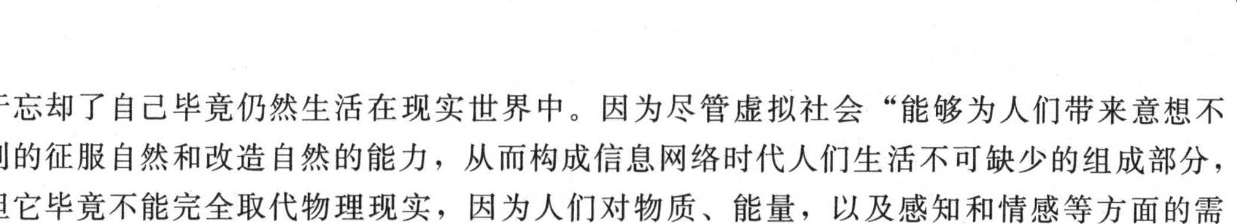

于忘却了自己毕竟仍然生活在现实世界中。因为尽管虚拟社会“能够为人们带来意想不到的征服自然和改造自然的能力，从而构成信息网络时代人们生活不可缺少的组成部分，但它毕竟不能完全取代物理现实，因为人们对物质、能量，以及感知和情感等方面的需求还是要回到物理的现实生活世界来才能得到最直接的满足”①。

“客”文化中的技术主义倾向则从另一个方面表现出人们对“虚拟”的沉溺。由于电脑与网络技术是催生“客”文化的摇篮，因此技术主义的倾向在网络诸“客”中甚为严重。例如，许多电脑奇客总是一味埋首在机器前面，而拒绝与周围人群的交往。他们宁可相信机器，而不相信人。奇客文化的特征之一，就是工具价值大于伦理价值，技术理性胜过人文理性。“这种工具理性主义的倾向忽视了人文知识对人类的终极关怀的巨大价值。”②

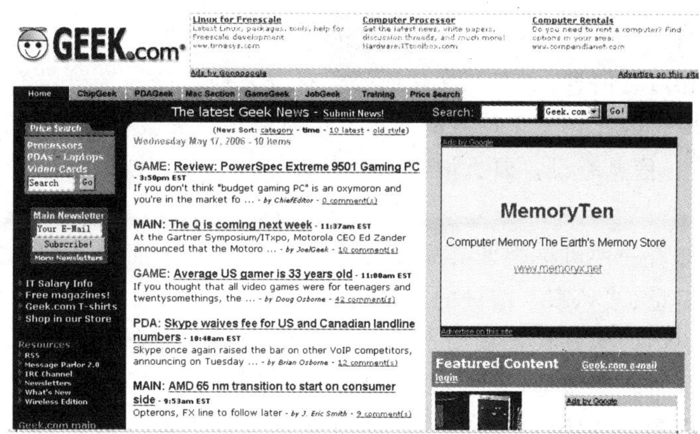

美国著名的奇客网站 geek. com 首页

2. 涣散“恒常”。所谓“恒常”，是指人类文化从总体上讲具有恒常文化价值，一旦产生，会相对呈稳定态势并相对持久地延续，这对于那些具有积极意义的文化内容来说当然是一件好事。然而，作为“快餐文化”，“客”文化的一个特点是“你方唱罢我登场”——网络诸“客”的接踵而至及由此带来的文化潮流，本身就是这一特点的最好注

① 武建军：《试论网络文化的矛盾与冲突》，《东北大学学报》（社会科学版），2000 年第 7 期。

② 阳言：《社会科学家看网络时代》，http：//www. jyb. com. cn/cedudaily/l4/lilun70. htm。

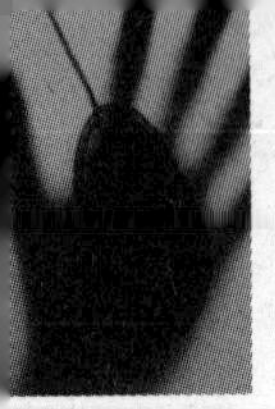

脚，而这对于恒常文化价值来说则是一种涣散的力量。“网络文化在打破文化垄断，唤起人们参与的同时，又客观上导致文化变异更迭过快。”①

黑客起源于20世纪50年代麻省理工学院的实验室中，那些计算器迷的初衷是在独立思考、奉公守法的基础上，破解电脑技术方面的难题。但随着计算器重要性的提高，以及信息越来越向少数人手中集中，黑客中原本积极的文化内涵，也开始发生了演变。玩世不恭、好恶作剧的黑客开始出现，更为甚者，不少绝顶聪明的黑客沦落为计算机犯罪的罪犯。

一些年轻的黑客，尚未来得及继承老牌黑客身上的优秀品格，就已经对黑客文化中破坏性的一面十分痴迷。而在中国，一个可笑又可悲的情况是，一些年轻的黑客还没有分辨清楚黑客文化中的积极与消极因素，又受到了“红客”文化的熏染，陷入了极端民族主义的泥潭。

3. 有失“无序”。所谓“无序”，即信息传播呈现出无控制、无政府的状态，并导致大量的虚假信息和垃圾信息。“客”文化所赖以存身之地，是一个既没有物理边界、也没有权威中心的环境。因此，文化信息的发布、传播极易失去控制，要么信息过量、过剩，导致信息“塞车”、信息淹没；要么散布的是虚假的、低级庸俗的信息，造成信息欺诈与信息污染。

博客文化是随着一种可称为博客发布技术的软件的完善而发展起来的，它一方面带给人们发布个人信息、“私家”信息的极大便利，但另一方面人们也因此往往把博客视为私人领地，因此说话口无遮拦，从而造成泄密的情况。一些企业员工因为在博客泄露了单位的机密而被裁员。据报道，一名在伊拉克服役的美军士兵，因将机密信息公布在自己的博客上而被降职，并处以高额罚金。具有讽刺意味的是，向美军士兵提供博客服务的不是旁人，正是美国军方自己，本来他们希望士兵们通过博客交流作战经验、相互鼓舞士气，以缓解高度紧张的精神状态，但事与愿违，那个博客平台最终却演变成泄密与发牢骚的“天堂”。②

博客文化的另一个负面因素，是它在高效发布个人信息的同时，也使隐私曝光。而“网络重要的本质之一，就是它允许数量多得难以置信的信息被储存，而这其中必然有一

① 曾长秋、汤长安：《对近年来网络文化研究的综述》，《怀化学院学报》，2004年8月。

② 郑振涛：《让人头疼的博客泄密》，《齐鲁晚报》，2005年8月19日。

些信息是个人不愿公布的"①。所以，"技术的进步是一把双刃剑，一方面可以给我们带来新的传播方式，降低我们的传播成本；另一方面却有可能使我们失去了最宝贵的个人隐私与通讯自由"②。因此，如何合理地运用技术进步，扬长弃短，是我们面对"客"文化时应当思考的问题。

至于网络上多年来存在的色情内容，也在博客文化中找到了新的出口与表现方法。即使我们承认木子美与竹影青瞳在中国博客文化的发展过程中有积极意义，仍然无法忽视她们的博客对儿童与未成年人的负面影响。而色情博客在未来的几年里，很可能成为"垃圾信息"的一个"新的增长点"，从而使西方社会原本关于网络发布"新闻自由"的争论中的复杂态势，变得更加难以梳理。一方面，"有人纯粹为了赚钱或达到煽起色情欲望的目的而公开发表儿童色情的报道和图片时，他们往往把自己隐藏在《第一修正案》的保护伞下，这伤害了其中每一个人"③；另一方面，"有人试图打着关注网上内容（诸如儿童色情作品）的合法幌子，来进行内容监控，这又让许多网络用户和创作者深感不安"④。

显然，这样的悖论，不仅在博客文化中存在着，在整个"客"文化中也都存在着。

无论从现在还是从长远看，互联网都是本土文化和异质文化不同价值观念进行交战的重要场所。应当承认，"客"文化作为舶来品，从总体上讲更多地体现了西方文化的价值观，并与中国传统文化形成了一定的对峙与反冲。中国传统文化的核心价值主要是围绕着人的社会存在而建立起来的，它强调人的社会关系的和谐与道德人格的完善，强调群体原则而漠视个体价值。"中国文化的群体认同精神对于调节人际关系，促进社会稳定和增强民族的凝聚力也产生过积极的影响。但这种以家庭为本位的群体原则却在更大程度上限制了中国人的个体价值和个人创造活力的实现，并对旧的传统秩序的长期延续发

---

① James Glen Stovall, *Web Journalism: Practice and Promise of a New Medium*, Allyn & Bacon, Inc., 2003. P208.

② 陆群、张佳昺：《新媒体革命——技术、资本与人重构传媒业》，社会科学文献出版社 2002 年版，第5 页。

③ Roland De Wolk. *Introduction to Online Journalism: Publishing News and Information*, Allyn & Bacon, Inc., 2001. P149～150.

④ 徐行言主编：《中西文化比较》，北京大学出版社 2004 年版，第 84 页。

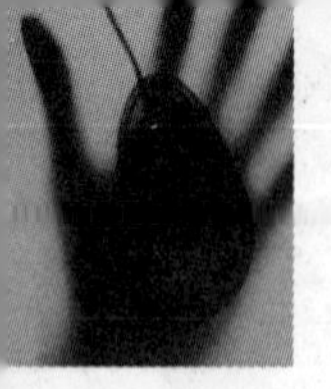

挥着强大的维系效应。"① 如果说长期保持的农业社会产生了中国传统文化，以平等交换为基础的商业经济则孕育出西方个人本位的文化精神。这种精神可以一直追溯到西方文化的源头——古希腊时期。"整个希腊文明时期都倾向于承认个人的尊严与价值，肯定个人的权利，倡导自由精神，鼓励个人创造性的发展，并以个人所表现的勇敢、力量、智慧为最高的人格体现。"②

如果要寻找一种理论视角来透视"客"文化的话，那就是"客"文化从不同角度印证了后现代主义的理论。后现代主义理论认为，集中体现政治权威的国家不是自由的维护者，而是自由的压迫者。而政府通常都有歪曲事实的倾向，因此，那些拥有较少信息来源、却有较高真实性的民间机构，将有助于澄清公众的争议和观点。③ 在网络诸"客"的身上，我们或多或少都能看到一种反叛色彩和挑战者的姿态，他们"诘难通常被认为天经地义的宏大叙事，无所顾忌地进行解构，消解所有典章制度的合法性，蔑视传统的社会权威"④。

西方学者近年来对网络文化的研究，主要立足于把网络作为一个环境，关注在这个环境中所发生的社会、文化与经济现象及它们之间的相互作用，并且用批判的眼光来审视它们。其研究对象主要是以下四个方面：①网络中人们相互作用的情境化，如虚拟社区和网络身份认同问题；②电子空间的话语方式——网络空间不仅是进行传播和形成社区的重要场所，而且也是一个重要的话语制造者；③使用网络的障碍，如数字鸿沟与形成它的经济、社会、文化和地理因素等；④网络空间的界面设计——网页界面是如何影响人们的互动方式与行为的。⑤ 此外，研究者的理论切入点也是多方位的，除了文化学、传播学之外，社会学、人口统计学、女权主义理论与后现代主义理论等都形成了重要的研究视角。这些，也应当是我们研究与审视"客"文化的重要领域与视角。

本书下面将分别对网络"＊客"——黑客、闪客、博客、维客、奇客、数字朋客（赛博朋克）作一些具体的介绍与评论，每一章介绍一种"客"，并在每一章的最后一节，对"＊客"文化作出分析，并适当介绍一些国内外研究者对它们的研究状况与成果。

---

① 徐行言主编：《中西文化比较》，北京大学出版社 2004 年版，第 84 页。

② 同上书，第 85 页。

③ 转引自大卫·雷·格里芬：《后现代精神》，中央编译出版社 1998 年版，第 148 页。

④ 黄鸣奋：《"网络三客"艺术论》，《南京师范大学文学院学报》，2004 年 1 月第 1 期，第 182 页。

⑤ 戴维·西尔弗：《回顾与前瞻——1990 年至 2000 年间的网络文化研究》，彭兰等译：《网络研究——数字化时代媒介研究的重新定向》，第 42～50 页。

第二章 黑客

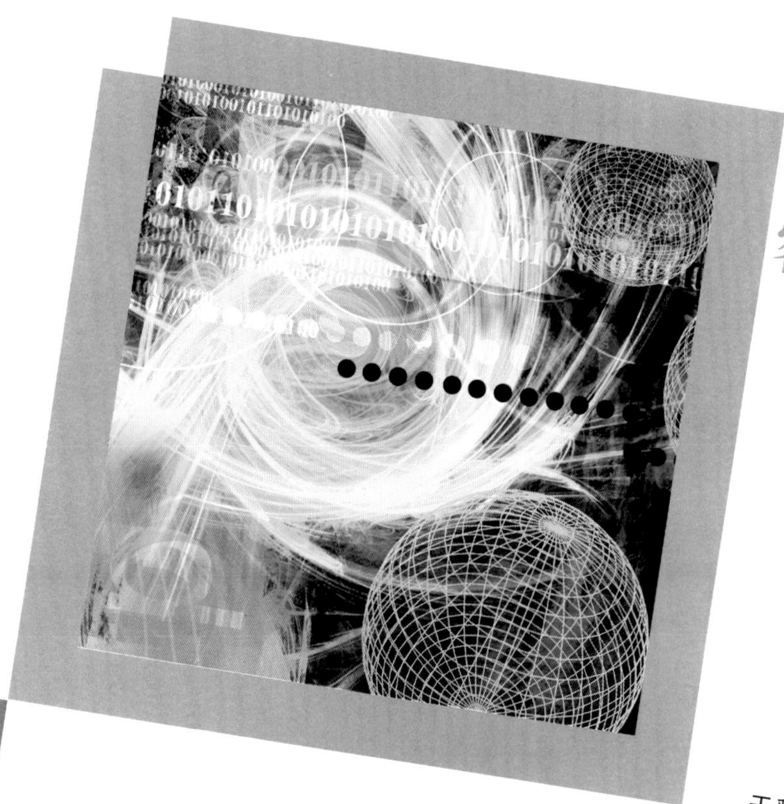

天翻地覆 英雄、罪犯一步之遥
身怀绝技 世界老牌黑客剪影
网络战争 从绿色兵团到红客联盟
功过谁评 道高一尺，魔高一丈

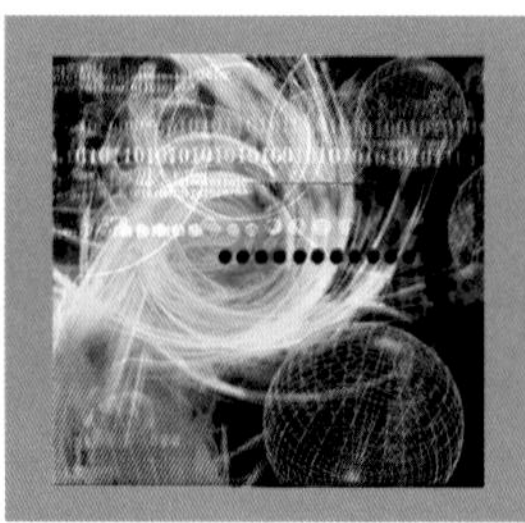

媒介即讯息

网络“客”文化正是随着互联网这个电子技术的新发展——数字技术，充盈着我们的感官与神经，延伸到地球上的每一个角落。

黑客王国被人类学家们称为一种奉献文化，在这里你不是凭借你对别人的统治来建立地位和名望，也不是靠美貌，或拥有其他人想要的东西，而是靠你的奉献，尤其是奉献你的时间、你的创造和你的技术成果……

——埃里克·雷蒙德：《如何成为一名黑客》

1996年，17岁的英国女中学生莱安诺·拉斯特（Rhiannon Lassiter）创作的小说《黑客帝国》三部曲[①]的第一部《时空英雄》出版，作者以她超凡的想象力震惊了网络世界。书中描绘的“人类基因被数字化改造”的杰出创意，使更多的普通人了解到黑客生活，也让中国互联网的早期用户熟悉了英文hacker这个词。自此，“hacker传入中国，被译为黑客”[②]。

黑客训练营模拟图

“Hacker”一词，源于英语动词hack，意为“劈，砍”，引申为“干了一件非常漂亮的工作”。在早期麻省理工学院的校园俚语中，黑客兼有“恶作剧”之意，尤指手法巧妙、技术高明的恶作剧。在美国的《新黑客词典》[③]中，对黑客的定义是“喜欢探索软件程序奥秘，并

① 《黑客帝国》三部曲由《时空英雄》、《幽灵》和《阴影》组成，由中国电影出版社2003年9月出版。

② 闵大洪：《告别中国黑客的激情年代——写在“中国红客联盟”解散之际》，http：//www.blogchina.com/new/display/64775.html。

③ 即The New Hacker's Dictionary，是一部网络黑客辞典，主要编撰人和维护者都是美国黑客代表人物之一——埃里克·斯蒂芬·雷蒙（Eric Steven Raymond），参见http：//www.outpost9.com/reference/jargon/jargon_toc.html。

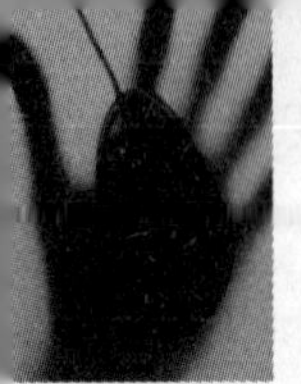

从中增长了其个人才干的人。他们不像绝大多数电脑使用者那样，只规规矩矩地了解别人指定了解的狭小部分知识”。从这些定义中，可以看出，“黑客”一词，是用于指代那些独立思考、奉公守法的计算机迷，他们智力超群，对电脑全身心投入，尽力挖掘计算机程序的最大潜力——是充满了积极意义的。

英语中与 hacker 意思密切相关的还有另一个词 cracker。cracker 就完全是贬义的了，专指突破了计算机安全系统的人。[①] Cracker 在中文中也有一个很好的对应词：骇客。

第一个把 hacker 翻译成“黑客”的人——不知是谁——是极其高明的。这个翻译在谐音的基础上又体现出英文原词的内涵：黑——代表了 hacker 的隐秘性，客——不速之“客”，不请自来，暗含了 hacker 的入侵性。多么的生动与准确，真是妙不可言。

黑客是中文网络语境下第一个被定义为“客”的群体，它对于“客”文化或“客”现象在中国的出现与演进具有催生性意义。因为，此后凡属于与某种网络新事物相关的群体都被译为“*客”，于是，我们接着又看到了闪客、博客、维客、朋客、奇客……诸“客”的轮番登场，激发起中国民众对网络的热情。从这个意义上讲，黑客的诞生，掀开了丰富多彩的网络“客”文化大戏的序幕。

如果说黑客的身影已经存在了一个多世纪，可能有些夸大其词。但是如果我们从“未经许可即入侵到某个系统”这一通常关于黑客行为的概念出发，黑客确确实实在 100 多年前的美国就出现了。19 世纪 70 年代，电话刚开始在美国普及，就发生了这样的事情：几个不到 20 岁的孩子——贝尔电话公司的电话交换机操作工，利用工作之便，经常偷听电话，或有意识地乱接电话，甚至于还利用电话交换机做出其他一些与入侵有关的恶作剧。当然，这样做的结果是，这几个孩子最终被贝尔电话公司解雇了。然而，“电话黑客”[②]（也被称为“电话飞客”）的概念就此诞生，并成了黑客的“祖师爷”。算起来，这“祖师爷”比计算机与互联网的“资格”都要老得多。

如果说贝尔公司的“电话黑客”还不是今天纯粹意义上的黑客，那么，纯粹意义上的黑客——第一代计算机黑客，则要算 20 世纪 60 年代初麻省理工学院（MIT）人工智能实验室（AI）[③] 的一批学生了。他们通过自编的程序，成功地开辟了到达一些大型主

---

① 维基百科（英文版）（www.wikipedia.org）中对 cracker 的解释是：a person who breaks computer security systems。

② 英语中专门有一词指称电话黑客：phreaks，意为电话线路盗用者。

③ 美国麻省理工学院人工智能实验室，英文全称为 MIT Computer Science and Artificial Intelligence Laboratory。

机的“通道”。这一时期，黑客一词完全没有贬义，而是专指那些拓宽了那些程序原有的应用范围和功能的编程高手。他们是为了保护网络，而不是以不正当的手段找出网络漏洞。这一时期的黑客，主要是从一些具有入侵功能的软件开发中寻求乐趣，他们遵纪守法，不会为了金钱去干违法的事。他们认为，对别人有益的知识应当共享而不是独守，重要的资源应当被利用而不是浪费掉，总之，让技术与信息自由传播是他们共同的理念。

天翻地覆

英雄、罪犯一步之遥

20 世纪六七十年代是黑客崛起的重要时期。这一时期的黑客对计算机的最大潜力进行了自由探索，为电脑技术的发展做出了巨大贡献。他们倡导了一场个人计算机革命：以现行的计算机开放式体系结构，打破了以往计算机技术只掌握在少数人手里的局面，从而开辟了个人计算机的先河。他们是电脑发展史上的英雄。

如今的黑客们使用的侵入计算机系统的基本技巧，如破解口令（password cracking）、开天窗（trapdoor）、走后门（backdoor）、安放特洛伊木马（Trojan horse）等，都是在那个时期发明的。

那个时期的黑客，通常遵循如下《黑客守则》：

1. 不恶意破坏任何的系统。恶意破坏他人的软件或资料将负法律责任，如果只是使用电脑，那仅为非法使用。

2. 不修改任何系统文件，如果是为了要进入系统而修改它，请在达到目的后将它改回原状。

3. 不轻易地将要 Hack 的站点告诉不信任的朋友。

4. 不要在 BBS 上谈论自己 Hack 的任何事情。

5. 正在入侵的时候，不随意离开自己的电脑。

6. 不侵入或破坏政府机关的主机。

7. 不在电话中谈论自己 Hack 的任何事情。

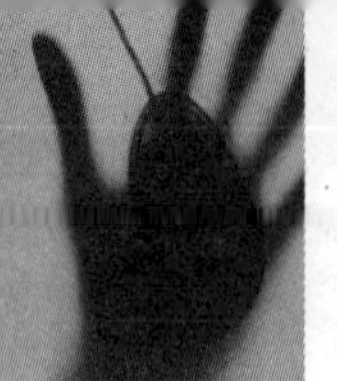

8. 将笔记放在安全的地方。

9. 已侵入电脑中的账号不得清除或修改。

10. 不将已破解的账号与朋友分享。

然而，从20世纪80年代初起，随着互联网规模的进一步扩大、电脑性能的提高与网络技术的不断进步，不少黑客开始干起了"坏事"，甚至是进行犯罪活动。互联网被黑客中的少数害群之马搞得乌烟瘴气，互联网的安全受到了前所未有的、严峻的挑战。许多互联网用户与网络安全管理人员谈"黑"色变，"黑客"一词被蒙上了阴影。

俄罗斯黑客在工作

这里我们不妨回顾一下自20世纪60年代以来黑客们忙碌的"身影"。

60年代初：

装备有巨型计算机的大学校园如MIT的人工智能实验室，开始成为黑客们施展拳脚的舞台。

70年代初：

约翰·德雷珀（John Draper）发现通过在孩子们用的一种饼干盒里发出哨声，可以制造出精确的音频信号，输入话筒后可以让电话系统开启线路，从而借此进行免费的长途通话。德雷珀因盗用电话线路而多次被捕。

雅皮士社会运动①发行了*YIPL/TAP*②杂志来帮助电话黑客进行免费的长途通话。

加利福尼亚一电脑俱乐部③的两名成员开始制作"蓝盒子（blue boxes)"，并用这种装置侵入电话系统。这两位成员一个绰号"伯克利蓝"，即史蒂夫·乔布斯（Steve Jobs)；另一个绰号"橡树皮"，即斯蒂芬·沃兹尼克（Steve Wozniak)。他俩后来创建了苹果电脑公司。

---

① 英文为：Yippie Social Movement.

② YIPL/TAP，即青年国际阵营联盟（Youth International Party Line）与技术协助计划（Technical Assistance Program）。

③ 该电脑俱乐部名为：Homebrew。

80 年代初：

美国联邦调查局开始逮捕犯罪的黑客。在最初的几起黑客罪案中，一个用当地电话区号取名的“414”黑客小组引人注目，其成员被指控参与了 60 起计算机侵入案，被侵对象包括斯洛恩·凯特林癌症纪念中心（Memorial Sloan-Kettering Cancer）和洛斯阿莫斯国家实验室（Los Alamos National Laboratory）。

美国新颁布的《综合犯罪控制法案》赋予联邦经济情报局法律权限以打击信用卡和电脑欺诈犯罪。

两个著名黑客团体相继成立，他们是美国的“末日军团（the Legion of Doom）”和德国的“混沌电脑俱乐部（the Chaos Computer Club）”。

艾里克·克力在美国创办黑客杂志《2600：黑客季刊》（2600：*The Hacker Quarterly*），用于电话黑客和电脑黑客交流秘密信息。

80 年代末：

美国新颁布《电脑欺骗和滥用法案》，赋予联邦政府更多的权利。美国国防部为此成立了计算机紧急应对小组，设在匹兹堡的卡耐基·梅隆大学（Carnegie Mellon University），任务是调查日益增长的计算机网络犯罪。

经验丰富的 25 岁黑客凯文·米特尼克（Kevin Mitnick）秘密监控负责 MCI① 和数字设备安全的政府官员的往来电子邮件，米特尼克因破坏计算机和盗取软件被判入狱一年。

芝加哥第一国家银行的 7000 万美元遭到“电脑抢劫”。

一个绰号叫“油榨小子（Fry Guy）”的印第安纳州的黑客因侵入麦当劳系统，被警方强行搜捕。在亚特兰大，警方同样搜捕了“末日军团”的三名黑客成员，其绰号分别为：“先知（Prophet）”、“左撇子（Leftist）”和“卑鄙（Urvile）”。

22 岁的美国康奈尔大学学生罗伯特·莫里斯在互联网上传了一只“蠕虫”。这个程序为攻击 UNIX 系统而设计，侵入其他电脑并自我繁衍，从而占用大量系统资源，使当时美国近十分之一的互联网陷入瘫痪。

90 年代初：

由于 AT&T② 的长途服务系统在马丁·路德·金纪念日那一天崩溃，美国开始实施全面打击黑客的行动。联邦政府逮捕了圣路易斯的“闪电骑士（Knight Lightning）”，在

① 即美国 MCI 公司，前身为美国世通公司。

② 即美国电话电报公司，成立于 1885 年。

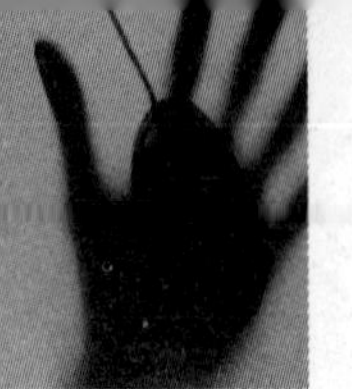

纽约抓获了“欺骗大师（Masters of Deception）”三剑客——“菲柏·奥普蒂克（Phiber Optik）”、“刻薄飞客（Acid Phreak）”和“蝎子（Scorpion）”。他们的另一同伙埃里克·布拉德克斯（Eric Bloodaxe）则在得克萨斯被捕。

由联邦经济情报局和亚里桑那打击有组织犯罪单位的成员成立了一个取名为“Operation Sundevil”的特殊小组，在包括迈阿密在内的12个主要城市进行了大搜捕。这个持续17周的亚里桑那大调查，最后以捕获一名绰号为“黑色但丁（Dark Dante）”的黑客宣告终结。“黑色但丁”被指控偷取了军事文件。

黑客成功侵入格里菲思空军基地，然后又袭击了美国航空航天局（NASA）及韩国原子研究所的计算机。伦敦警察厅抓获一个化名为“数据流（Data Stream）”的16岁英格兰少年，该少年被捕时像一个婴儿一样蜷曲着身体。

凯文·米特尼克再次被抓获，这一次是在北卡州的罗列（Raleigh），他被圣迭哥超级计算中心的高级研究员楚特穆·希姆莫雷（Tsutomu Shimomura）追踪并截获，公众媒体大量报道此事。

90年代末：

大量美国联邦网站被黑，包括美国司法部、美国空军、中央情报局和美国航空航天局（NASA）等，黑客在美国新闻署网站留下引人注目的信息：“晶，我爱你”，署名为“Zyklon”。

美国审计总局的报告表明仅1995年美国国防部遭到的黑客侵袭就达25万次之多。

一个加拿大的黑客组织“男孩时代（the Brotherhood）”，因对其成员受错误指控非常愤怒，而侵入了加拿大广播公司的网站并留下一条信息：“媒体是骗子（The media are liars）”。先前，该组织的黑客被媒体指控对加拿大的某个家庭进行电子追踪，但稍后的调查表明该家庭15岁的儿子才是进行电子追踪的真正元凶。

黑客们成功穿透了微软NT操作系统的安全屏障，并大肆描述其缺陷。

代号为“Johnny”的黑客向全球大约40位政治家、企业领导人和其他个人发送邮件炸弹，仅一个周末便制造了高达2万条的垃圾邮件。

流行的电子搜索引擎Yahoo！被黑客袭击，黑客声称如果Kevin Mitnick不被释放，一个“逻辑炸弹（logic bomb）”将于1997年圣诞节在所有Yahoo用户的电脑中爆发。而Yahoo！的发言人戴安·享特（Diane Hunt）则声称Yahoo！没有病毒。

黑客们侵入美国儿童基金会网站，并威胁如不释放Kevin Mitnick将会有大屠杀。

黑客声称已经侵入五角大楼局域网，并窃取了一个军事卫星系统软件，而且将把软件卖给恐怖分子。

美国司法部宣布国家基础设施保护中心的使命是保护国家通讯、科技和交通系统免遭黑客侵犯。

美国黑客组织“L0pht”在美国国会听证会上警告说，它可以在30分钟内关闭全国范围内的所有进出互联网的通道。该组织敦促更强有力的网络安全检查。

挪威黑客组织“编译工程大师”破解了DVD版权保护的解码密钥并公布在互联网上，引起震惊……

2000年：

2月，在3天的时间里，有关黑客组织使全球顶级网站雅虎、亚马逊、E-bay（电子港湾）、CNN等陷入瘫痪。黑客使用了一种叫做“拒绝服务式”的攻击手段，即用大量无用信息阻塞网站的服务器，使其不能提供正常服务。

6月，黑客对Yahoo！进行了攻击，盗走了用户的密码并查看了一些用户的资料。这次黑客进攻的方法是：把一个木马程序用邮件的形式传给Yahoo！的一名职员，而这个职员不小心运行了程序，最终导致一场灾难。

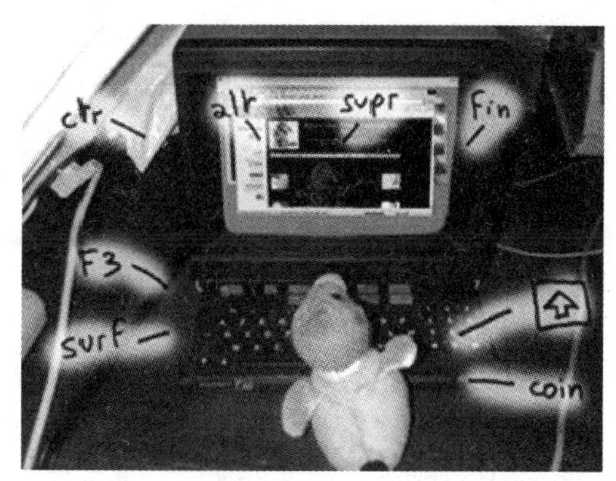

黑客使用的电脑

2001年：

黑客开始把攻击的目标转向国外。来自罗马尼亚的黑客组织“五角大楼卫士（Pentaguard）”在1月22日同时袭击了英国、澳大利亚和美国三个国家的政府网站，自称是“向政府和军队网站发起的规模最大的一次袭击”。

2月，21岁的英国网络工程师阿什赫斯特因非法侵入阿拉伯联合酋长国国家电信公司的计算机系统而被起诉，并可能被判处6个月监禁或2725美元的罚款。

3月，美国密歇根州的一名15岁少年被控闯入至少3个美国航空航天局（NASA）的电脑系统，并修改了他们的网页。

2002年：

黑客的攻击重点，从政府网站的防火墙和UNIX操作系统转向疏于防范的个人用户，新的特洛依木马程序，就像是在键盘上方装设隐藏针孔摄影机一般，可以记录下用户敲

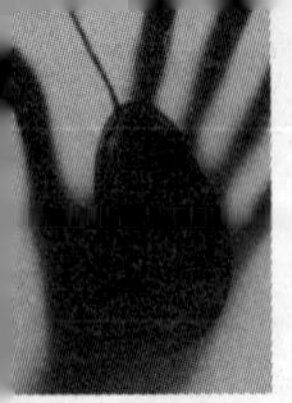

下的每一个键盘指令。

10月，名为"熊熊虫（Bugbear）"特洛依木马从马来西亚发源，主要感染Windows系统，利用邮件进行复制传播，迅速扩散。仅一周时间，就让连续半年稳居毒王宝座的"求职信"病毒（Klez）退位。

这一年随着软件分享或下载网站的急剧增加，网上可供下载的内容包罗万象，几乎涵盖了用户想得到的所有"东东"。然后，这其中的许多网站，已经带上了具有操控用户计算机能力的特洛依木马程序，因此，各大中小企业的网络管理员，整天疲于应付公司内部下载免费资源而导致的后遗症。

2003年：

这一年可以说是互联网出现以来最不太平的一年，安全漏洞与病毒的不断出现，造成了一次又一次轰动全球的安全事件。

1月25日，互联网遭遇到全球性的病毒攻击。突如其来的名为"Win32. SQLExp. Worm"的蠕虫病毒，对全球网络进行袭击并造成灾难性后果，导致全球范围内的互联网大面积或局部瘫痪，尤以美国、泰国、日本、韩国、马来西亚、菲律宾和印度等国家受到的影响为重。在中国，80%以上网民受此次全球性病毒袭击影响而不能上网，很多企业的服务器被此病毒感染引起网络瘫痪。

8月，一种名为"冲击波"的新型蠕虫病毒（WORM _ MSBlast. A）开始在全球互联网上传播，在短时间内造成大面积的泛滥，对数以亿计的计算机用户造成严重影响。"冲击波"病毒运行时会扫描网络，寻找操作系统为Windows 2000/XP的计算机，然后通过RPC漏洞进行感染，并操纵135、4444、69等端口，受到感染的计算机中Word、Excel、Powerpoint等文件无法正常运行，粘贴等功能无法正常使用，计算机出现反复重新启动等现象。

这一年的垃圾邮件空前高涨也应当是黑客们的"杰作"，全球垃圾邮件数量的增长率，已经超过正常电子邮件的增长率。

2004年：

随着微软浏览器在浏览器市场中占据霸主地位，IE成为黑客们竞相攻击的首要目标，同时也波及其他厂商的浏览器。"网络钓鱼"、"浏览器劫持（HijackThis）"等攻击方法，成为黑客们的拿手好戏。

另一方面，黑客们的攻击目标，大多指向了金融证券、网络游戏和网上交易等涉及经济利益的领域。①

近年来，中外都有不少黑客高手，为了证明自己“攻无不克”的“能力”，“一不小心”触犯了法律。这其中，尤以金融黑客案为多。俄罗斯黑客弗拉基米尔·列文（Vladimir Levin），就是其中有名的跨国“神偷”——

1994年的6月，美国花旗银行（citibank）的安全系统被非法入侵，联邦调查局立即开始进行调查。最后他们锁定了黑客的位置——俄罗斯圣彼得堡。

联邦调查局立即同俄罗斯警方联系，成立了专门的区域组织来联手打击黑客。经过初步侦查，他们的视线落在了圣彼得堡的一家名为“土星”股份有限公司上，该公司的创办者成员之一便是列文。

俄罗斯黑客弗拉基米尔·列文

列文出生在一个知识分子家庭，母亲是心理内科医生，父亲是工程师，他在彼得堡的一家防御工厂里工作了四十多年。

列文初中毕业后考入了当地的一家工学院，在二年级的时候被征兵入伍。在化学兵种部队服役两年后，他又回到学校继续自己的学业。在学院期间他对电脑技术非常感兴趣，并且在彼得堡的一些有关电脑的俱乐部中享有很高的威望。毕业时，他以优异的成绩取得了红色毕业证书（红色证明该生在学院求学期间的各科成绩都是优秀），他的未来职业是微生物学家。但是他没有从事他的专业方面的工作，而是选择了从商——“土星”股份有限公司就出现了。

就是在列文自己的办公室里，他用自己的电脑和高速调制解调器通过电话线上网，进入了花旗银行的电脑网络系统，从该银行客户的账上划出钱来，放在几个虚假的公司账户上。

如此这般，从1994年6月至10月，他先后100多次进入花旗银行的网络系统进行转账，并有40次竟是直接发指令使银行为其转账。在银行客户一点都没察觉的情况下，他已经获得了1200万美金。

1995年的3月，当列文要出差去伦敦的时候，俄罗斯方面将这一信息传给了英

① Robert Trigau. *A history of hacking*, http://www.sptimes.com/Hackers/history.hacking.html.

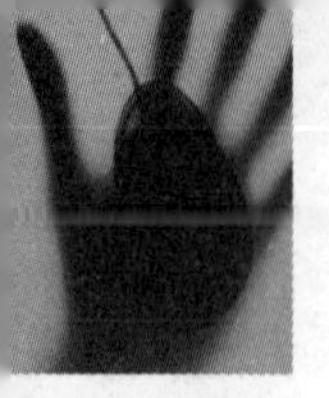

国警方，警方在他刚通过英国伦敦机场护照检验时，将他拘捕。

1998年2月24日，列文在纽约的法庭上接受美国司法当局对他的审判，被判处三年监禁，并被罚款24万美金。①

下面则是一位中国黑客的故事。2004年7月，“中华网络安全联盟”的盟主、西南科技大学电子商务学毕业生彭博“通过各种手段跳过系统路障”，进入中国建设银行电脑系统，以“测试信用卡额度”为由，在两个月内窃取了该银行14名客户信用卡内的现金，总计达1.9万元。

《京华时报》上发表的彭博盗窃案漫画

2004年7月至8月，彭博在西南科技大学兴隆市场5楼，多次登录首都信息发展股份有限公司网站，盗用14位中国建设银行信用卡用户1.9万余元资金，购买游戏卡及神州行卡，并和朋友一起在北京珠峰伟业“网络热门游戏卡专门店”内进行网上销售。

建行总行首先察觉到交易异常。通过电话向持卡人核实后，建行向市公安局报案。公安机关通过首信提供的账号，查找到彭博所使用的位于四川省绵阳市的IP地

① http：//www.compromat.ru/main/internet/citybank1.htm.

址，彭博承认了自己的行为。①

彭博上大学时就曾成功进入了美国一家银行，截获了该银行近 300 个客户的资料。2005 年 5 月，彭博被公诉至北京市海淀区法院接受审判时辩称，建设银行未按国际规则交易，使他的“研究”变为盗窃。然而，不管这位高手如何解释，等待他的必将是法律的严惩。

以上这两个事例都说明，对于黑客来说，从英雄到罪犯，常常就是一步之遥。

身怀绝技

世界老牌黑客剪影

黑客曾是一种荣耀，一种美好的传统。它曾代表着反权威却奉公守法的计算机英雄。当我们弘扬黑客文化时，重温一些知名老牌黑客的经历与状况，是非常有益的。在他们中的大多数人身上，我们看到的是才华横溢，是英雄与正义，是美好与高尚。他们不仅仅是计算机革命的重要参与者，而且是计算机革命的主角和英雄。可以说，老牌黑客代表着黑客的传统，那是一种高贵的品质。尽管，其中也有少数人身上的“邪”性，成为现代黑客破坏性的渊源。

这里介绍的 8 位老牌黑客均来自美国。他们分别是：电话大盗和超级黑客约翰·德拉浦（John Draper），苹果电脑创始人之一斯蒂芬·沃兹尼克（Steven Wozniak），自由软件之父理查德·斯托尔曼（Richard Stallman），Lotus 创始人、电子前线基金（EFF）创始人米切尔·卡普尔（Mitch Kapor），UNIX 之父丹尼斯·利奇（Dennis M· Ritchie）和肯·汤普生（Ken Thompson），自由软件理论旗手埃里克·雷蒙德（Eric Raymond），被美国政府通缉的头号黑客凯文·米特尼克（Kevin Mitnick），蠕虫制造者罗伯特·莫里斯（Robert Morris）。

① 孙思娅：《大学高材生成为黑客　攻破银行系统进行盗窃》，《京华时报》，2005 年 6 月 8 日。

约翰·德拉浦

约翰·德拉浦（John Draper），1943年出生于美国乡村，从小就表现出了极强的反叛性格，这样的性格决定了日后他那特立独行的黑客面目。不过，尽管他的个性孤僻，但是他却拥有一个异常发达的大脑，这使他常常可以比别人更快地获得新的知识。20世纪60年代初期，德拉浦开始接触计算机这个新生的事物，尽管当时的计算机还只是个庞大、繁杂、呆板的"家伙"，但是这已经足以令德拉浦迷恋得如痴如醉了。

约翰·德拉浦

1968年正在服兵役的德拉浦参加了著名的越南战争，由于他与众不同的性格及糟糕的表现，他在越南战场仅执行了一次任务后，就被美国空军开除了。但是这样的结果却使他得以及时地从越南战场上返回了美国，继续投身到他自己感兴趣的事业之中。

回到国内后，德拉浦开始疯狂地钻研当时的电话系统。那时AT&T实现了一项被称为"长途直拨（简称DDD，Direct Long Distance Dialing）"的革命性的新设想。DDD允许用户不经帮助就能在家庭电话机上拨打一组数字来连接遥远的城市，一连串快速的、可听见的音调向系统发出交换信息和费用信息，从而可以自动产生连接而无需接线员的介入。德拉浦对此表现出极大的兴趣，甚至可以说是达到了疯狂的程度。

结果，他在一个偶然认识的叫丹尼的盲人小孩的启发与帮助下，发明了一个独特的工具——嘎吱嘎吱船长牌的麦片盒里的玩具口哨，这个口哨能够产生2600赫兹的音调，由此可以让电话系统开启一个电话呼出，即可以免费打（长途）电话。这样，他也就掌握了侵入电话系统的方法。这个麦片盒被称为"蓝盒子"。"蓝盒子"给几代黑客引入了"盗用电话线路打长途电话"的"辉煌"思想。

德拉浦本人曾经这样回忆那一段他生命中最重要的时光：

> 1969年，当我体面地被空军开除一年之后，我接到了一个电话。当时我在读工程学，并在一家国立半导体工程技术学院工作。电话是一个陌生人打来的……他的名字叫丹尼。丹尼是一位盲人，对电话很感兴趣。他给了我一个号码让我打，这个号同时可以有8个人在线上。很自然的，我们就走到了一起。
>
> 但我给丹尼拨回去时，我还是听到了这些声音。原以为是线路的问题，我让接

线员帮我拨号，还是这种声音。接线员问我这个号码是哪来的，因为它是一个公司内部的号码。当时我觉得丹尼可能是在这个公司工作的。然后我就开始了自己组装一个小小的调频传输器（即“蓝盒子”——作者注。）。

一周或再长一些时间之后，我做好了传输器。并检验它的性能。（我）放了一些歌曲，然后就是为了好玩，我说了一句“听到的，请拨 2648773”。然后就关掉它，开始做其他的事了。

结果电话就响了，是丹尼打来的。他问了我好多关于传输器的问题。原来，电话公司就是用这些粗糙的装置在相同的线路上利用不同的声调实现了长途电话的转换。

此后，当我每次发现奇怪的声调时，我就会上线，在线上的那些人都是通过“蓝盒子”上线的。在上面的所有人都能访问贝尔①系统。我们几乎每个晚上都在上面聊，这就像是职业黑客的高级俱乐部，开发和研究系统，探索贝尔的基础下部结构和其他奇怪的事情。

自然，不论是电话公司还是权威人士对我的“蓝盒子”实验都不是很友善。因为我经常拿他们的设备“做试验”，所以他们就跟踪我并对我提起上诉，证明我触犯了电信法第 1343 项的第 18 条：电信欺诈。

1972 年的 5 月我被捉住了。案件持续了 5 个月，然后我被定了 5 年监禁生活……②

斯蒂芬·沃兹尼克

斯蒂芬·沃兹尼克（Steven Wozniak）因为与乔布斯共同创办苹果公司而名闻遐迩。2001 年，美国《洛杉矶时报》评选出了“本世纪经济领域 50 名最有影响力人物”，沃兹尼克与苹果电脑公司现任董事长史蒂夫·乔布斯（Steve Jobs）并列第 5 名，他们的贡献主要表现为“创办苹果电脑，苹果 I 和苹果 II 的出现带动了全球个人电脑普及应用浪潮，并迫使 IBM PC 于 1981 年面世”。1985 年，他同乔布斯一起在白宫接受了里根总统颁发的国家科技奖。

---

① 贝尔，英国人，1875 年与其助手华生一起发明了电话。这里指采用贝尔原理的电话系统。

② http://www.webcrunchers.com/crunch/story.html.

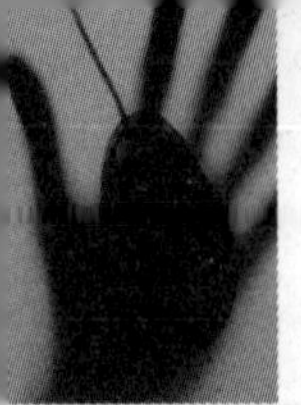

沃兹尼克早年也与约翰·德拉浦一起"经营"过"蓝盒子"，所以也是电话黑客的元老之一。1970年，他决定从加州大学退学（所学专业为工程学），在几个小电脑公司打了几年工后，他又回到大学里继续自己的学业，拿到电子工程学和计算机科学学士学位。

斯帝芬·沃兹尼克

遇到乔布斯是他事业上的一个转折点。两人一起研究苹果电脑，历尽艰辛。当时他们就在乔布斯的卧室里进行设计，乔布斯的车库则成了电脑组装车间。为了制造这些机器他们把自己最值钱的东西都给卖了：乔布斯卖了他的大众面包车，沃兹尼克则卖了自己心爱的惠普计算机。这样他们聚集了1300美金，用这些钱加上他们从当地电子提供商那里得到的贷款，形成了自己的第一条苹果电脑生产线。沃兹尼克成为苹果公司的副总裁。

然而，1980年2月，沃兹尼克乘坐的私人飞机发生事故，他暂时失忆，并一时没有办法恢复。他记不起这次事故，也不记得先前有谁来看望过他。

当沃兹尼克恢复记忆并离开苹果公司时，他的身价已有4500万美元。他捐了700万美金给慈善团体。他还在硅谷幼儿园里当义工，教当地的西班牙裔小孩。他最想做的是成为一名教师。他说他一生有两个目标："成为一名工程师，成为一名五年级的老师。许多年来，我不仅教老师们电脑并且还教从五年级到八年级的学生。"在硅谷，一个人要赢得好名声远比赢得大把的钱财困难得多。因为财富是声名鹊起的基本条件。而要赢得财富，就必须勾心斗角，逐利而去。因此无论是苹果的乔布斯、Oracle的埃里森还是英特尔的葛鲁夫，都只能在当地获得毁誉参半的名声。但是，如果在硅谷还有一位大家公认的"好人"，那么这个人肯定非沃兹尼克莫属。

沃兹尼克终于实现了他的理想。目前他是加州Los Gatos校区的计算机教师，教5～8年级的小学生。虽然他没有正式的教师证书，也从来不领任何工资，但自1990年以来，他已兢兢业业地教了9年。到了暑假，他仍在用心备课。并且在家中开办临时班，辅导18位即将升入六年级的学生。教他们如何解压缩，如何在AOL聊天室里浏览，如何发送游戏。

沃兹尼克直率地承认，自己并不适应于当今的计算机商业。他认为计算机业的创造性已经被人为的商业目的破坏了，利益驱动决定了发展的节奏。疯狂的升级使更多的人无法真正享用计算机。

理查德·斯托尔曼

理查德·斯托尔曼（Richard Stallman）既是当今专有商业软件领域野蛮的颠覆者，又是无数程序员和计算机用户心目中神圣的自由之神，曾获得麦克阿瑟基金24万美元的天才奖①。他应该算是世界上软件写得最多的程序员之一，然而，他真正体现出的力量，还在于他的思想。

理查德·斯托尔曼

斯托尔曼1953年6月出生在美国曼哈顿。16岁时，他开始接触计算机，从此投入大量精力学习编程。由于成绩优秀，他获邀成为IBM纽约科学中心实验室的一名助手，并从此与计算机结下不解之缘。后来他考上了哈佛大学，并于1971年得到一个很好的机会，当时麻省理工学院（MIT）的人工智能（AI）实验室正在为新开发的计算机系统招募"电脑黑客"，这很对斯托尔曼的胃口，于是他加入进AI实验室，负责改进ITS（一种不兼容的分时操作系统），从此开始了程序员生涯。当时的计算机设备十分落后，MIT使用的是PDP-10小型机和简单的汇编语言。在他的努力下，ITS不断发展，并且广受欢迎。但好景不长，随着PDP-10系列渐渐退出舞台，他苦心研究的ITS也变得毫无意义。

1980年以后，商业软件风潮开始冲击计算机产业，社会开始推行软件许可证制度，程序员们不能再像以往那样随意使用和更改他人的软件。但也有许多人对这种情况表示不满。于是，斯托尔曼决定开发一个完全自由的操作系统来对抗商业软件。1984年9月，斯托尔曼开始编写GNU Emacs程序，这是一套与UNIX兼容的操作系统，意思是"GNU is Not UNIX"，并于1985年初完成。同年他又成立了FSF（自由软件基金会），为GNU项目提供资金支持。GNU Emacs推出后受到大家的欢迎，他宣布以每份拷贝150美元的价格对外出售，从而彻底打破了软件是私有财产的概念，自由软件的分销商业模式就此诞生。

为了防止不法厂商利用自由软件并将其专有化，斯托尔曼匠心独具地创造了Copyleft的授权办法，即所有的GNU程序遵循"既可以拷贝，也可以修改，还可以出售"的

---

① 麦克阿瑟基金主要颁给在各个领域内有创意的优秀人才，通过匿名提名评选，既不要求个人申请、也不面谈，奖金共50万美元。

规则，但有个前提条件，即所有改进与修改了的源代码，必须向每个用户公开，所有用户都可以获得改动后的源代码。这样就保证了自由软件传播的延续性。

斯托尔曼近年来还出版了一本新书《自由的软件，自由的社会：理查德·斯托曼文选》(*Free Software*，*Free Society*：*Selected Essays of Richard M. Stallman*)，系统介绍了他的关于自由软件的理念与观点。①

米切尔·卡普尔

米切尔·卡普尔（Mitch Kapor）与比尔·盖茨是美国软件业的“双子星”。1982年，他创办 Lotus（莲花）公司并担任 CEO，推出了个人电脑“杀手级应用”软件 Lotus1-2-3。Lotus 公司也一度成为最大的独立软件公司。此外他发起创办的电子边疆基金会（EFF）②，被称为是计算机行业的美国公民自由协会（ACLU）③。他也因此成为20世纪80年代和90年代最具影响力的计算机人物之一。

米切尔·卡普尔

卡普尔1951年11月生于长岛。他从小爱好迪斯科和摇滚乐。考上耶鲁大学后，他专修心理学、语言学及计算机学科，尤其对控制论感兴趣。大学毕业后，他做过电台的音乐主持人、滑稽演员和其他多种职业。后又进入 Beacon 大学继续读书，获得心理学硕士学位。

硕士毕业后，他来到硅谷一家创业公司工作，在此期间他结识了第一个电子表格软件 VisiCalc 的发明人，这是他一生中最重要的机遇。受这个可以把将电子表格的计算结果画成图表的软件的启发，他和另一位伙伴一起开发出了功能更加强大的同类软件 VisiPlot。VisiPlot 很快就在市场上取得了不同的反响，销售达到每月10万美元。不到一年，卡普尔与他的合伙人就赚到了1200万美元。商业生涯的第一次成功使卡普尔信心倍增，他就此成立了 Lotus（莲花）公司，自己当起了老板。

1983年，Lotus 发布了它的第一个产品——Lotus1-2-3。这是软件史上第一个为用户

---

① 汤森：《自由黑客理查德·斯托尔曼》，《信息化建设》，2004年第3期，第55页。

② 全称为：Electronic Frontier Foundation，美国的一个著名的非盈利性保护数字版权的组织。

③ 全称为：American Civil Liberties Union。

提供帮助内容并且在磁盘上附有使用指南的产品。同时卡普尔还成立了一个客户支持部门，这在1983年的软件业也是闻所未闻的。两年下来Lotus的市场一直很好，到1985年，Lotus员工已达千人，成为全球最大的软件公司。那时卡普尔的地位就像苹果的乔布斯和当今微软的盖茨一样。直到1988年4月，微软才超过Lotus，成为头号软件公司。1995年，Lotus以32亿美元的身份卖给了IBM。

安稳永远不是卡普尔的天性。他不喜欢权力，而喜欢“寻找新的自己想做的事”。1989年，卡普尔卸掉Lotus公司CEO一职，离开商界后，卡普尔在麻省理工学院找了一份访问教授的工作。

1990年，卡普尔与著名抒情诗人贝娄创建了电子前线基金（EFF）并担任主席(1986～1987)。EFF是一个非赢利的公共利益机构，主要负责维护黑客的权益。那时互联网还未普及，但卡普尔就已经富有智慧地预见到法律对计算机的介入与管制的重要性。他们起初是维护人们的“数字”权利，后来则更多地介入到美国的政治生活中。如今，EFF已在计算机和通信立法中发挥了巨大的作用。卡普尔也经常出现在美国国会的听证会上，并曾为戈尔的信息高速公路计划提供咨询。据说那个计划的初稿就是卡普尔完成的，因此，有人称他为信息高速公路的导师。

丹尼斯·利奇与肯·汤普生

丹尼斯·利奇（Dennis Ritchie）和肯·汤普生（Ken Thompson）在1969年创造了大名鼎鼎的UNIX。UNIX有“软件的瑞士军刀”之美誉，是小型机上的一流的操作系统，它能帮助用户完成普通计算、文字处理和联网等功能。其诞生后不久很快成为计算机业的一个重要标准。1999年4月27日，丹尼斯·利奇和肯·汤普生两人在白宫从美国总统克林顿手中接过沉甸甸的全美技术勋章，这是对他们成就的最高评价。

美国前总统克林顿接见
丹尼斯·利奇和肯·汤普生

不可思议的是，丹尼斯·利奇和肯·汤普生当初开发UNIX这个操作系统，并不是为了把它推向市场，甚至不是为了让更多人使用，而仅仅是为了

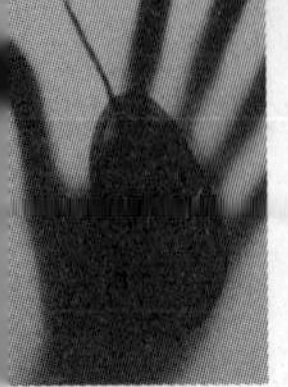

便于自己使用，甚至他们的初衷就是为了自己更方便地玩游戏。连 UNIX 这个别扭的名字，也是对早期一个名为 Multics 操作系统开玩笑时的称呼。丹尼斯·利奇曾经这样描述这个操作系统："我们的目的是为自己建立一个良好的计算机工作环境，当然也希望大家都能喜欢它。"

1969 年开始工作时，他们根本没有想过要掀起业界的狂热，在 1974 年以前，他们甚至没有发表过任何关于项目的消息。他们也没有积极进行推销，而且那时的大学、研究机构都可以免费使用，还提供源代码。经过 10 年的内部使用，UNIX 于 70 年代中期开始公之于世，并慢慢走向成功，震动了整个计算机业界。UNIX 的诞生再一次验证了 IT 行业的创新往往是兴趣，是黑客们的一种自由的精神，而不是大把大把的金钱使然。

丹尼斯·利奇和肯·汤普生所工作的贝尔公司一开始也没有鼓励他们开发 UNIX，当它成为畅销品时，贝尔才认识到它是一件珍品，并很高兴拥有 UNIX 的部分商标，凭此针对企业收取 4.3 亿美元的特许使用权。一位贝尔高级主管曾说，UNIX 是继晶体管以后的第二个最重要的发明。

埃里克·雷蒙德

自由软件精神领袖当然是理查德·斯托尔曼（Richard Stallman），但是他缺乏著书立说的能力，这就使得埃里克·雷蒙德（Eric Raymond）脱颖而出，成为黑客文化与开放源代码运动（脱胎于自由软件运动）的第一理论家。

埃里克·雷蒙德

雷蒙德 1957 年出生于美国马萨诸塞州的波士顿，那里正好就是黑客文化的发源地 MIT 的所在，也是斯托尔曼发动自由软件运动的大本营。雷蒙德从小就跟随父母在世界各地东奔西走。他曾在地球上的三个大洲居住过，在 13 岁之前就已经学会了两种语言。1971 年，他回到美国宾夕法尼亚州。1976 年起开始接触黑客文化，1982 年完成第一个开放源代码软件项目。雷蒙德精通 C、Lisp、Pascal、APL、Fortran 及 BASIC 语言，他是 INTERCAL 编程语言[①]的主要创作者之一，曾经为

① INTERCAL 是一种模仿性程序语言，非常规范，却神秘莫测。

EMACS 编辑器[1]做出贡献。雷蒙德还是著名的 Fetchmail 程序[2]的作者。

1990 年，雷蒙德编辑了《新黑客字典》，成为黑客部落的历史学家和黑客文化学者，在随后的几年中，他又接二连三地推出了“自由软件启蒙”五部曲：《黑客道简史》（*A Brief History of Hackerdom*）、《大教堂和市集》（*The Cathedral and the Bazaar*）、《如何成为一名黑客》（*How To Become A Hacker*）、《开拓智域》（*Homesteading the Noosphere*）、《魔法大锅炉》（*The Magic Cauldron*）。这其中最著名的是《大教堂和集市》。《大教堂和集市》发表后引起了强烈的反响。1998 年 1 月 22 日，Netscape 公司宣布将其浏览器的源代码在 Internet 上公布。Netscape 的执行总裁 Jim Barksdale 将他这么做的原因归结于是他读到了雷蒙德的《大教堂和集市》。

在 1996 年出版了《黑客道简史》以后，雷蒙德把自己定位于人类学家：“人类学家的工作就是研究人的行为及整个社会，研究人类文化的形成、文化的作用方式、文化如何随时间变化而变化，以及人类如何适应不同的文化环境等。我考虑最多的是有关计算机黑客的文化，更多地集中于从社会的角度分析，而不是他们的高超技术和程序。”[3]

凯文·米特尼克

凯文·米特尼克（Kevin Mitnick）是第一个被美国联邦调查局（FBI）“悬赏捉拿”的黑客，凭借着自己精湛的技术，他多次作案，使网络安全专家们屡屡蒙羞，由此他也成为举世闻名的头号黑客。好莱坞的影片 *Game War* 就是以他为原型的。1994 年 7 月有关他的“新闻”还登上了《时代》（*Times*）杂志的封面。

凯文·米特尼克

米特尼克有着特殊的生活经历。他出生于位于加州洛杉矶郊外的绍森欧克。3 岁时父母离异，他跟随母亲生活，这种经历对他的生活产生了深刻的影响，导致他从小就形成了孤僻的性格。20 世纪 70 年代末，13 岁的他还在上小学，就非常迷恋业余无线电活动。学

① Emacs 编辑器是一个自由软件，至今有接近 30 年的历史，可以在多种平台上运行，用来开发程序、编写文档和收发邮件。

② Fetchmail 是一个全功能的 IMAP 和 POP 客户程序，它允许用户自动地从远程的 IMAP 和 POP 服务器上下载邮件，并保存到本地的信箱中。

③ 转引自辛良：《理论家式的黑客：埃里克·雷蒙德》，《信息化建设》，2004 年第 8 期，第 54 页。

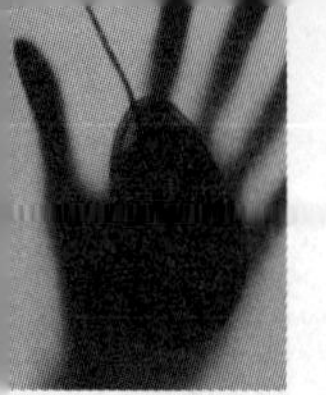

校有一天发现他使用计算机闯入其他学校的网络——这样的行为当然不可饶恕，他因而被迫退学。

少年失学的米特尼克开始打工赚钱，买下了一台性能不错的电脑。他以远远超出其年龄的耐心和毅力，多次破译美国高级军事密码。15岁时，他曾闯入“北美空中防务指挥系统”的主机内，和另外一些朋友翻遍了美国指向前苏联及其盟国的所有核弹头的数据资料，然后又悄无声息地溜了出来，成为黑客历史上的一次经典之作。1981年，17岁的凯文闯入Pacific Bell电话系统免费打电话及窃听别人的电话，被判入青少年监察中心。1987年至1992年，他又不断因为“入侵”劣迹而被通缉，成了美国联邦调查局的著名通缉犯之一。在潜逃的3年里，米特尼克主要靠互联网中继聊天工具（IRC）来发布消息，以及与朋友联系。

米特尼克逐渐被神化为一个无所不能并可随时发动电子战争的“超人”。美国联邦调查局（FBI）一度非常紧张，四处撒“网”捕捉他。米特尼克在逃亡中终于露出马脚——他在闯入一位名叫捷托拉·希姆克拉的计算机科学家的电脑时，被一名日籍保安专家下村孜位（Tsutomu Shimomora）发现了踪迹，下村孜位随即通知了FBI，FBI于1995年2月终于将他拘捕。被拘禁4年后，米特尼克于1999年8月又被美国加州地方法院判刑46个月并罚款4000美元。但是这个案件却引起了广泛争议，米特尼克的支持者在网上发起了“拯救凯文”行动，《财富》杂志甚至曾经以黑客的“殉道者（martyr)”① 来称呼他。

几年来，被米特尼克入侵的受害公司包括NEC、Motorala、Nokia和Sun Microsystoms等大公司，据说总体损失高达300万美元。

2000年1月米特尼克获得假释，但他必须遵守法院制定的一个史无前例的条件：3年之内不许接触计算机、手机和其他任何可以上网的设备——自然也包括不能上网，并且，他必须呆在加州中部，不准到其他任何地方旅行。他的假释监督官表示不同意他从事任何职位，甚至包括不能谈论计算机。

2002年对米特尼克来说是快乐的一年，他不但获得了彻底的自由——可以自由上网——因为不能上网对于黑客来说无疑是另一种监狱生活，还推出了一本刚刚完成的畅销书《欺骗的艺术》（*The Art of Deception*：*Controlling the Human Element*

---

① 《世界头号黑客——凯文》，《东南亚纵横》，2000年第8期，第52页。

of Security)，重新引起人们对他的关注。而这一年他的圣诞礼物，则来自FCC[1]。FCC决定，恢复米特尼克的业余无线电执照。不过，这份执照也恢复得并不轻松，因为他必须交付高达16000美元的罚款，这成为世界上最贵的一份业余无线电执照。如今，米特尼克对以前的所作所为也幡然悔悟："我对网络真是怀念。我绝不会再有意触犯法律。我想重新找回我的才能和技艺、我的背景和经验，帮助别人预防我以前从事的勾当。"[2]

罗伯特·莫里斯

罗伯特·莫里斯（Robert Morris）于1988年冬天散布了第一个在互联网上传播的蠕虫病毒，导致6000多台联网的计算机瘫痪并损坏了互联网，这一事件震惊了美国社会乃至整个世界。莫里斯自己则申辩说，他的蠕虫只不过是一个程序错误造成的。

罗伯特·莫里斯

1988年11月2日下午5点，互联网的管理人员首次发现网络有不明入侵者。它们仿佛是网络中的超级间谍，狡猾地不断截取用户口令等网络中的"机密文件"，并利用这些口令欺骗网络中的"哨兵"，长驱直入互联网中的用户电脑。入侵一得手，立即反客为主，并闪电般地自我复制，抢占地盘。用户目瞪口呆地看着这些不请自来的神秘入侵者迅速扩大战果，充斥电脑内存，电脑莫名其妙地死机，他们只好急如星火地向管理人员求援，哪知，管理人员此时也四面楚歌，也只能眼睁睁地看着网络中的电脑一批又一批地被病毒感染而"身亡"。当晚，从美国东海岸到西海岸，互联网用户陷入一片恐慌。到11月3日清晨5点，当加州伯克利分校的专家们找出阻止病毒蔓延的办法时，短短12小时内，已有6200台采用UNIX操作系统的SUN工作站和VAX小型机瘫痪或半瘫痪，不计其数的数据和资料毁于一夜之间，造成一场损失近亿美元的空前大劫难！

---

① FCC：Federal Communications Commission，美国联邦通信委员会，1934年建立，是美国政府的一个独立机构，直接对国会负责，通过控制无线电广播、电视、电信、卫星和电缆来协调国内和国际的通信。

② 转引自陈宝生：《黑客巨枭米特尼克》，《信息安全与通讯保密》，2001年第3期。

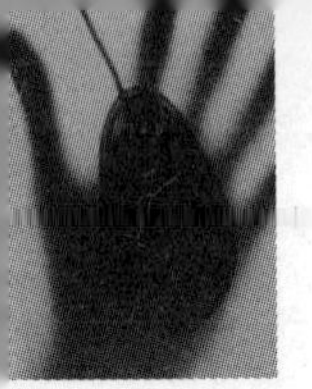

1990 年 5 月 5 日，纽约地方法庭根据罗伯特·莫里斯设计病毒程序造成包括国家航空航天局、军事基地和主要大学的计算机停止运行的重大事故，判处莫里斯 3 年缓刑，罚款 10000 美金，义务为新区服务 400 小时。

“莫里斯事件”对大众的心理产生了重要影响：黑客传统开始中断，黑客从此真正变“黑”。也正是从那个时候起，计算机病毒开始步入“主流”网络系统。

这些世界老牌黑客的经历，显示了黑客的两个特征：一是他们都曾在计算机与网络技术的某个发展阶段或某个领域有过非凡的建树或具有特殊的编程与“攻击”能力，即“身怀绝技”。二是他们中的大多数人都能严格自律，不以“身怀绝技”实施危害社会和触犯法律的行为。即使像凯文·米特尼克和罗伯特·莫里斯这样的“破坏者”，也已经迷途知返，步入正轨。

当今的黑客，首先应在道德自律方面向前辈看齐，以守法作为一切 hacking 行为的底线。另一方面，则应在技术上超过前辈，把聪明才智奉献给计算机与网络安全事业。

据说，以下知识，是在“进阶”黑客过程中必不可少的。

1. 学会使用以下程序语言：C、C＋＋、VB、JAVA、PERL、DELPHI 等（显然，C 语言的通用性最好，可以跨平台使用）。

2. 学会使用数据库管理软件：FOXPRO、MYSQL、SQL、Sybase、Oralcle、DB2 等。

3. 学会使用与维护 UNIX。这个世界没有比 UNIX 更让黑客钟爱的操作系统了，因为，如果你在 DOS 或 Windows 或 MacOS 开始 hacking，无疑就像带着镣铐跳舞。当然，也要能熟练地使用与维护其他几种常用的操作系统：Win98、Win2000、Winnt、Winxp、Linux。

4. 学会使用至少以下两种交互性网页编程工具：CGI、ASP、PHP、JSP（其中，CGI 可能是最难学的一种）。

5. 学会使用 Web 的标签语言——HTML（相对来说这是最容易的）。

事实上，任何一个人都很难通过某个学校、某个专业来获得以上全部知识。优秀的黑客，几乎都是“自学成才”的。他们通常是先读别人的程序码，再自己写程序，然后读更多，再写更多。就以这种“交互”的方式练就自己的“真功”，最终成为身怀绝技、天马行空的独行侠。

网络战争

从绿色兵团到红客联盟

2004年12月31日，中国红客联盟（www.cnhongker.com）发起人Lion关闭了这个曾经聚集了国内最多黑客的网站。为此，Lion在红客联盟网站上发表了下面这篇公开信：

红客联盟解散公开信

今天是一个特别的日子，它值得我们庆贺，因为它是红客联盟成立四周年的日子。不过，今天我写这些不是为了庆祝红盟的四周岁生日，而是告诉大家另外一个消息。

其实红客联盟一直都是名存实亡的，关站也不是一次了，只不过要放弃陪伴自己成长的东西总是有点不忍心，所以红客联盟也一直存在了这么久。说技术，红客联盟也只有我、Bkbll、Uhhuhy三个人在支撑着；说激情，我们都已经过了那个年龄，已经没有了当年的那种冲动；说氛围，也没有让人感觉到有学习的气氛和让人觉得新鲜的东西……同样，国内的网络安全圈子实在令人失望。红客联盟已经没有继续存在的必要了。我们不用继续为别人黑站而挂红客的名字埋单了，我们不用再给别人用红客名义搞商业化而背黑锅了。

没有太多的原因，没有太多的话，感谢一直以来关心红客联盟的朋友们。

红客联盟宣布解散，网站关闭，cnhonker.net信箱继续使用。

Lion

2004年12月31日于广州

红客是中国黑客的另一种称谓，因中国部分黑客身上强烈的爱国主义或者民族主义情绪而得此名。从某种程度上来说，中国红客联盟网站的关闭，是中国黑客走向衰亡的一个象征性信号。下面，先回顾一下中国黑客的发展历程，这有助于我们加深对于红客的理解。

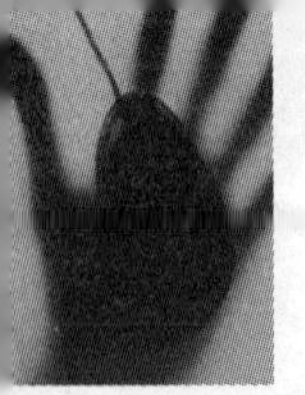

中国最早的一批黑客大约出现在1996年，其黑客行为持续到1999年底。这个群体中的高手大约有十几个人，谢朝霞、PP（彭泉）、天行（陈伟山）、黄鑫是其中突出的代表。他们的特点是：自己深入研究网络安全（黑客）技术，有自己的理论和产品。他们可算是中国的早期黑客。由于出道早，那时大学还没有网络安全方面的专业，他们多为业余钻研，且工作性质多与网络无关。

从2000年开始，中国后期黑客崭露头角。他们的"功力"普遍不如第一代，但大多参与到网络公司中或组建自己的公司。在校大学生构成其主要成分。后期黑客多半不再自己动手研究技术，而是直接以第一代黑客开发出的工具为武器，随兴而至，做一些有谓或无谓的攻击。从组织上看，早期黑客多是散兵游勇式作战，后期黑客则趋向于组织化。

既然像约翰·德拉浦这样从电话时代进行"入侵"的人也能名列美国老牌黑客之列，既然黑客一词本身就具有"技术高手"的含义，那么，在回顾中国黑客历史时，以下几位人物的名字应该被提到，他们是：

周志农：自然码发明人，早年开创大自然BBS站；

马化腾（Pony Ma）：滕讯公司总裁，为中国惠多网第一批网友；

求伯君：WPS程序编写者，金山公司总裁，早年开创西线和西点BBS站。

从上述简介中可以看出，作为中国黑客诞生前期的重要人物，他们不仅在当时就已经"身怀一绝"，而且他们还是中国互联网早期几个有名的BBS或网站中的活跃人物，应该说，他们为催生中国黑客起到了技术上的引领与呼唤作用。

绿色兵团

就在莱安诺·拉斯特创作出《黑客帝国》的第二年，即1997年，中国黑客组织的元老——绿色兵团成立了，"黑客从此有了自己的江湖"。绿色兵团极盛时期注册会员达到3000多人，成员遍布全国各地。绿色兵团的创始人包括Goodwill（龚蔚）等5人。

到1998年，中国黑客自己的特洛伊木马诞生了，这就是"网络间谍（NetSpy）"。随后，黑洞、网络神偷、灰鸽子、XSan、YAI等众多国产黑客软件纷纷涌现——这是中国早期黑客价值的重要体现。

1999年1月23日，绿色兵团在上海召开兵团第一次年会。地点为上海延安东路128弄6号（星空网吧）。1999年7月15日，绿色兵团成立了自己的安全公司——上海绿盟计算机网络安全技术有限公司，并开通了公司的网站：www.isbase.com。同年10月又对公司进行了正式注册。

2000年3月，中联公司与绿色兵团开始合作，在北京注册了北京中联绿盟信息技术公司。合作期间，北京、上海两家公司的网站使用同一标志。北京公司大多为新招募的成员，而上海公司则以老成员为主。显然，北京公司比上海公司更有经济实力，上海公司的办公场地、办公用品和办公费用等基本上由北京公司提供。到当年7月，北京公司与上海公司因内部原因合作破裂，并且双方冲突一度非常强烈，相互发起了黑客攻击。8月底，北京公司向法院起诉上海公司，上海公司败诉。10月，上海公司以30万元人民币之价将公司包括域名isbase.com转让给北京公司，人员解散。北京公司启用了新域名nsfocus.com。

绿色兵团网站首页

关于分裂原因，有两个版本："一个是说北京绿盟早已开始在进行成熟的商业运作，而上海绿盟的绿色兵团成员则依旧不放弃自己自由自在的黑客生涯，在当时的网上对话及声明中可以看出，他们想做中国第一个非赢利性网络安全组织，所以和以北京中联绿盟老总沈继业为首的资本力量产生了纠纷，最后资本力量获胜。另一个版本则是因为利益纠葛：Goodwill等核心成员认为自己是绿色兵团的创立者，所以应该拿比较多的分成，而沈继业则认为既然组织已经商业化，那就应该按照公司的规则，让资本说话。"①

但不管怎么说，北京中联绿盟信息技术公司的成立，标志着中国黑客商业化的起点，年轻的技术高手们逐渐成长起来，后期黑客成为黑客队伍的主流。中国黑客这个原本隐

① 李梓：《中国黑客谱系》，http：//net.chinabyte.com/386/1920386.shtml。

秘在江湖的群体，在随后的几年间，在商品经济大潮的冲击与带动下，逐渐驶向浮华和炫耀的水面，"浪迹江湖"的黑客也凭着过硬的技术，摇身一变，成为网络安全专家。绿色兵团重要的后续成员周帅就是这样的情况。

周帅的网名叫 Coldface（冷面）。据说他经常是戴着眼镜，一身黑衣，目光冷峻，与他的网名名副其实。1996 年他在江苏东台中学上高三时，曾因三番五次黑了临县的一个政府网站的聊天室而被有关部门实施电子跟踪，差点被抓。那时他还不到 18 岁。

周帅上高二时接触到电脑和网络，白天逃课，晚上逃自习，到网上各个站点学习交流一个名为 Coolfire 的黑客写的黑客技术教材。高考，他名落孙山。后来他父亲送他到苏州大学"委培"，总算有大学念了，而且专业是计算机工程。因为技术好，大一时周帅还当了一个学期的助教——给同班同学教授计算机基本知识。但是，整日沉迷于"黑客生涯"的他除了计算机和英语这两课外，其他的课程考试都不及格。最终他不辞而别，离开学校。"大二第一学期"就成了他的最高学历。

此后，南京某报社以记者的名义把周帅招进了报社。

当时周帅已是绿色兵团分站网络力量站站长，他全身心地投入到绿色兵团的商业化运作中。再后来，他跳槽去做一个叫"亚洲情报中心"的网站，该网站的业务包括提供战略咨询、科技情报和企业服务等。

有人说，中国所有的黑客现在都"安身立命"在网络安全公司里了，因此，中国已经没有黑客了。这样的说法对于黑客来说似乎有点儿悲伤，但基本符合事实。在北京一家不大的中航嘉信网络安全公司，就集合了大鹰、冰河、病毒等 6 名中国一流的由黑客转型成的高级网络安全人员。其他一些著名的黑客，也大多在上海与深圳的几家网络安全公司里就职。

红　客

中国的另外两个重要黑客组织是中国鹰派联盟与中国红客联盟。

中国鹰派联盟发源于 1997 年 6 月在广州创立的中国最早的黑客组织之一——Chinawill（龙之心声），联盟于 2001 年 5 月 8 日正式宣告成立。Chinawill 与联盟成员参与了从抗议印尼排华暴乱活动到中美黑客大战的历次"网络战争"。联盟成员总数近 3 万人。2002 年元月，中国鹰派联盟第一次年会在广州召开。2003 年 1 月，中国鹰派联盟改名为中国鹰盟。联盟创始人万涛（网名老鹰，eagle，Chinaeagle）30 多岁，毕业于北京北方交通大学经济管理系会计学专业，在广州一家电脑科技公司工作。

中国红客联盟（H. U. C）成立于 2000 年 12 月 31 日，在中美黑客大战中有杰出表现，鼎盛时期会员超过 8 万人。注册成员 65％是在校大学生，其他成员有商人、教师、网络安全工作者。核心成员有：Lion，站长，红客联盟的创始人，现从事网络安全工作；Bkbll，学生，负责联盟的日常工作；Yaya，会计兼从事网络管理工作，负责联盟的日常工作；Redfreedom，学生，兼职技术主管；NikINanA，学生，网络管理员，负责联盟活动的组织工作。

以表达政治情绪和立场为主要宗旨的部分中国黑客，给自己起了个独特的名字——红客（Honker）。“Honker”一词还没有被收入到英语字典中。有的红客则喜欢使用“red hacker”这个词。不管形式如何，“红客”这个词，成功地将中国黑客中的部分“民族主义者”与以获取技术快感为目的的西方传统黑客区别开来。

虽然中国红客联盟关闭了，但仍有几家红客网站依然开通，如中国鹰派联盟网（www. chinawill. com）与红客大联盟（www. cnredhacker. org）。号称“刺刀上带着思想”的中国鹰派联盟网的镜像站点，曾经一度发展到北美、欧洲与日本。

中国鹰派联盟网网站首页

无可否认，中国黑客们的社会影响，主要来自红客的“爱国主义”行动。自 1998 年以来，几乎每次国际性重大事件中，都有红客的身影闪现。[①]

中国红客发动的几次大规模的“网络战争”，都有一个共同的特点，那就是“人海战

① 闵大洪：《告别中国黑客的激情年代——写在“中国红客联盟”解散之际》，http：//www. blogchina. com/new/display/64775. html。

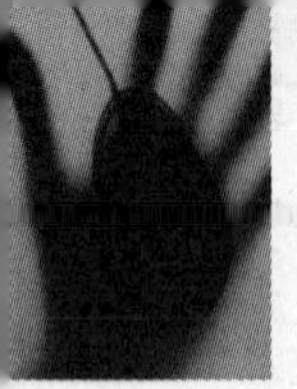

术”。尽管参战者中不乏顶尖高手，但还是有许多人并非计算机的内行，他们只是通过某些网站得到一些程序，然后在本地机器上运行，这些程序就能自动地去攻击指定的网站。

中国红客在此过程中表现出的强烈的民族主义情绪，并未得到中国政府的公开支持。相反，个别有名的红客组织，还面临了网站被关的危险。中国黑客第一军团网站(www.chfag.com)，就因为为其提供网络服务的服务商的服务器被关闭，而从此不能被访问，一蹶不振。

而在中国的黑客中，也有对红客行为说“不”的。笔者曾经在中国红客联盟网站看到过一封《一个中国黑客致所有中国黑客和红客的公开信》，部分内容如下：

> 一个真正的民族主义者，不是义和团，不是太平天国，不是闭关锁国，不是盲目仇外，不是不敢正视自己民族和文化的丑陋和缺点。
>
> 真正的民族主义者是成熟的、清醒的、理智的、务实的民族主义。真正的民族主义者不是种族主义者，不是极端分子，不是战争狂人。
>
> 真正的民族主义者以追求本民族——中华民族的利益最大化为目标、准则、信念。判断一个人是不是真正的民族主义者，标准很简单：看他是给本民族的整体利益带来好处，还是损害民族利益。真正的民族主义者最务实，因为他知道坚持原则，同时又懂得策略。让我们成为真正的顶尖黑客！让我们成为真正的民族主义者！①

在国外产生黑客文化的背景是个人主义、自由主义与无政府主义，而中国黑客发展壮大的一个重要背景却是民族主义。民族主义者常常喜欢把国内矛盾转移给外界，通过外部的对立和矛盾来缓和国内的矛盾和冲突，他们认为进攻就是最好的防御，而黑客——这里主要是指中国红客——就在互联网上实践了这一理念。想到红客，笔者多次想到“文化大革命”时期“只红不专”的那个“红”字，那种“红”，当时也很风光，但终归不能长久。因为黑客这个概念包含了太多的技术因素，而吸收了不少非技术因素的中国红客，恐怕只能在黑客文化中“昙花一现”。

---

① http://www.chinaaspx.com/club/topic_20_10542.html.

功过谁评

道高一尺，魔高一丈

随着互联网的日益普及，技术的作用与价值在社会生活中不断受到重视与提升。黑客也由原先纯粹的技术精英，逐渐演变成一种较为复杂的现代文化符号。美国《发现》杂志赋予黑客以下五种定义：1. 研究计算机程式并以此增长自身技巧的人；2. 对编程有无穷兴趣和热忱的人；3. 能快速编程的人；4. 擅长某专门程序或系统如 UNIX 系统的专家；5. 恶意闯入他人电脑或系统意图盗取敏感信息的人。显然，除了第 5 条，其他几条对社会都是有益的。但实际上，黑客的情况要比学术界定中的复杂得多。“他们既是天使，又是撒旦；既是技术霸权的挑战者和解构者，又是强权文化的同谋者或掘墓人；既是民族尊严的维护者，又是世界秩序的破坏者。作为一个十分特殊的文化群体，他们以幽灵般的方式，时刻动摇着人类对未来社会秩序的信息化设想，并呈现出某种后现代意义上的文化裂变形态。”①

笔者以为，黑客文化呈现出的这种悖论，有着深刻的社会历史原因。应当承认，无论是美国黑客，还是中国黑客；也无论是早期黑客，还是当前黑客，他们身上都笼罩着一层自由不羁的、个人英雄主义的光环。黑客首先在美国出现，这与美国自 20 世纪中期以来在电脑与互联网领域一直处于领先地位自然具有紧密的联系，但更重要的，美国源远流长的个人主义价值观，也是黑客诞生与成长的重要文化渊源。美国早期个人主义思想的杰出代表富兰克林，本身就做出了重大的技术发明——发明了避雷针。② 而美国文化中的个人主义观念，又根植于 17 世纪英国哲学中关于人类天生是平等、自由和独立的思想。个人主义概念的创立者英国人托克维尔认为：个人的存在先于社会的秩序，自身

① 洪治纲：《文化悖论中的黑客》，《东疆学刊》（第 20 卷），2003 年 7 月第 3 期，第 19 页。

② 李其荣：《美国文化解读》，济南出版社 2005 年版，第 53 页。

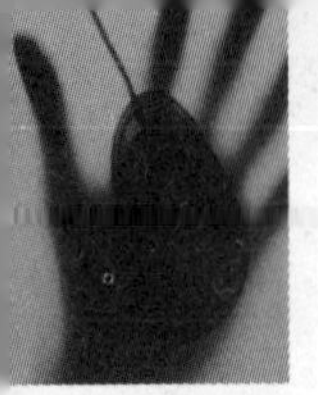

利益即是个体的行为目的，而社会制度则起源于个人间的互动。[①] 然而，这种个人主义也容易滑向精英主义和个人英雄主义。"黑客们常常夜以继日地在计算机网络上工作，他们的回报之一，是从解决问题的创造过程中感受到一种悸动，在一种虚幻的迷狂中误以为改变着现实。如果把知识比喻为一个层级的金字塔，顶层是精英们创造的'硬核'，向下是对'硬核'的逐步展开，那么，越向上越有创造性，越有理性复归至艺术式的感性直觉，越有超验性和创作者的个人色彩。从这种意义上说，黑客是计算机网络文化金字塔尖顶上自由的舞蹈者、疯癫的舞蹈者、酒神的继承者。"[②] 黑客文化中的糟粕，似可看作是美国个人主义传统中的一些消极因素如涣散性、利己性和破坏性的延展与传承。

漫画：十二星座遭遇黑客

从对黑客的发展历程与代表性人物、事件的分析着手，笔者试着把黑客文化的特征归纳为如下几个方面：

1. 热衷挑战。如果能发现大公司机构或安全公司的问题，就证明自己有能力。

2. 崇尚自由。这种自由是一种无限的自由，包括不为金钱而写程序。

3. 主张信息共享。过去，生产工具的公有是困难的，但在信息社会，信息就是最有价值的生产资料，这一生产资料可以也应该被共享。

4. 具有反叛精神。凭着过硬的技术，藐视技术权威。

5. 具有破坏性。在进入他们权限以外的计算机系统时，因为良性或恶性的动机造成

---

① 李其荣：《美国文化解读》，济南出版社 2005 年版，第 51～52 页。

② 陈世锋：《黑客精神及其文化溯源》，《淮阴师范学院学报》（哲学社会科学版），2005 年第 3 期，第 313 页。

系统程度不同的破坏。

以上特征表明，黑客文化的主要成分是积极的。对于没有违法行为的黑客行为，尽管他们是“入侵”者，且“入侵”行为总是让人不那么舒服，但社会与人们仍可以持宽容态度。就像我们对待一些“怪才”，他们身上的一些怪癖可能也让人不太舒服，但相比之下，那“怪才”的价值可能更大些，“不舒服”也就退居其次了。“从事黑客活动，在某种意义上说，就是对计算机系统的最大潜力进行智力上的自由探索，就是尽可能地使计算机的使用和获取信息成为免费和公开，就是坚信完美的程序将解放人类的头脑和精神。而他们之所以不断地闯入各种网络禁区，甚至在某种程度上干扰或威胁了各种系统的自身安全，是因为他们必须通过这种危险的实践过程，才能有效地发现缺陷的存在，也才能确认自己改善缺陷、完美体系的能力。事实也是如此。在黑客的早期阶段，尽管他们不断地非法进入各种重要网站，有时甚至会故意留下‘到此一游’的踪迹，但并没有进行一些破坏性的活动或外泄其中的一些机密资料，也就是说，在没有任何法律的约束下，他们依然保持着良好的自律性行为准则。而这，正是他们受到人们普遍尊重的原因之一。”①

问题的复杂性在于，到底应该如何界定黑客的“入侵”行为。2002 年 7 月 11 日至 14 日，美国东海岸最大的黑客会议 H2K2② 在纽约举行。其中最能勾起与会者兴趣的是“介绍最新的 Picking（撬锁）技术”。有报道描述道：“几乎所有的 H2K2 与会者都来了，人们将举行会议的保龄球馆挤得水泄不通，有的年轻人甚至像猴子似的爬到了柱子上面。”对黑客来说，指导思想和要干的事就是“强行撬锁，未经许可侵入内部”。因为“想要的

不少黑客喜穿印有白色骷髅的黑色衣衫

① 洪治纲：《文化悖论中的黑客》，《东疆学刊》（第 20 卷），2003 年 7 月第 3 期，第 21 页。

② H2K2 是黑客团体 HOPE 的第 4 届黑客大会，HOPE 是一个主要在美国活跃的黑客组织——作者注。

东西，只能从后门撬锁来取”。在他们看来，“只要不窃取数据导致受害，即使破解了密码也不算犯罪”。然而，这种理论，似乎又与“只要不侵入住宅盗窃物品，即使将锁打开也不算犯罪”的逻辑如出一辙——但这却是一个强盗的逻辑。① 笔者以为，如果黑客的“入侵”行为触犯了法律，那就没有任何理由可以原谅。一般来说，如果“入侵”是以破坏、窃取信息为目的，每一位这样做的黑客必然要为自己的行为承担法律责任。

尽管我们不能从任何角度上来鼓励计算机犯罪，但如果不是从法律角度来讨论黑客文化中的破坏性，这种破坏性也仍然有其一定的积极意义。回溯网络与计算机技术的发展历程，其“免疫”能力的提高，看来主要要归功于黑客。正是在他们发起的一次次“进攻”中，网络技术尤其是网络安全技术得到了快速发展，这其中当然也包括对计算机硬件与软件水平的提升、促进与发展。“道高一尺，魔高一丈”，互联网上“黑”与“反黑”行为的循环往复，客观上成为信息行业技术水平迅速提升的重要因素之一。从这个意义上可以说，黑客文化推进了互联网的技术完善，黑客文化提升了互联网的管控水平。

但也有专家认为，无论从哪个方面看，黑客对网络安全的积极作用都是很有限的，就像得了一次肝炎以后，就会对其有免疫能力，但人们还不至于为此就想得一次肝炎。这话当然有道理，一个公司或一个单位受到黑客攻击造成损失当然也不是好事。然而，对黑客的攻击性与危害性，从宏观的视野去看也不见得毫无益处。一个网站或组织受到攻击以后，更多的网站与社会组织借此吸取教训，修补漏洞，提高抵抗“风险”的能力，未必不是好事。一个病毒的出现可能害死几个人，但提高了全社会的免疫力——这就是积极意义的一面。

著名网络传播学者闵大洪应笔者之邀专门谈了他对黑客文化的辩证思维：

> “黑客”一词本来是对计算机知识丰富、具有独创能力的编程人员的尊称，并非指从事窃取并篡改信息、破坏等违法犯罪活动的人。但当今黑客在人们的普遍印象和观念中，显然已成为互联网上非法侵入者的代名词。从这一点看，黑客行为是犯罪行为，但黑客很少有现实社会中罪犯那样一种犯罪感。这不仅是虚拟社会法制不健全，难以破案，惩罚力度不够，更重要的是黑客疏忽上述指导思想所致。当然，黑客是分类的，有的忠实于“原道”，只探测网络漏洞，而不进行破坏和盗窃；有的则为了自己的私利，进行破坏和盗窃，甚至受他人指使无所不干；有的则在民族尊

① 《中意之物，撬锁取来——可怕的“黑客会议”》，日经 BP 社，2003 年 7 月 23 日。

严遭到损害时，为了表达自己的义愤而一时攻击对方；而有的更直接服务于政府。黑客行为的多样性实际反映了现实社会的种种利益冲突。

黑客行为导致互联网秩序的混乱，严重时甚至可以造成大面积的瘫痪。2005年10月20日荷兰司法部宣布，年纪分别是19、22及27岁的三名年轻黑客“黑”了全球150万部电脑。他们涉嫌侵入拍卖网站eBay安全付款系统Paypal的个人私人账户密码，并在保护措施不佳的个人电脑中，植入木马程序或称为“Toxbot”的强力病毒。这种病毒像无害程式般运作，而让黑客可以控制一大群“僵尸”（意思为电脑受到黑客控制，但电脑使用者却毫不知情）。

正像矛、盾进行攻防战一样，黑客的出现、黑客技术的发展，从另一方面看，也不断提升着网络的安全防范水平。正是由于有了黑客，人们才比任何时候都关心网络安全，网络安全产业也应运而生。现在世界上很多从事网络安全的公司都雇佣黑客们进行产品设计和技术开发，因为大家真正要防范的只是一些恶意黑客，而在了解黑客攻击手段的善意黑客们的积极参与下，网络安全可以得到更全面的保护。有些黑客也指出，安全就像医生和警察那样，随时都需要，“它不像水管修理工人，只有坏了才需要他上门”。所以黑客们认为自己有责任随时提醒网络管理者，而这种方法通常就是攻击并进入网络。至于说，出于国家信息网络安全的考虑，就更需要一批高水准的黑客作为网络卫士。

研究者对于黑客思考的视角，主要集中在黑客对网络安全的威胁及黑客现象引起的社会和伦理问题上，但以科学方法来进行分析的并不多见。

劳伦斯贝克来实验室是美国加州的一个民用研究所，但也有少数的军事合约业务。实验室的学者曾经做过一项研究——跟踪一位持续性地攻击劳伦斯贝克来实验室里计算机集群的黑客。从一开始他们就允许这位黑客“登堂入室”而不是试着赶他离开系统，以期搞清楚他的目的与来源。

他们记录下所有的进入口“痕迹”，在线打印出这位黑客每天的“活动”记录，尤其是密切注意他敲入的一些关键词。在此过程中他们甚至用了一些假造的电子邮件信息来让闯入者觉得安心，因为他可以违法地阅读这些信件。通过长达10个月的跟踪、研究，发现了以下几点：1. 这位黑客是把他们的计算机中心当作一个集线器（hub）来到达其他的地方，而不是没有目的嬉戏般地到处玩玩；2. 这位黑客通常总是重复那么几种老路径进入操作系统，如利用系统管理员与用户常犯的一般性错误来达到目的，当有机可行

时，他也会使用未知的安全漏洞及精密的蠕虫进入不同的操作系统如UNIX等；3. 这位黑客表现出的一种不寻常的兴趣在少数、特定的军事议题上，尤其是对系统内的防御承包者（defense contractor）如何操控计算机的问题；4. 这位黑客的意图是透过遥控功能的实现来接近系统内的一些敏感性的计算机，以窃取数据。

劳伦斯贝克来实验室这一研究的结果表明：网络上没有任何一台电脑是真正安全无忧的；只要有一个明显的安全性问题被忽略掉，任何一个操作系统就有可能出现不安全的情况。

值得提及的是，作为一群技术精英，黑客身上潜藏着一种反对权威、反对技术专制的倾向，蕴含了一种自由的精神。因此，黑客通常很少有组织（有组织的也是松散型的），大家都来去自由。同样，黑客文化没有领袖，因为置身于“身怀绝技”的人群之中，追求“领袖”的名誉是危险的。然而，应当承认，黑客的发展史上有英雄，前面介绍过的那些老牌黑客，大多数都是这样的英雄。黑客文化的发展，需要呼唤这样的英雄回归！

从西方文化的核心价值观中汲取营养的黑客文化，有理由继续成为网络文化百花园里的一朵奇葩，而不是一棵毒草。

第二章 闪客

闪客帝国　从崛起到辉煌

个性挑战　才情造就“寂寞高手”

平民色彩　寓教于乐，欢乐与共

生存之道　商业化前景，路在何方？

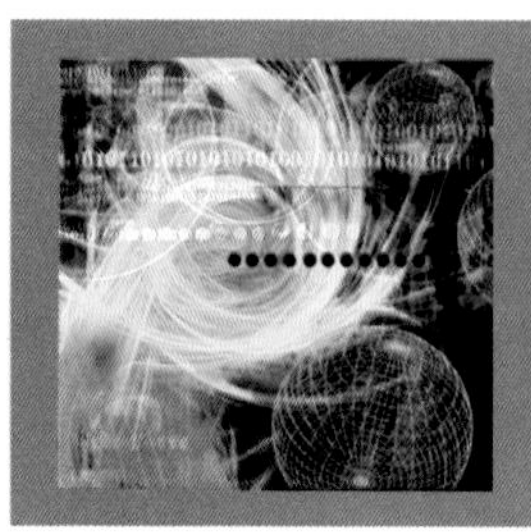

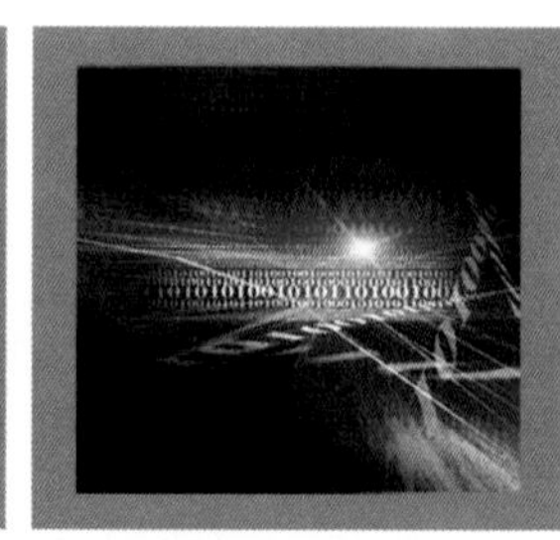

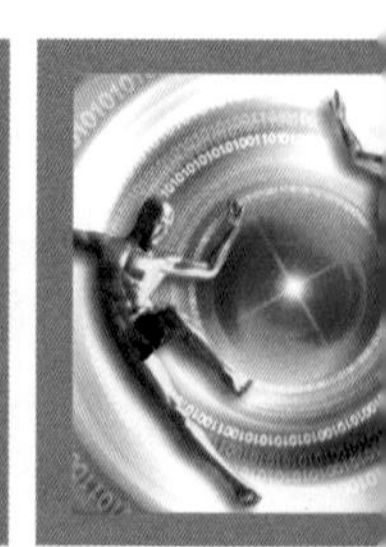

媒介即讯息

网络“客”文化正是随着互联网这个电子技术的新发展——数字技术，充盈着我们的感官与神经，延伸到地球上的每一个角落。

偶然在寂寞中诞生，从没想到会受到社会与公众的重视。从诞生到成长，都贯穿着个人的、平民的色彩。或者正是由于这种平民精神，以及带有娱乐性质的传播方式，被人们广泛接受了，并被视为网络时代的一个新生事物。

——老蒋《闪客——闪烁在互联网冬天和春天》

相对于神秘的黑客来说，闪客与大众的关系要密切得多。一位圈内人士曾经这样描述过这些数码时代的新一代动画师：每当夜幕降临，他们选择了"闪光"，用一种叫 Flash 的软件，把隐藏在心里那些若隐若现的感觉做成动画，也许是段 MTV，也许是段伤感的故事，也许仅仅是一个幽默。这些作品传播到网上，博得大家开怀一笑，或是赚取几滴眼泪。

有关调查显示：在中国，超过 90%的电脑都安装有 Flash 播放器，约有 45%的网民喜欢看 Flash 动画，专业或业余的各类闪客总数已经超过了 500 万人。2004 年 3 月，在被誉为动画界"奥斯卡"奖的"法国昂西动画节动画奖"入选作品中，不仅有 9 部中国动画片首次入围，而且其中有两部就是中国国内闪客创作的"网络动画"。

闪客的流行与 Flash 这个动画软件有很大关系，这个软件是美国著名的 Macromedia 公司的产品。1996 年，Macromedia 公司收购了 Future Wave 公司，并将后者开发的动画软件 Future Splash Animator 改名为 Macromedia Flash1.0 版，这一软件立即成为闪客最喜爱的制作电脑动画的工具。此后，这一软件不断升级，功能日益强大，成为闪客创作 Flash 作品的首选软件。

Flash，英文单词本意是指闪光、闪现。所谓"闪客"，即指制作 Flash 动画的人。显然，对应于中文"闪客"中"客"意思的英文词不应是 Flash 而应是 Flasher，但目前英文辞典中 Flasher 一词的释意只有如下三个：1. 一种靠闪烁（如交通信号或汽车灯）引起人们注意的光；2. 一种能自动闪烁发光的装置；3. 有裸露症的人。[①] 总之，并没有

① 目前英文辞典中原释义，flasher：one that flashes ：as（a ）a light（as a traffic signal or automobile light）that catches the attention by flashing（ b）a device for automatically flashing a light（ c）an exhibitionist who flashes（ Merriam-Webster Online ）

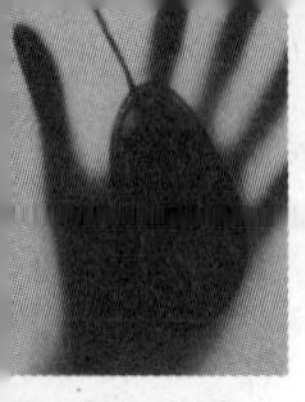

"闪客"这层意思。中文"闪客"一词，据说是由著名闪客"边城浪子"1997年"创造"出来的。①

2001年9月9日，中央电视台10频道的《选择》节目，在国内第一次播出了关于闪客的特别节目，边城浪子、老蒋、小小、BBQI等一批当时在国内小有影响的闪客悉数亮相，这似乎标志着闪客从网络走向大众。此后，传统媒体中不断出现关于他们及其作品的报道。

著名闪客人物形象：小破孩

Flash音乐动画是近几年才在网络上特别受欢迎的一种艺术样式，它画面简洁，DIY程度非常高，具有很强的表现力，受到了青年网络用户的热烈追捧和喜爱。

由于西方国家严格的知识产权保护制度，Flash作品的网上传播受到相当限制，故本章主要介绍的是中国内地闪客与他们的作品。

---

① 黄鸣奋：《"网络三客"艺术论》，南京师范大学文学院学报，2004年1月第1期，第176页。关于"Flash"一词，笔者有两点建议。

一是建议英文词典编纂者在"Flasher"一词的释意里，增加"制作电脑动画的人，即闪客"这层意思。既然"Flash"一词无论作名词还是动词，其基本意思只有"闪光、闪现、闪烁"之意，与"客"完全不相称，那就只有指望Flasher来扩大其内涵了。事实上，网上已经有用Flasher来指代"闪客"的用法了，如俄罗斯有个闪客高手俱乐部网站，其域名用的就是www.flasher.ru。根据英文的构词规律，"—er"这个后缀具有"人"或"者"之意，"Flasher"一词承担"闪客"之意天经地义，这有利于世界上以英语文化为背景的读者确切了解中文"闪客"的含义。国内也已有学者指出：Flasher意为Flash软件的使用者，之所以译为"闪客"，是根据黑客之类称呼仿造的。

二是建议汉语词典编纂者根据"Flash"一词的音译，收入"佛乐戏"这个词条。之所以将"Flash"译成"佛乐戏"，有两层意思："戏"，Flash本是动画，有"木偶戏"之特征；"佛乐"，指Flash一个最重要的功能是娱乐功能——把佛都逗乐了。将重要的外来词汇及时音译成汉语，不仅丰富了汉语词库，而且有利于东西方文化的交流与融合。如是，若干年后在汉语中，"佛乐戏"当会与"沙发"、"吉普"一样普及。

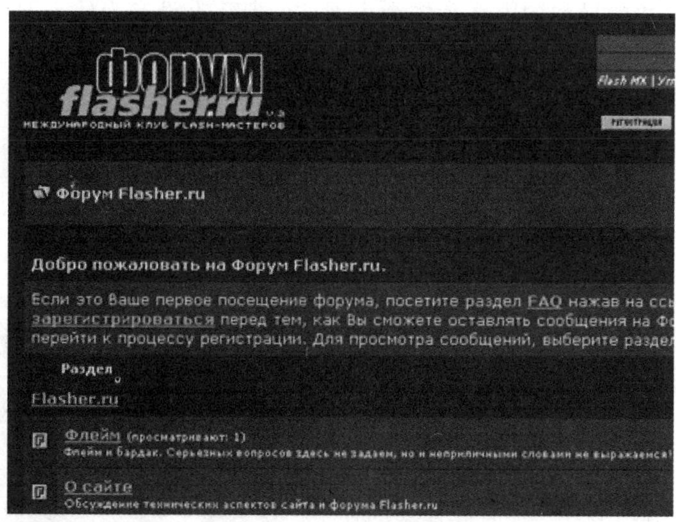

俄罗斯闪客俱乐部网站 www. flasher. ru 首页

闪客帝国

从崛起到辉煌

严格地说，Flash 在中国的出现始于 1997 年。那时候，网络用户不多，关注 Flash 的人更少。但如今的一批有名的闪客，当时已经在网络上闪现了他们的身影。如果要论“先行者”的话，应当提到的名字有：边城浪子、firephenix、邹润等。当时国内只有一个叫“回声资讯”的 BBS 里设有一个 Flash 论坛，边城浪子等人就聚集在这个论坛里，抱着学习 Flash 技术的目的进行热烈的讨论，也引起了当时一些常上网的 IT 技术领域中人士的关注。

前面说过，“闪客”一词的诞生与边城浪子有关，到底是怎么一回事呢？1999 年，

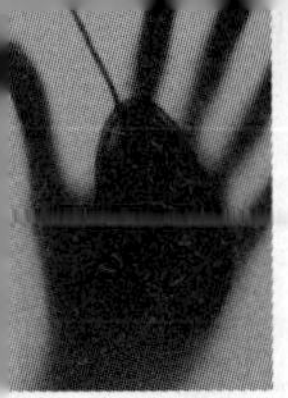

边城浪子正准备着手建设他的闪客帝国个人网站，但一直没有为这个网站想出一个好的中文站名。有一天，在“回声资讯”的Flash论坛上，一个帖子里出现了“闪客”一词——多酷的名字呀，就是它了！边城浪子有一种被击中的快感。于是，“闪客”一词开始整天挂在他的嘴边，随着闪客帝国的开通，汉语中就此多了一个响当当的网络新名词。如今，这个词已经从文化的意义上深入人心，直至声名远扬。

回头再来说一下边城浪子。这是一个谈到Flash在中国的历史进程时无法回避的名字。

边城浪子，真名高大勇，今年29岁，1996年毕业于秦皇岛燕山大学计算机专业。大学毕业后，高大勇被分配到北京的一个研究所，半年后，又跳槽到了瀛海威。1997年，高大勇开始接触Flash，那时候他学的还是2.0版本。同年，他就开办了自己的个人网站，并赢得了较高的人气，他因此而被评为“1998中国十大网民闪客”之一。

高大勇

高大勇最初是在他的个人网站里开辟了一块Flash园地，在这个基础上，经过长时间的精心准备，他创办了国内第一个专业性的Flash网站——闪客帝国(www.Flashempire.com)。闪客帝国于1999年9月15日开通。

闪客帝国为闪客提供了一个全新的展示才华的平台，陆续集聚了一批Flash高手，他们之中有：老蒋、小小、BBQI、拾荒、白丁、皮三、卜桦、豆批、哎呀呀、沈迪佳、阿芒、涛涛、王裕民等。闪客帝国有个著名的爬行榜，是闪客界最权威的作品排行榜。

数年来，为了维持帝国的正常运转，让它一直“活”着，高大勇换过很多单位，在ChinaByte、新浪、MyWeb、Ting365等网站都打过工。在与IT行业广泛接触的过程中，高大勇对网站如何生存有了很深的认识，逐步坚定了要做商业化网站的决心。最终，在一位同伴的怂恿下，高大勇吸收了一部分投资，成立了公司，成为帝国的董事长，但他主要负责网站技术方面的工作。那位同伴，就是闪客帝国的总经理姜海。

闪客帝国在2003年1月进入公司化运营。总经理姜海也就此成为网络动画界的风云人物。如果说高大勇对闪客帝国的贡献主要体现在资源的积累与品牌地位的确立上的话，那么，姜海则为开劈闪客帝国的赢利模式做出并正在做贡献和不懈的努力。

现在每周闪客帝国大约收到来自全国各地可以上网站排行榜的作品就达40～60部。平均每个作品在一个月内的点击收看人数超过100万人，高的可以达到200万人。据姜海说，大家熟知的《小小的火柴人武打片》作品，至少有超过3000万人点击收看过。这个数字是很惊人的，已经远远超过了很多电影大片。

两年多来，闪客帝国逐步形成了具有竞争力的5大主要频道：《闪客影院》、《移动闪客》、《帝国加游站》、《闪客学堂》和《闪客商城》。

《闪客影院》拥有15个栏目共10000多部Flash动画片提供给用户在线点播欣赏。其中包括台湾著名的“阿贵”系列、“乌龙院”系列作品，正在引进日本、韩国、欧美的Flash动画片，成为他们进入中国动画市场的一个门户。作为国内第一个动画VOD收费点播服务栏目，《闪客影院》有望成为最成功的中国内地电脑动画收视平台。《移动闪客》专门为手机用户、掌上电脑用户提供动画资讯及娱乐服务，提供包括Mobile-Flash、漫画彩信、动漫游

旧版闪客帝国网站首页

新版闪客帝国网站首页

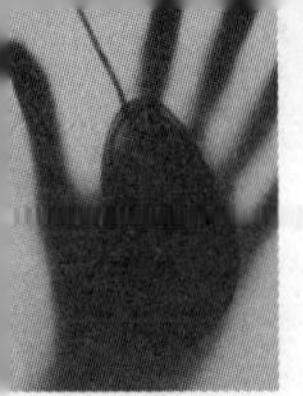

戏等无线服务，是无线增值服务与移动业务方面的“专卖店”。《帝国加游站》是一个轻松、休闲的游戏社区，以一系列有趣的卡通形象为主角，推出了一系列主题性的小游戏，包括运动、竞技、棋牌等多个方面。可以一个人玩，也可以几个人联网游戏，玩家之间看积分，积分可以在闪客帝国购物、看动画。玩家之间还可以随时互动交流。《闪客学堂》集中提供多媒体动画教育，既包括制作技术方面，也包括动画艺术方面。区分不同对象、按照不同级别开展在线教学活动。目前它正在与国内外优秀的专业多媒体机构、动画教育机构合作，有望成为国内最大的线上动画教育基地。

应该说，闪客帝国正在建设一个大型的动画娱乐内容与服务的传播、供应平台，构建动画生产商（个人、单位）与消费者之间平滑顺畅的供需体系，探索动画 VOD（在线收费动画点播、MMS-Mobile-Flash（无线网增值服务）等网络动画的赢利模式，努力在挖掘动画生产商价值和满足消费者动画娱乐需求的过程中，实现自己的价值。

2005 年 1 月 31 日，由闪客帝国与湖南电视台金鹰卡通卫视、《电脑报》和天极网联合举办的“首届中国网络动画金奖”获奖名单在北京人民大会堂揭晓，评出了 5 个年度网络动画大奖和年度“中国十大闪客”。名单如下：

闪客帝国的总经理姜海在“首届中国网络动画金奖”颁奖仪式上

2005 年度网络动画大奖：

年度最佳网络动画片奖：《特别英雄团（序）》，作者：中华轩动画网；

年度最佳网络动画导演奖：《心非所属》，作者：歪马秀；

年度最佳网络卡通形象奖：《坏坏不坏》，获奖形象：小破孩，作者：上海拾荒动画设计有限公司；

年度最佳网络动画故事奖：《坏坏不坏》，作者：上海拾荒动画设计有限公司；

年度最佳网络动画人气奖：《心非所属》，作者：歪马秀。

2005 年度“中国十大闪客”：

Tina、韦锋、McCoy、Snake、王裕民、蜡笔 X、Breath、rockey、拾荒、歪马秀。

作为中国内地网络动画多年来的第一次全国性的评选，这次评奖有两个特点：一是作品奖相对集中，歪马秀与拾荒动画设计有限公司成为焦点；二是在“中国十大闪客”中，主要是近两年来涌现的新人，第一代闪客中只有拾荒忝列其中。

2005 年度“中国十大闪客”

谈到中国的 Flash 文化，还有一个不能回避的名字——古墓。

古墓，真名沈卫，学美术出身，大专毕业。沈卫特别喜欢武侠小说，尤其喜欢《神雕侠侣》，“古墓”这个名字即由此而来。

1998 年以前，沈卫一直在一家装修公司当包工头，干了八九年之久。1998 年左右，古墓逐渐迷上了电脑和网络，厌倦了包工头的生涯。这时，一本介绍 Flash4.0 的书彻底改变了他的生活。1998 年，沈卫建立了自己的个人主页古墓视点。

2000 年 8 月 28 日，沈卫将古墓视点改造为闪吧并正式注册了域名（www.flash8.net）。在他的精心打理下，很快，闪吧成了继闪客帝国之后又一个闪客们的“居住地”。但那时沈卫仍然是兼职在做自己的网站，也没有自己的空间。

促使沈卫彻底告别包工头生涯的，是 2000 年底发生的一件事情。当时，他用网易的免费空间，上传了一个 Flash 作品后，很受网友喜爱，浏览量很大，网易就给了古墓 400 块钱以示鼓励。“那是我第一次因为 Flash 作品而获得收入，我很激动……”。自此，古墓辞掉了工作，成为闪吧的专职站长。

如今，闪吧的访问量仅次于闪客帝国。沈卫仍持守着他只做个人网站的理念，而甘愿为网友服务，放弃可能盈利的机会。

闪吧网站首页

个性挑战

才情造就“寂寞高手”

闪客开始从幕后走到台前，尽管他们常被人们称为寂寞高手。说是寂寞高手，其实是有点勉强的。难道他们都没有女友或男友、没有情人、没有亲人？答案显然是否定的。有亲有友，又何以言寂寞？

只是，我们应当承认，就像黑客一样，在圈子里，确有不少人的性格是比较沉闷的。或许正是这种不同程度上的自闭的性格，使他们“躲在小楼成一统”，日日与电脑、网络为伴，终成正果，技高一筹。

他们中不少人平时很少出门，甚至几乎完全不享乐。他们既不需要泡吧，也不需要卡拉 OK 或者二锅头。他们的享乐，就是玩电脑和画画。除了偶尔参加大侠们的聚会外，他们一般是成年呆在家里忙着他们的作品。即使有了名气，不少人每天也只做两件事：工作和睡觉。他们没有时间安排其他的业余生活。“我们搞技术的，就是这样。”（老蒋语）

也许正是这样的性格，决定了他们成为闪客。缺少群居的生活，使他们在独处中更多地体验了生命的真谛：沧桑、无奈，而又不乏欢乐。

多数闪客的生活都是比较艰辛的。例如，哎呀呀曾经好几年就与父母一起生活在一间不足 15 平方米的屋子里，父母把所有希望都寄托在她的身上。闪客中许多人都没有稳定的收入，如果一段时间联系不到商业性制作，这段时间的生活就会因为“没有进账”而变得省吃俭用。但他们的创作不会因此停止——他们凭着对 Flash 的热爱在坚守着。

闪客相对封闭的生活与个性，反而有助于他们在艺术创作中获得强烈的冲动和激情——他们在作品中锋芒毕露！可不是么？大凡他们的优秀的作品，都有一股激情喷薄而出，那情绪有着鲜明的个性，有着挑战者的姿态，也就有了极强的感染力。

下面介绍的，主要是中国闪客中的第一代高手，其中，卜桦可能要算第二代了。不过，她后来居上，作品不同凡响，在闪客中有着特殊的地位。

老　蒋

老蒋，真名蒋建秋，安徽亳州人。

重要作品：《新长征路上的摇滚》、《酷夏》、《强盗的天堂》、《红先生》。

老蒋从小学画画，钟情于卡通人物。15 岁那年，他从老家安徽考到北京的中央美术学院附中，4 年后考上了中央美术学院，初学版画，后改学摄影。1995 年从中央美院版画系摄影专业毕业后，老蒋一直在公司里从事设计工作。1998 年为了能有更多的时间搞创作，他选择了自由职业。1999 年初，他从互联网上初次接触了 Flash，不禁感觉眼前一亮，从此开始了他的闪客生涯。

把版画风格和电影的镜头语言运用到 Flash 中，并兼具潦草与狂放，是老蒋独特的风格。

2000 年 8 月，老蒋的《新长征路上的摇滚》在闪客帝国“露面”，那粗犷的大写意“镜头”，伴随着那首曾经唱响大江南北的同名摇滚歌曲的旋律，展示出作者独特的热情

与幽默，立即受到网友们的喜爱与追捧：霓虹闪烁，烟雾弥漫，在崔健嘶哑的吼声中，筒子麻将牌一张张跳出来，一群西装革履的 .com 青年正步迈向 NASDAQ，他们晃着胳膊哑着嗓子高喊“一二三四五六七”……站在互联网创业大潮的浪尖上，作者对这飞速变化的世界感慨万千，历史与现实在他胸中巧妙地交汇，太多时代的印记刹那间涌上心头。然而，老蒋摒弃了“严肃的表达”，而是采取半戏谑的姿态进行诉述，反而震撼了生长于不同年代的人们，产生了跨越时空的艺术穿透力。在谈到《新长征路上的摇滚》的创作动机时，老蒋说：“我很想在今天重新演绎（激情），希望大家在疲累的生活中能为之一振，唤醒真正的自己。”①

老　蒋

《新长征路上的摇滚》给老蒋带来了前所未有的知名度。在闪客帝国的总排行榜上，这一作品曾经在相当长的一段时期内，以 36 万次的点击率雄踞榜首。

今天看来，《新长征路上的摇滚》颇像出自一个“愤青”之手。其实老蒋这个人非常平和、质朴，这从另一个侧面，反映出老蒋情感的深度与生命的张力，反映出中国第一代闪客身上难能可贵的对社会充满人文关怀的品质。

老蒋作品：《新长征路上的摇滚》画面之一

笔者（紫竹）在 MSN 上采访了老蒋——

紫竹：你当年创作《新长征路上的摇滚》时，主要是要表达什么样的情绪？

① 傅乙轩：《闪客老蒋：视觉动物》，http：//arts. tom. com 。

老蒋：主要是互联网热潮，好像网络给了大家某种力量……

紫竹：但我觉得它的包容性很强，不仅是互联网热潮，是么？

老蒋：是的，但出发点是网络。

紫竹：好几年过去了，现在回头来看，你觉得这个作品的内涵是否超出了你当年的构想？

老蒋：没有，创作的时候的确顾及了很多东西。但我希望首先是好玩。

老蒋作品：《新长征路上的摇滚》画面之二

紫竹：为什么想到要用崔健的歌？

老蒋：我想做一个MV，做摇滚，因为我讨厌精细的画面感觉。崔健是大家最熟悉的摇滚歌手，所以我就用了崔健的歌。

紫竹：对这个作品你有遗憾么？如果有主要是哪一点？

老蒋：当时网络带宽有限，保持一个很小的文件量是个困扰。不得不放弃让画面更丰富一些的想法，不过舍弃的内容我现在也记不得了。

紫竹：你的《强盗的天堂》主要想说明什么？

老蒋：想表达媒体是暴力的帮凶，最后也害了自己。

紫竹：你近年来创作的作品中，自己最喜欢哪一个？

老蒋：《红先生》。

紫竹：为什么？

老蒋：是另一种面貌，我很喜欢尝试新方法，这个作品的实现是非常理性的，一切都在控制中，我觉得这是创作的一种成熟。

紫竹：《红先生》是你与崔健的又一次合作么？

老蒋：是的，配合崔健新专辑

老蒋作品：《红先生》

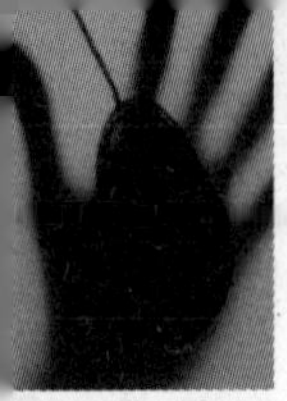

的推广。

紫竹：在《红先生》中你主要追求什么？

老蒋：不想天马行空了，希望尽力贴近歌曲本身的内涵，也是个难题。我还希望能做轻松一点的表达，把崔健的音乐带给更多的年轻听众。

紫竹：你现在是自由职业么？

老蒋：自己做工作室。

紫竹：工作室是哪一年成立的？

老蒋：2004年底，1年了。

紫竹：除了你还有几个人？

老蒋：目前只有5个人，过了年会扩大一点。

紫竹：这样支持自己生存有压力么？

老蒋：有压力，中国的动画产业现状不好，这点很清楚，但问题（是）躲不掉的，得做做看，或许压力中藏着机会。当然，这是乐观的看法。客观的研究一下现状，结论就是不乐观的。

紫竹：中国动画产业化算是开始了么？

老蒋：还很难讲，起码大家在往这个方向努力……

紫竹：你平时睡得很晚么？一般几点入睡？

老蒋：12点～1点睡，不怎么熬夜了。

小　小

小小，真名朱志强，吉林省吉林市人。

重要作品：《过关斩将》、《小小 No.3》、《小小特警》。

小　小

小小没有专门学过美术，也没有上过大学。他从小就喜欢画画。上初中的时候，小小从成龙、李连杰的武打片中获得了灵感，开始在书角画打架的小人，不同的动作，快速的翻看就像动画片一样。他的作品“火柴棒小人”的形象与创意，就源自那时。

1997年小小来到北京，在一家丝网印刷公司当美工。2000年10月，小小去了搜狐公司做网页设计，但他天性不甘受制于人，在搜狐工作7个月后即辞了职，开始了自己的SOHO生活，整天在家“捣鼓”他的“火柴棒小人”。

小小的作品总称为“小小系列”。“小小系列”的最大特点，是“简单、线条、动作”，他只用肢体来表现事物，既不需要文字，也不需要语言。为什么将自己的作品冠之以“小小”呢？小小说：“起名‘小小’，一是这是小时的梦想，二是短小精悍。用简单的Action做复杂的游戏是我给初学Flash的朋友写的一句话。不应该盲目地去学。一些简单的操作也可以做出很好的效果。”①

小小的第一个作品，是他在2000年用Painter创作的《独孤求败》。

2000年初，小小完成了他的最重要的作品《过关斩将》。《过关斩将》既可以当动画播放，也是打斗类Flash游戏可供娱乐，这类动画也叫“互动动画”。一个黑色的“火柴棒小人”，在出拳与腾跳过程中击倒无数紫色的“火柴棒小人”，当然也随时可能被他们击倒——击倒了再爬起来，继续战斗。如果说英雄主义是这个作品的主题，似乎又言重了些，但在欣赏与互动的过程中，只觉得心里很痛快，有一种说不清道不明的快感，这或许正是小小要达到的目的。

小小作品：《过关斩将》

“所有的制作人都只是在表达自己的一份情绪。”（小小语）② 这里的关键是，如何把这种情绪艺术地表现出来，这包括：具有最好的表现形式，最佳的表现手法，并获得最有时代感的背景与氛围。小小在这些方面都成功了！

---

① 雪呆子：《FLASH会一闪而过吗?》，http：//www.qingyun.net.cn/cgi-bin/personal/pview.cgi? op=art&pn=xuedaizi&ord=227)。

② 转引自胡虎：《网络闪出好心情》，http：//www.cnii.com.cn/20020131/ca19886.html。

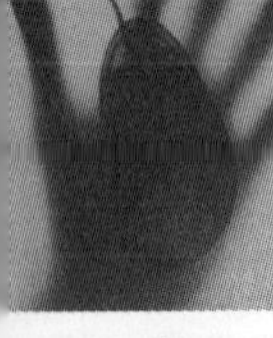

拾　荒

拾荒，真名田易新，河南洛阳人。

重要作品：《小破孩系列》。

拾　荒

拾荒1994年开始从事动画片制作工作，2002年初他才开始接触Flash，随即产生了浓厚的兴趣。当年3月，拾荒在网友兽医的指导下，完成了自己的第一部作品《庸人自扰》，随后他开始了独立创作。

这一两年来，拾荒的《小破孩系列》作品流行于网上。那个脑门上有个大包、倔倔的小男孩，以及扎着两根羊角辫的小女孩，是拾荒创造出的特征鲜明的Flash人物形象，不少人说爱死了这两个不知道从哪里冒出来的"野孩子"。

是的，小破孩哭，小破孩调皮，小破孩不服输，小破孩吃了大亏仍然勇往直前永不言败。拾荒以儿童来牵引大人，以童真在反击丑恶！

拾荒小破孩动画系列中的一集《坏坏不坏》获得了中国"首届网络动画金奖"的"年度最佳网络卡通形象奖"，这一作品从头到尾都贯穿了中国式的形象与思维，具有鲜明的民族特色。大赛评委会对《坏坏不坏》的评语是："在参选作品及其整个系列作品中，主角形象设计兼顾了传统与现代审美，性格设定鲜明，令人印象深刻。细腻而风趣的动作表现，使得无需对白也能表现出形象和故事的可爱之处。"拾荒是第一代闪客中唯一跻身"中国十大闪客"者，某种程度上，他是闪客中承前启后的代表性人物。

拾荒作品：《小破孩系列》之一：《坏坏不坏》

卜　桦

卜桦，女，真名卜桦，北京人。

重要作品：《猫》、《心》、《木偶戏》、《无常》、《仲夏夜之梦》。

卜　桦

卜桦毕业于中央工艺美术学院，学的是装饰绘画专业。她10岁时就出版了儿童邮票一枚，12岁在香港举办个人壁挂展，16岁为原邮电部设计明信片。大学毕业后，她曾去荷兰进修艺术，到德国办画展，可算是闪客中的一个“海龟”。

在2001年以前，卜桦从事的是前卫艺术，曾创作了两个反映都市生活题材的小剧本。有一天，她的一个同学来串门，向她提起了Flash，一下子触动了她那敏感的神经。她立即到书店找关于Flash软件的书籍，从中挑了一本就拿回家从头学起。美术的功底与天生的悟性，使她只用了一个下午的工夫，就使自己的Flash动了起来，从此便越发不可收拾。几个月后，卜桦在闪客帝国里后来居上，成为声名赫赫的闪客。

卜桦的作品镜头简洁流畅，情感真切细腻，感性突出，富有激情。

在卜桦的《猫》中，猫妈妈和猫孩子相依为命，尽享天伦之乐。突然，祸从天降，猫妈妈被恶徒暗算，被劫入地狱……懦弱的猫孩子，为了“招回”母亲的生命，勇敢地冲入地狱，以命相拼，最终感动了上苍，母子重又团聚在一起。

卜桦成功地演绎了这个凄怆哀婉的故事，把亲情描写得荡气回肠，打动了无数网友的心。她的作品似乎都是为亲情而创作的，为所有渴望爱与温暖的心灵而创作的。而亲情与血脉，在一个道德每况愈下的社会中，已成为许多疲惫的心灵的最后栖息之地，成为人世间值得留恋的唯一的闪光珍宝，成为人性的最后的楚河汉界！

“所有做艺术的人，首先必须是一个很敏感的人，还必须是一个很真诚的人，不是为做而做，而是为了在作品里面成长而做，为了体验生活而做。”① 这就是卜桦。

---

① 转引自顾晨燕：《四闪客Flash他们这样闪》，http：//life.women.sohu.com/03/42/article212244203.shtml。

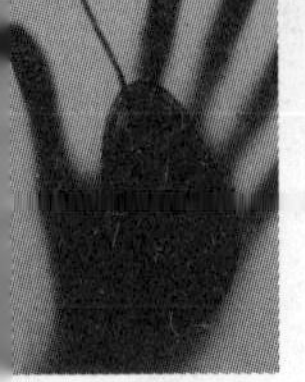

卜桦作品：《猫》画面之一

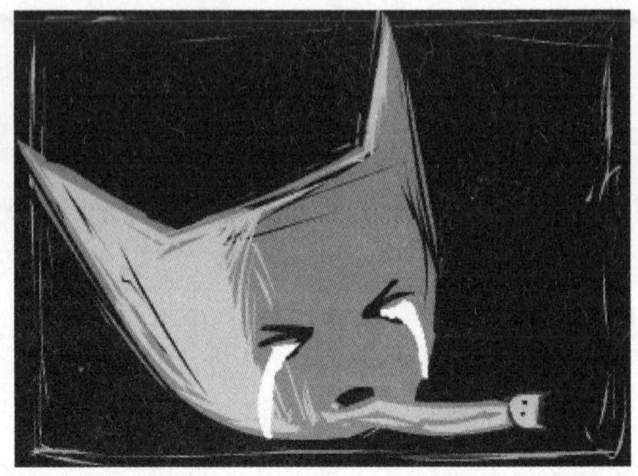

卜桦作品：《猫》画面之二

BBQI

BBQI，真名齐朝晖，北京市人。

重要作品：《Dumb》、《恋曲1980》、《都市三重奏》、《伊甸园》。

BBQI

BBQI，1968年生于北京，1990年毕业于清华大学，1999年底他开始与Flash“亲密接触”。他没有美术功底，可以说是一直以“门外汉”的身份在从事着Flash创作。由于是半路出家，BBQI担心自己力不从心，“在美术上时常露怯，便在创意与构思上多下工夫”。[①] 通过不懈的努力，BBQI形成了画风简洁、内涵丰富且平易近人的风格。

BBQI特别善于总结自己的从业经验。2004年他出版了《BBQI教你做FLASH动画》，号称电脑动画秘籍，为欲进身闪客之列者的必备读物。

BBQI创作的《伊甸园》，以大写意的手法表现人类两性关系原始的美好及遭遇的重

① BBQI：《年终岁尾写的文字》，http：//arts.to.com/1019/20041228－18916.html。

创。一个女人伏在男人身上小憩，鸟儿栖息在她的身上。好景不长，一股黑烟袭天而来，绿树被卷走，女人变成了一具骷髅，作品中流露的伤感和关怀令人回味良久。有人说，当自然而美好的两性关系被摧毁的时候，人性也就遭到摧毁，人类的文明也就遭到亵渎。《伊甸园》是否给了我们这样的象征与暗示呢？

BBQI 作品：《伊甸园》

《伊甸园》在展现故事的过程中，还表现出与天地同庚的男女差异，比如女人一上来二话不说，伸个懒腰就靠在男人身上睡觉！差异即世界，曾几何时，男女几乎被搞得没有差异，女人也喜欢穿男装、军装……今天，并非没有人还想消灭差异，或对差异作痛心疾首状，因此，《伊甸园》是有着现实的针对性的。有趣的是，《伊甸园》现在常被当作一个公益环保作品而广受称赞。

“这就是 Flash，每个人都有一种心中的感觉，每个人都有自己的理解。”① BBQI 自己这样解释。

皮　三

皮三，真名王波，1971 年出生于山西。

重要作品：《D 版赤裸裸》、《连环梦》、《王波七日》。

皮　三

皮三，1996 年毕业于山西美术大学美术系，现居北京。科班出身的他在创作 Flash 作品之余，也创作了大量的油画作品，他的主要参展油画有：《一回合展》（1998 年，北京）；《二回合展：常识立场》（1999 年，北京）、《新锐的目光：1970 年前后出生的一代》（2000 年，北京/广州）、《三回合展：格式

① 转引自刘畅：《我闪，故我在》，http：// www.booker.com.cn/gb/paper20/27/class002000003/hwz170436.htm。

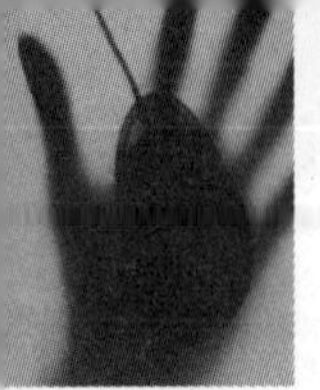

化》（2001年，北京）。

在《D版赤裸裸》中，皮三通过与"黄色"有关的大量的社会信息碎片的叠加，并将若干个局部之点加以放大，传达出一种被放大的荒诞感，完成了他对"黄荣娼盛"现象的社会性讽喻。这部作品所表现出的对批判现实主义的强烈的认同感，表明作者对社会现实的密切关注。有意思的是，他在这个作品中对于色情因素的直觉性把握，在他后来的多个作品也有所体现。

皮三作品：《D版赤裸裸》

数字化个性与搞笑式思维，使皮三的作品荒诞又尖刻，充满了诡秘感，形成了他独特的风格。

哎呀呀

哎呀呀，女，真名孙雁，上海人。

重要作品：《心情日记》、《飞吧》、《信仰》。

出生于1980年的哎呀呀，1998年从上海市电视中等专业学校计算机应用专业毕业。2000年应聘为香港无线电视台下属网站（www.tvb.com.cn）多媒体设计师。2002年，她又担任了上海热线IT频道经理，随后于2003年与朋友共同创立上海闪意网络科技有限公司（网站"IDES互动"）并担任创意总监。2001年4月，她创立了多媒体教学网站（www.ayychina.com）。该网站曾在《计算机报》评比的国内十佳网站中，被评为最佳资讯网站，也是国内唯一的Flash教学网站。

哎呀呀

哎呀呀为了自己的Flash网站，不惜辞去香港无线电视台下属网站的多媒体设计师一职，在家做SOHO一族，这对于一个没有学历的年轻人来说是很需要些魄力的。“没什么可惜的。我想我现在选择SOHO主要还是因为自己年轻喜欢自由吧！年纪大点了想追求稳定还会去上班。”①

哎呀呀在她的《心情日记》与《心情日记2》里，摹画了一个烦躁不安的都市少女，她抽着七星烟，喝着咖啡，看着电脑屏幕上不断闪烁着的QQ头像与MSN信号却不想聊天，那失落的心情或许与雨天有关，或许就没有任何缘由。

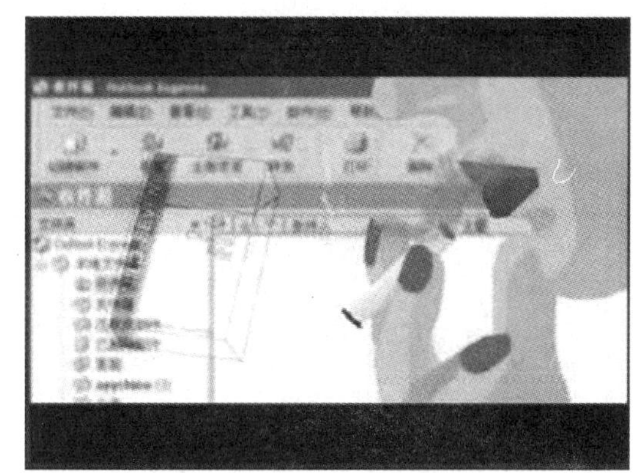

哎呀呀作品：《心情日记》

由于哎呀呀作品中的形象就像她自己，我们从中还可以读出一份“80娃娃”特有的坦率。一个数码女孩在数字时代失落的形象，其实也可以安慰许多不常坐在电脑前的人（包括下岗工人和坐在官场上的人），安慰非数字时代曾经失落的心灵。这样，《心情日记》就获得了一种时空穿透力。

当然，《心情日记》里的心情女孩，年轻、漂亮且有才华，她不仅有失落的理由，更有失落的资本！

白　丁

白丁，真名朱兆曦，山西太原人。

重要作品：《少儿不宜》、《失落的梦境》、《回忆》。

白丁是地道的美术科班出身，他从小学即开始对美术感兴趣，在美院数年的系统学习中打下了坚实的美术基础。1996年从中央美术学院版画系毕业后，他在大学里教过书，也在公司里打过工，最终自谋生路，归隐“网络江湖”。

白丁说更喜欢用电影的风格来诠释他的作品。他一直希望自己的东西不仅仅是大伙看了一乐后就忘却的，而是要有视觉冲击力，并具有思想的分量的。然而，他的早期作

① 《闪客女孩——哎呀呀》，http：//www.shuku.net/author/wangchenyun/articles/article04.html。

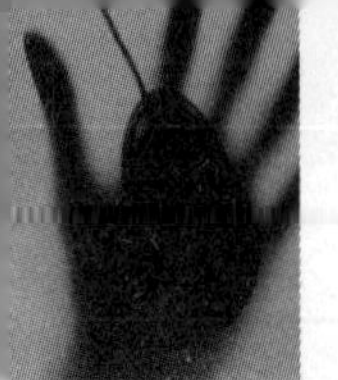

品《少儿不宜》，恰恰给了我们无比的轻松戏谑：一个逐渐绘成形的性感女人体，在全景中原来是一个狗头！哈哈！女人体，少儿不宜；狗，却是儿童喜欢的动物呢！

白丁用这样一个绝妙的幽默，暗示了年轻一代在对待性这个可能牵涉非性甚至经济、政治等更复杂问题上的基本态度，有别于他们的父辈或祖辈。他的这一充满智慧的作品，直到现在仍然带给我们会心的一笑。

白丁作品：《少儿不宜》画面之一

白丁作品：《少儿不宜》画面之二

在白丁的个人博客中，有一个题为“向芙蓉姐姐致敬”的帖子，从中可以看出他宽容的心态。由知名闪客来评价知名博客（如果芙蓉姐姐也算一个博客），在网上倒是不多见的。

> 落伍了，前几天被人嘲笑，居然连芙蓉姐姐都不知道，于是上网浏览了一大通，感慨万千啊，时代真的在进步啊。
>
> 祝愿俺认识的大家伙儿们，都像芙蓉姐姐一样爱美爱自个，像芙蓉姐姐一样豪迈自信快乐勇敢的生活。
>
> 维纳斯可以光着膀子摆 pose 流芳千古，咱们为啥不可以呢。
>
> 相信每个男女内心最深处的自己，都是个酷哥美女，是个偶像英雄。
>
> 虽然也许，我们仍然条件反射地要笑，或是要嘲笑，但不要为了自己的羞耻感指责人家啦，让我们豪迈地走进新时代吧！①

白丁的作品少而精，至今他只有三部作品，即《少儿不宜》、《失落的梦境》与《回

① 白丁博客：http://www.baiding.com/mt/db/baiding/archives/000765.html。

忆》，但每一部作品都耐人寻味。

“我觉得好的作品重要的是思维方式。美术功底和对软件使用的熟练程度一样都是技术，技术＋思想＝Flash。”[①] 这就是白丁对 Flash 的诠释。

笔者（紫竹）在 MSN 上与白丁有过一个交谈——

紫竹：我看了你的作品，对《少儿不宜》印象最深，你当初创作它的主要动机是什么？

白丁：动机这说法太严重了……其实做少儿不宜的时候啥也没想，如果非要说有动机，动机是为了世界和平。

紫竹：我觉得《少儿不宜》至少表达了对正人君子的一种讽刺，即所谓正统者认为“少儿不宜”的东西，其实并非“少儿不宜”，如狗，正是少儿喜欢的动物呢。对不？

白丁：那种东西有时候像个镜子，观众会看到他们愿意看到的，我决定不了。不过很遗憾。

紫竹：为什么说遗憾？

白丁：那个东西最初的创意不算是我的。

紫竹：是谁的？

白丁：多半是来自民间的，之前有类似的漫画。

紫竹：为什么西方国家如美国的闪客没有中国的闪客活跃及影响大？

白丁：我觉得当前的活跃，是因为之前的某种匮乏……

紫竹：国外似乎没有像你这样的职业闪客，对吗？

白丁：对，国外的大众文化、流行文化一向很发达。中国的活跃常常是泡沫……

紫竹：你大学毕业后在哪个学校教书？教美术么？

白丁：清华，人文学院，艺术类选修课。

紫竹：教了几年，为什么辞职了？

白丁：3 年，累了就辞了，这种累不值得。那帮学生没我也可以过得很好，我没他们也还行。

---

① 转引自顾晨燕：《四闪客 Flash 他们这样闪》，http：//life.women.sohu.com/03/42/article212244203.shtml。

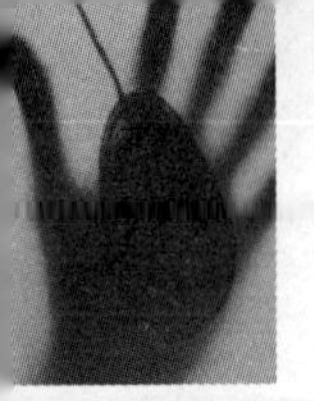

紫竹：你现在是自己开了公司吗？

白丁：自由职业。

总体来说，闪客名家的作品是风采各异的。但从中亦可以发现一些共同的东西。中国第一批闪客大多出生在20世纪70年代初至80年代初，他们是在影视艺术熏陶中成长起来的视听一代，从而对视听语言的理解更多的是直觉的感受，常规的剪辑手法与经典的影视场景对于他们从来不是理论，不是枯燥的知识。那种对艺术的直觉与他们的个性化的情绪，通过Flash达到一种理想的结合状态。

平民色彩

寓教于乐，欢乐与共

值得关注的是，如今Flash到了几近家喻户晓、在网络上如火如荼的程度，却并未依靠什么专门机构的推广或“运作”，且至今也没见一个类似于“美协”或“作协”那样的组织出现。Flash靠着它自身的魅力，在网络上自由地传播，在众多的艺术形式中争得了一席之地。

Flash得以迅速流传的原因，可以归结为如下三个方面。

首先是其自身的技术特质与优势。

Flash作为一个软件，其“鼻祖”是美国Future Wave公司开发的Future Splash Animator，那是一个基于矢量的动画制作软件。后来，Macromedia公司十分看好Future Splash Animator，并将它收购，Future Splash Animator因而摇身一变，成了早期闪客爱不释手的Macromedia Flash 2.0。

Flash的优势，主要在于它是一个矢量动画工具。由于矢量是一个算术式，电脑根据这个算术式而生成图像，所以在放大和缩小矢量图形时，不会模糊或起锯齿。矢量动画无论被放大多少倍，它仍然清晰如初。这样，制作者就可以把Flash的文件做得很小，大多仅有几百K，然后在Web中用命令把它放大供用户浏览。Flash的播放，则是应用了一种“流（stream）”技术，可以使动画边下载边演示，如果控制得好，用户几乎感觉不到文件还没有完全下载。

由于用 Flash 生成的交互式动画体积很小（通常在数百 K 至数千 K 之间），因此特别适合 2000 年前后中国网络用户能够享用的浏览网速。那时候，网民看静态的页面看得太多了，自然想看动态的内容，而所谓的网上视频在当时的网速下根本无法观看，在这种情况下，他们一下子看到了新鲜活泼而又动感十足的 Flash 作品，且观看十分便捷，岂有不爱之理！

Flash 流行的另一原因，当归于它是一个技术门槛相对较低的优秀软件，这让不少业余爱好者很快能够加入到闪客的行列中来。不少行家认为：做闪客无须太高深的技术，只要有足够的想象力，有创意，懂得一定的 Flash 软件知识，就可以尝试。

当然，作为一个优秀的闪客，还需要具备两个基础。

一是美术基础。因为组成一个原创的、完整的 Flash 动画的基本要素是绘画造型——每一个镜头或动作都是画出来的，因此，不会画画又要做 Flash，就很痛苦了。目前国内有名气的闪客，几乎无不具有美术方面的专业背景。当然，闪客中有艺术派与技术派之分，艺术派一般是学美术出身的，技术派则多为电脑高手。但相比之下，一个会画画的人去掌握 Flash 的技术制作手段，要比一个电脑高手学会画画容易得多。

二是编程基础。因为 Flash 这个软件具有亦易亦难的特点。以 Flash 5.0 为例，它分为简单动画制作和交互动画制作两大功能。说“易”，是指进行简单动画制作，操作者只要动动鼠标就行了，几十分钟，就能让一个图形动起来。如让圆形变方，这属于变形过渡动画（Shape）；或者让圆球滚动起来，这属于运动过渡动画（Motion）。说“难”，则是指交互动画制作，它需要有一定的计算机语言知识垫底，懂得常用函数，能编写简单的交互性语句，如 IF 语句、Call 语句、Trace 语句等。这样，才能制作出诸如鼠标移动时网页上的相关文字也跟着鼠标移动的那一类效果。Flash 5.0 本身就具有强大的编程控制功能。

从这两方面看来，说优秀的闪客都是复合型人才，是一点也不过分的。

但无论如何，越来越多的普通人开始接触 Flash，甚至开始了自己的闪客之梦。

最后一个原因是，Flash 的流行迎合了网络时代自由创作、简单轻松的特征，符合年轻人追求个性的要求。Flash 技术让“新生代”找到了表达自己心绪与愿望的理想形式和视觉语言，让人们在充满乐趣与兴奋的“闪光”中认识他们。

Flash 的诞生和流行，符合“共享、开放”的互联网精神，那些好看的动画，是免费的大餐。

Flash的流行迎合了网络时代自由创作、简单轻松的特征，符合年轻人追求个性的要求。

Flash是平民艺术家的舞台，这里，人人都是艺术家，为我们的梦想而闪烁，更为我们的生活而闪烁。①

雪村如是说。

闪客中，技术派大多是数字青年，对于Flash的技术环节孜孜以求，许多高难度动作，让界面大放异彩。而艺术派多是画画的高手，他们的作品创意奇特、构思完整，往往给人带来无尽的精神享受和愉悦。②

这是老蒋的总结。

Flash虽然于1997年开始出现在中国，但大行其道并引起社会的关注却是在2000年，那一年，Internet正遭遇世界性的低潮。设想一下，从2000～2002年，如果没有Flash，中国的互联网将是多么的黯淡。可以说，Flash熠熠闪烁的光芒，不仅给互联网的冬天带来了温暖，也给网络创业者带来了无限的激情与希望。

“客”者，人也！闪客首先是人，他们有着普通人的喜怒哀乐，像普通人一样需要吃喝拉撒，需要亲情、友情、爱情、娱乐。另一方面，他们又与普通人有些不一样，他们不喜欢按部就班、朝九晚五，不喜欢循规蹈矩与权威，也不喜欢刻板与无趣。因此，几乎大部分闪客的作品，都具备无厘头、反传统和标新立异的风格。

人与人之间的区别，从社会学意义上来说，主要是文化上的差异。说闪客作为一个亚文化群体，具有独特的行为规范与方式，可能言重了些，但把闪客文化视作一种亚文化，却可以看出它游离于主流文化的一些显著特征。

首先是个性化的充分表达，这是Flash作品最突出的特色。作为诉诸视觉的艺术，Flash作品比同类的影视作品更体现出了空前的个性化色彩。究其原因，与Flash技术不无关系。因为Flash软件无论从制作还是其产品的传播来说，都受到容量的限制，无法制作精雕细琢的大场景动画，而更适合出产个性化的、风格独特的小作品。

在几乎所有重要的Flash作品中，我们看不到传统艺术创作中“客观描写”的味道，

---

① 雪村如是说，老蒋：《闪客——闪烁在互联网冬天和春天》，http：//www.blogchina.com/new/source/138.html。

② 同上。

更看不到“重大题材”的影子。这些作品主要着力于自我心境的表露与个人情绪的宣泄。“数字时代的视觉艺术工作者手中的Flash应该是什么样子？应该是运转灵活自如的一支轻盈的羽毛笔，能随意画出每个作者自己内心的景象。它短小、快捷、简练、直指人心的特色是无法取代的，如果它最终沦落为其他流行时尚在网络上传送时的一个播放装置，热闹是很热闹，但那真是Flash的悲哀。”①

因此，Flash“不是把更多的精力放在讲故事上，而是试图在有限的时间内表达丰富的感情和复杂的思想”②，以适合技术手段对创作的制约。而恰恰是这种制约，培养了闪客以小见大的能力。他们本来就是极富个性的人物。当某一想法不能实现或者某一观点不适于表达时，他们便自然而然地聚集到了Flash的大旗下，并以此为载体，用一种极度夸张的手法，响亮地发出自己的声音。在这方面，白丁的《少儿不宜》，就是一个代表性的黑色幽默，观众内心的潜在情绪，会在不经意间被挑逗一回。

一旦把自己对事物的独特理解带进Flash的创作过程，闪客就创造了熠熠闪光的Flash文化。这里我们再次看到了技术的双刃性，看到了新技术对新思想的催生作用。或者说，新技术常常是一种新文化的摇篮。

个性即挑战。中国闪客Flash作品中闪现的那些鲜活而个性特征突出的形象，那幽默中的强烈讽刺，都是对历史上曾经荒唐到极点、现实中仍然颇有市场的大一统创作意识的挑战与批判。

中国闪客Flash作品的另一个特点，是带有明显的平民色彩。

在许多受到网民喜爱的Flash作品中，不但不记载什么“英雄壮举”，或描画什么“领袖人物”，许多作品的主人公，都是平民百姓，甚至是像拾荒创造的“小破孩”这样普通到不能再普通的小人物、小不点儿。台湾知名的“阿贵”系列作品，也是专门表现凡人小事的。这里，还有一个典型例子是雪村创作、众闪客演绎的《东北人都是活雷锋》。

从小饱尝生活辛酸，踏上社会后受了不少侮辱、轻慢的雪村，以对民生民情的深切体验，用1分40秒完成了一个杰出的叙事，故事亲切感人，从语言到灵魂都是平民化的。

老张开车去东北，撞了。

---

① BBQI：《众生谈：网络新媒体艺术与设计现状》，《艺术与设计》，总第028期。

② 张宁：《Flash电视节目与传统电视节目的差异》，http：//info.broadcast.hc360.com/html/001/002/013/001/41964.htm。

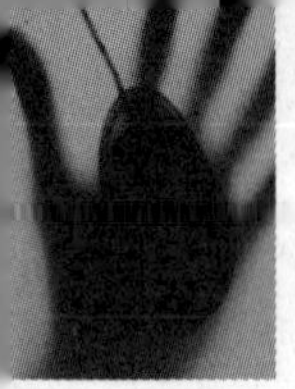

《东北人都是活雷锋》画面之一

肇事司机耍流氓，跑了。
多亏一个东北人，
送到医院缝五针，好了。
老张请他吃顿饭，
喝的少了他不干。
他说：
俺们那旮答都是东北人，
俺们那旮答特产高丽参，
俺们那旮答猪肉炖粉条，
俺们那旮答都是活雷锋。
俺们那旮答没有这种人，
撞了车哪能不救人，
俺们那旮答山上有真蘑，
这个人他不是东北人。
（白）翠花，上酸菜。

《东北人都是活雷锋》画面之二

歌曲《东北人都是活雷锋》一经问世，立即得到了闪客的青睐。刘立锋做出第一版的 Flash《东北人都是活雷锋》后，短短 5 个月，网络上出现了近 10 个不同版本的《东北人都是活雷锋》Flash，并迅速传遍“祖国各地”。这不仅使雪村声名远扬，而且使 Flash 作品中的平民色彩得到了淋漓尽致的展现。那最后一句“翠花，上酸菜”，似乎已成了闪客平民思想的宣言。

Flash 作品中的平民色彩来自于闪客的平民精神。

一个明显的事实是，大多数闪客都来自社会底层，其中不少就是打工仔或打工妹，他们与雪村成名前一样，是社会底层的小人物。他们从没有想到会受到社会与公众的重视。这样的经历，便使他们的作品中，始终贯穿着浓郁的平民色彩。

改革开放20多年来，随着社会贫富差距的不断扩大，影视作品中的平民色彩有越来越淡的倾向。社会底层劳动者的形象，被更多的“精英”形象所代替，而有些所谓的“精英”，在大众的眼中，不过是一批追逐功名利禄之徒，公义与良知早已被他们抛到了九霄云外。媒体中，则常常是“冒号”们在唱大戏，“冒号”们无所不知，无所不能，到处视察，到处作指示。“冒号”们与百姓握手，百姓皆作感恩戴德状。这样的影视与媒介，能不引起大众的“视觉疲劳”么?

从中国的文化思想发展史上看，平民意识源于儒家的民本思想，并发端于孔子。“从孔子到孟子，先儒的民本思想由尊重民众的利益层次上升到尊重民众意识的层次，并从中引申出原始的民主精神。”① 一方面，闪客的平民意识、平民精神当是这种民本思想的千年传承；另一方面，互联网与生俱来的、具有显著现代文明特征的平等底蕴，也与这种意识和精神一拍即合，并使之大放异彩。可以说，闪客文化中的许多成分，对“官本位”文化是一种无声的批判，有时，甚至把它逼到了相当尴尬的地步。

闪客文化还有一个特征，牵涉Flash作品的娱乐性及寓教于乐的问题。

无可否认，作为有声有色的电脑动画作品，Flash的娱乐功能是其最重要的功能，由此对儿童和青少年产生了极大的吸引力。这样一来，按照传统的说法，就有一个“寓教于乐”的问题。正是在这方面，中国的Flash作品与西方发达国家的Flash作品还存在差距。纵观西方国家的包括电影动画在内的动画作品，表现“斗争”与“情爱”这两个人类亘古不变的题材内容可以说是司空见惯，形成主线，这对于我们有着深刻的启示。

在关于斗争的动画作品中，“无不强调人的自身价值的实现，到处是个人奋斗的足迹，这让人看过之后很振奋，觉得可以赢得一切胜利，这极大地刺激了人的成就欲，而这种效果总是通过各种斗争来取得的，这就不免落得暴力的口实。但儿童特别喜欢看这个，我们往往以纯真来形容儿童，儿童象征着和平，却没意识到斗争在人的童年最为强烈，这是动物的本能决定的，只是因为儿童能量弱小，又不是那种勾心斗角的斗争，所以显得不突出罢了”②。

而对于表现情爱的动画作品，在美国与日本的动画创作者看来，“爱情的表达是人的

---

① 汪传发：《民本思想的近代性转换》，http://www.confucius2000.com/taizhou/tzhxppmysh.htm。

② 转引自拾荒：《中国需要什么?》，http://bbs.pobaby.net/dispbbs.asp?boardID=22&ID=9384&page=1。

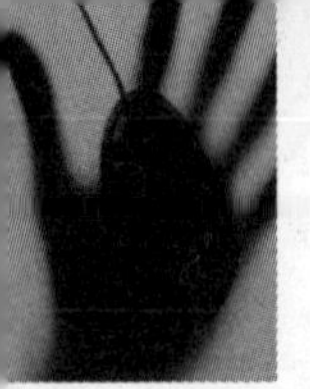

成长过程中很重要的组成部分"①，所以不能轻易地将之斥为色情。

"事实是斗争与爱情是人类组成社会的原动力，运用得好，那就可以创造一切，运用得不好，那也可能毁灭一切。"②

美国与日本都是动画产出大国，他们在以电影动画为主的作品中所呈现的这样一种价值观，对中国闪客在创作电脑动画时应当是一个有益的参照系。

如果从这个角度来看待小小的"打斗系列"作品，便可发现小小的创作在中国闪客中是有着独特的价值的。用传统的"寓教于乐"的观点来衡量小小的作品，可能看不出什么意义，甚至还可能认为他的作品对儿童会有负面影响——教他们崇尚暴力。但如果换"位"思维，小小的作品恰恰成功地表现出一种英雄主义的气概。关键是，他把这种气概表现得酣畅淋漓。

另一个在网络上广泛流传的由闪客土匪傻青创作的《一夜放纵》，出现了一些暴露镜头，正如其歌词中唱道，"有点疯狂，有点放荡，有点幻想"，但基本的情绪并非不健康，更谈不上色情。这类作品，一方面是要释放"压抑已久的能量"，另一方面，未必不是对假正经和传统文化中伪道学的有意批判。在这类作品中，我们不仅看到了闪客不羁的个性，也看到了他们与旧文化相对立时的无比率真与旗帜鲜明。

中国的传统文化，自宋代以后儒家思想占了绝对的主导地位，强调"存天理，灭人欲"，强调超稳定。长期以来，在一代又一代人的价值观中，善于协调千丝万缕的人际关系比单纯的个人奋斗更容易获得成功。与之相适应，许多"寓"于艺术作品中之"教"的内容，基本没有跳出传统观念的窠臼。"它以遵守规范为首要，强调助人为乐为美德，往往不由自主地让儿童犯上软骨病与幼稚症，而拒绝哪怕一丁点的争斗与情爱这些极不安分的因素……。"③

现在，这些"极不安分的因素"，正开始活跃在中国闪客的作品中。我们有理由期盼中国闪客在探索的路上把步子迈得更大些，走得更快些。

老蒋曾经说过："Flash 的兴起一定是因为它打破了某种东西。"④ 现在，大陆闪客与

---

① 转引自拾荒：《中国需要什么?》，http：// bbs. pobaby. net/dispbbs. asp? boardID＝22&ID＝9384&page＝1。

② 同上。

③ 《拾荒动画为日华杜磊打造纯粹原创 Flash MV》，中华网，2005 年 3 月 22 日。

④ 转引自独孤天骄：《天地自由任我绚——Flash 传播流行因素的探索》，http：// www. windstudio. net/html/200511/20051104014907. htm。

他们的作品，正在给我们一种前所未有的“感官刺激”，正在开拓一个“寓教于乐”的新境界。要达到这个新境界，必然要卸掉一些历史的包袱，抛弃一些历史的陈词滥调。如果这个新境界引起了许多正统教育家的惊诧和社会主流目光的轻蔑的话，那就说明挑战已经开始。

生存之道

商业化前景，路在何方？

Flash 囊括了新时代的一切时尚元素：网络、互动、即时、音乐、动画，俨然是技术和艺术的“完美联姻”。Flash 的商业价值、商业前景正在受到闪客与商家的共同重视。这几年，英特尔、海飞丝等著名国际大公司纷纷举办了 Flash 创作大赛，希望借 Flash 这一新生事物宣传自己的企业形象。闪客中虽然有人认为 Flash 是做给自己看的，但更多的人还是相当看好它的商业前景。

那么，具有高度个人色彩的 Flash 作品究竟能否适应商业化的运作呢？答案是肯定的。近年来，虽然中国的 Flash 作品的主流是个人化创作，但发达国家电脑动画商业化的模式已经对闪客们产生或正在产生着重大影响，商业化的探索不仅在“闪客帝国”这样的大型网站中进行，许多闪客个人也显示出探求者的身姿。

2000 年底，音乐人小柯的力作《日子》以 Flash MV 的形式出现在电视上。2001 年 8 月初，歌手孙楠的首张 Flash 音乐专辑面世，Flash 开始向娱乐唱片业进军。同年 10 月，皮三为著名话剧导演孟京辉的电影处女作《像鸡毛一样飞》制作 Flash 短剧，标志着中国 Flash 已经进军电影行业。2004 年 2 月，拾荒与田华 & 杜磊①偶然相识，听了田华 & 杜磊创作的作品 Demo，非常喜欢，认为歌曲的内容和意境都非常适合制作成高级

---

① 田华 & 杜磊既是大学同学，又是睡上下铺的兄弟。1998 年，田华、杜磊进入大学，并迅速成为学校最引人注目的风云人物。1999 年，他们组建“空房子”乐队，并在当年即开始在各个高校举行原创音乐会，俊朗的形象，才华横溢的音乐素养，受到当地媒体的一致关注和好评。

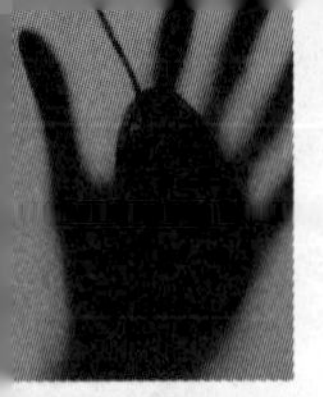

别的 Flash MV，双方当时就确定了合作关系，欲打造目前国内第一部纯粹原创 Flash MV，这是著名闪客涉足商河的一个例子。[①] 当然，这对拾荒来说也是一个极大的挑战。

2005 年 3 月，国内第一批闪客中的四位顶尖人物——老蒋、皮三、BBQI、白丁与著名电影导演贾樟柯[②]合作推出了 Flash MV《乌兰巴托的夜》，作为贾樟柯导演的电影《世界》中的插曲抢“鲜”上线，成为网上热点之一。这既说明 Flash 受到像电影这样的主流文化样式的重视，也说明大陆网络动画正向产业化方向发展。Flash MV《乌兰巴托的夜》时长 4 分钟，他们四人每人做四分之一，再有机组接起来，从而在全片既定的特征氛围保持连贯的前提下，每位又都发挥了较为明显而完整的个人创作风格。贾樟柯导演的《世界》在 2005 年初获得西班牙巴马斯国际电影节最佳影片金伯爵奖及最佳摄影奖和第 7 届法国杜维尔亚洲电影节最佳编剧金荷奖。与这样的名导演合作，自然也给几位大牌带来了新的光环。

Flash MV：《乌兰巴托的夜》

以下是某报社记者就此事通过 MSN 采访这四位闪客后得到的聊天纪录：

老蒋：我们几个都是朋友，很早就想合作做一个作品，但有两个问题没有解决，一是没有遇到个好玩的事情来促成，还有就是以什么方式合作才能更好玩。

皮三：2004 年，我给贾樟柯导演的电影《世界》，做了几段动画，我对其中的主题曲很感兴趣，这首歌是女主角赵涛唱的，叫《乌兰巴托的夜》，一个挺伤感的歌，我给老蒋他们几个听，他们也挺喜欢，后来大家和贾樟柯一起吃饭聊天，说起来，做个 Flash MV 也应该很有意思，就这么开始准备做了，就是时间紧张了一些，因为他的电影 4 月份就要全国上映，动画得赶在前面，要不就没人看了，呵呵。

---

① 转引自《拾荒动画为田华杜磊打造纯粹原创 Flash MV》，http：// www. flashempire. com/ news/newsread. php? id=1903。

② 贾樟柯：出生于1970 年，山西省汾阳人。1997 年毕业于北京电影学院文学系，从 1995 年起开始电影编导工作，现居北京。1998 年以故事片《小武》震动影坛。

BBQI：我们也没想这次在Flash行业制造多大的影响，就和我们以前最早做东西一样，就是喜欢做，想做，就做呗！几个人在一起做也是次新体验，应该挺有挑战性的，结果我们也想不出来是什么样子，这样的过程本来就是一次有趣的经历。

白丁：我挺喜欢贾樟柯的电影。这首歌也有一种感觉在里面——乡愁，就是那种现代人都有的忧伤，心底的那种。我们几个人的感觉是，MV不是电影的再次复述，只是一种我们的感受，带给大家不同于电影的叙述，但或许和电影的某种情绪是一致的……①

业界有一种看法认为，目前我国的电脑动画技术总体上与国外相比还有不少距差，现在就强调商业价值，有可能会阻碍Flash的发展。对此，一些知名闪客、专家、学者则表示了不同的意见。

高大勇是Flash商业化的急先锋与探索者，他说："不做商业（网站）永远都做不大，个人（网站）太不可靠了，抵御风险的能力太弱，说不定什么时候就做不下去了。"②

电脑报社社长、天极网CEO李志高博士表示："（闪客）这一群体出现的五年时间里，不断发展壮大，网络动画现在不仅仅代表着一种新的娱乐文化潮流，更开辟了互联网经济的一个巨大的市场空间。"③

著名网络传播研究专家、中国人民大学教授彭兰则提出了更为系统的看法：

Flash文化诞生之初，充满了个人化的气息。闪客从事Flash动画创作，是出于个人兴趣，是出于个人表达的需要。但是，如果所有闪客都只是自娱自乐，Flash文化就缺乏持续发展的动力。因此，Flash文化与商业的结合是必然的趋势，它也将最终成为文化与娱乐产业中的一支重要力量。

现在的闪客成长模式基本上是自然性的优胜劣汰，好的闪客经过个人努力会脱颖而出，渐渐进入商业运作系统中，而更多的人则是自生自灭。但2005年初，劳动和社会保障部推出了"动画绘制员"的新职业，动画制作专业也在一些大专院校推

---

① 谢晓、曹思珺：《老闪客联手制作动画MV〈世界〉主题曲MV要"闪"》，《南方都市报》，2005年2月18日。

② 皇甫征声：《Flash将再造互联网财富神话?》，http：//chinese.mediachina.net/index_news_view.jsp? id=72124。

③ 转引自闪客帝国：《闪客帝国与电脑报、天极网达成战略伙伴关系》，http：//www.flashempire.com/news/newsread.php? id=1629。

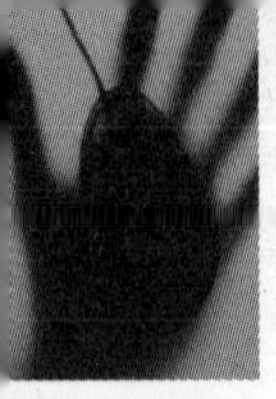

出，这些都会在一定程度上推动闪客培养与发展模式的专业化、产业化。

在这样一种情境下，也许未来的闪客大多不是个人爱好与思想的一种实践途径，而是商业化的角色设置。这虽然会使闪客文化变得不那么纯粹，但是，就像电影工业的发达不仅制造了商业化的“好莱坞”，也为许多人的个性化表达提供了空间一样，Flash 的商业开发，也会为闪客文化的繁荣提供一个更高的平台，会给闪客们的个性化追求提供更为广阔的舞台，也使他们的个人思想能更广泛地得到共享。那些坚守纯粹的个人信念的闪客，虽然可以不进入商业化轨道，但是，他们也同样可以从商业化给 Flash 技术带来的推动中获益。

因此，闪客们应该以开放、积极的心态面对商业化的挑战。从现实情况来看，绝大多数闪客不仅希望 Flash 能满足精神上的愉悦，也能使自己丰衣足食，因此，Flash 的商业开发早已在推进。

关于如何实现 Flash 作品的商业化问题，彭兰提出了三条路径：

一是纯粹的 Flash 艺术作品（即运用 Flash 动画来表达思想的作品）的创作。就像独立电影、个人 DV 作品一样，纯个人化表达的 Flash 作品，本身就可以作为文化产品传播，如老蒋、卜桦等人的作品。虽然目前这些作品的推广与收费的商业模式还不成熟，但是，少数闪客通过自己的个性化作品累积了名声，形成了自己的品牌，也获得了经济效益。而未来还需要有更成熟的人才培养和商业运作模式，来推动纯 Flash 艺术作品水平的进一步提高，使之成为一种更具生命力的艺术样式。

二是将 Flash 作品与其他文化产品结合，产生新的文化产品。Flash 制作的 MV 就是其中典型的代表。虽然这种作品在一定程度上受到音乐本身的限制，但是，它又具有相当大的自由创作空间，个性化仍然可以渗透在其中。同时，借助音乐产品本身的影响力，Flash 作品又可以得到更好的推广。Flash 与其他文化产品结合以后的相互提携，使这类作品更容易产生商业价值。《东北人都是活雷锋》就是一个成功的范例。

三是以 Flash 为其他产品服务。这是纯粹的商业运用，主要体现在广告和娱乐产业，除了网络和游戏外，也有越来越多的商业机会蕴含在电视、手机、电影等产业中。此外，教育也是 Flash 商业开发的一个重要领域，新闻传播中也将有越来越多的 Flash 应用。未来的 Flash 应用，不仅取决于闪客们的想象力，更取决于各种商业性的驱动力。闪客们的个性虽然会不时屈从于“客户”们的意志，但是，个性作为一种精神，仍然可以穿透商业化的屏障。也有不少闪客会在商业性的与个性的创作间找到一种平衡。对于大部分闪客来说，这种商业应用是解决生存问题的主要途

径。而到衣食无忧时，他们中也许会有很多人重新回到自己的世界，进入更高层次的个性化思考与表达。①

看来，让个性化特征明显的闪客创作进入到商业化的运作中，最重要的障碍是机制。

闪客的个体式的“手工作坊”，与其他相关产业的商业系统之间缺少一个衔接的链条。如何补上这一链条呢？一是可以通过一些类似经纪人或中介组织（包括中介性网站）的方式，来进行 Flash 作品的推广，或为闪客与商业公司之间牵线；二是可以成立闪客自己的联合体，通过这些民间组织进行闪客的推介。当然，未来更主要的方式，将是通过 Flash 制作公司，形成强大的合作性的团队，来完成更为复杂的艺术性或商业性创作。

是的，应当承认，这些年来 Flash 作者群虽然越来越大，但好作品的数量与作者人数相比，仍然是不尽如人意的。因为 Flash 作者队伍主要是业余的，他们缺少商业化的分工合作，在时间与精力的投入上也没有专业化的保障。因此，当需要再迈进一步的时候，集中优秀的人力资源是必须的，进行有计划的创作也是必需的，这些不仅需要大量的资金投入，也需要完善的商业化运作机制。

作为玩家，闪客们已经很快乐；作为商业或产业“链”，中国的 Flash 来日方长。

① 内容引自彭兰教授就此问题接受笔者的 E-mail 采访。

第四章 博客

概念为大　戴夫·温纳开创先河
余“音”绕梁　亚当·科利力挺播客
猝不及防　丹·拉瑟黯然出局
分享你我　方兴东成为“盗火者”
出位写作　木子美引发“博客热”
再掀波澜　竹影青瞳走向她博客
颠覆媒体　Web2.0打造个体信息单元

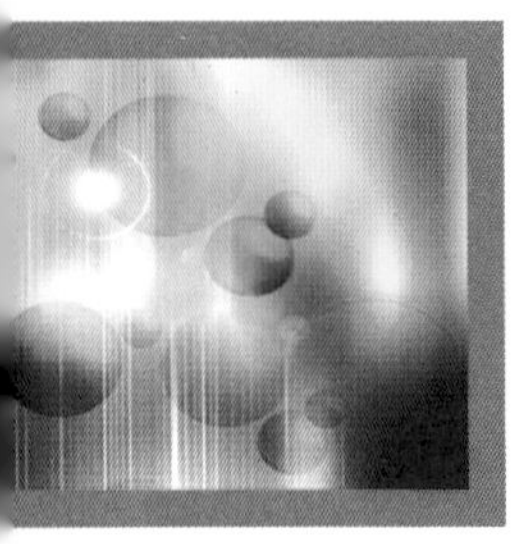
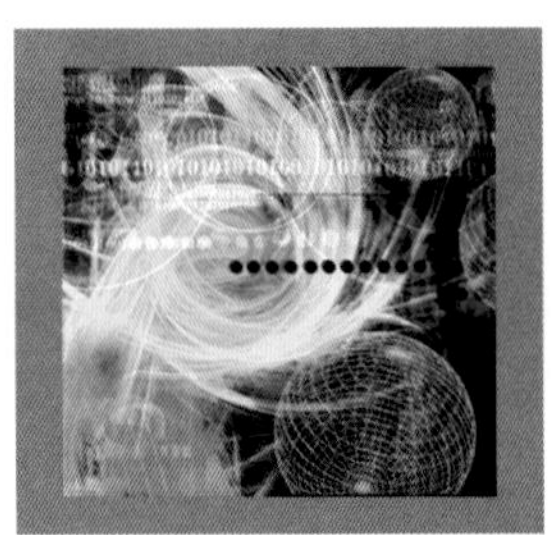
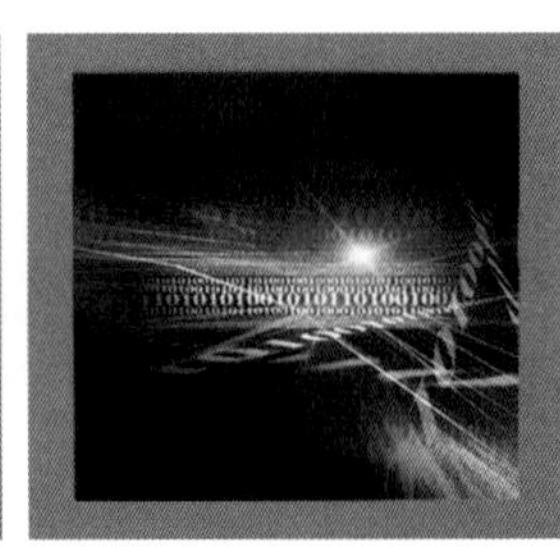
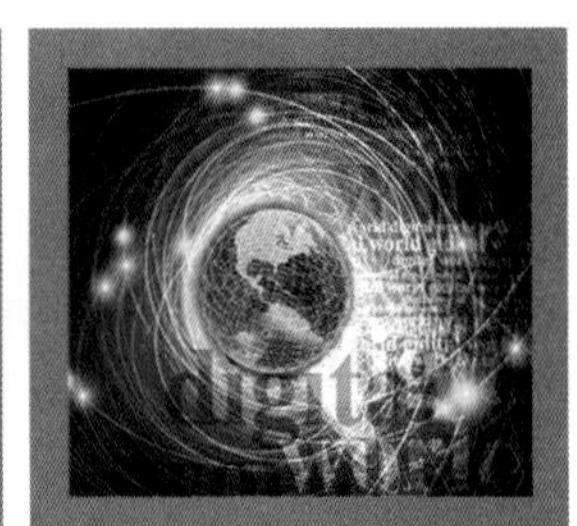

媒介即讯息

网络“客”文化正是随着互联网这个电子技术的新发展——数字技术，充盈着我们的感官与神经，延伸到地球上的每一个角落。

新技术催生的个人出版的地位将进一步提升，作为总体的个人出版的力量，理论上将是排山倒海的。这是科学与民主共同创造的光荣与梦想。

——孙坚华：《博客：个人出版 2.0》

2005 年，互联网上的高频词汇之一是 Web2.0，大有借此兴起新一轮“互联网革命”之势。Web2.0 主要体现了网络信息发布技术进一步强调“在线服务”的模式。比如，在个人主页时代，人们通常要把文本内容通过 E-mail 发给网页制作人员，先落到硬盘里，然后才能上网。现在的博客技术，使得人们可以直接上传自己的文本、图片等信息内容。当然，也要理性地看待 Web2.0，因为这里面显然也有着网络公司、网络年会、网络新书、网络专家概念炒作的成分，但无可否认的一点是，博客是 Web2.0 技术的核心应用层面。

作为一种面向个人的最为便捷的信息传播方式，博客的诞生预示着个人媒体时代的到来。互联网把信息传递的成本降低到几乎为零的巨大收益，终于开始惠及渴望传播自己的主题信息或专业信息的每一个个体。从理论上说，借助博客，个人即获得了无障碍地发表权利和巨大的话语空间。

美国人气最旺的博客网站之一——boingboing. net

当然，要完全解释清楚到底什么是博客，还不是一件轻松的事。

“博客”一词源于英文的 blogging，blogging 由 web 和 logging 这两个词组合而成。web，指 world wide web（万维网，网络）；logging，原意是“航海日志”，后指任何类

型的流水记录。因此，blogging 的基本含义，就是网络日志，也可以写作 weblog。而第一个使用“weblog”这个词的，是美国人约翰·巴杰（Jorn Barger）。巴杰于 1997 年在他自己运行的网站 robotwisdom. com[①] 中第一次使用了“weblog”这个正式的名字。同时，巴杰也将 log 的意义从接近航海日志那种无人称、纯客观、机械式的“流水账”，变成了“有人称、有个性”的自由书写。到 1999 年 4 月，另一位美国人彼特·莫霍尔兹（Peter Merholz）第一个用缩略词“blog”来命名博客，blog 成为今天最常用的术语。

既然有了黑客、闪客，把英文 blog 一词翻译为博客，就是顺理成章的事了。中文博客一词的提出，据说是“博客中国的王俊秀[②]灵机一动的产物”[③]。总体来说，这件事应该与方兴东和他的博客中国有关。事实上，2002 年 8 月方兴东与王俊秀共同创办的博客中国（www. blogchina. com. cn），以及他与王俊秀合著、2003 年出版的国内第一本关于博客的书《博客——e 时代盗火者》，为博客在中国内地的发源、启蒙、应用与推广，立下了头功。当然这里还应该提到一个人，那就是浙江在线的创始人孙坚华。2002 年 6 月，是孙坚华第一个向方兴东推荐了这种名为“博客”的网络出版方式，这引起了方兴东的极大兴趣。在博客中国与博客网的“特别鸣谢”名单里，孙坚华名列第一，其功绩是“帮助‘博客中国’网站从概念、理念到实现的策划”。一年后《博客——e 时代的盗火者》出版，孙坚华理所当然地成为该书的作序人，他在那篇序言中对博客的精辟分析在当时可以说是无人能出其右。著名网络传播研究专家闵大洪对此作了精彩的评论：“他所归纳和提炼的很多观点将使每一个读者能够更准确地认识博客现象，判断博客的地位和作用。作为中国互联网实践和研究的先行者，孙坚华确实起到了 e 时代盗火者、启蒙者、传播者的作用。他是最有资格写本书序言的人。事实证明，尽管他退出互联网江湖多年，但他对互联网传播敏锐的观察、深邃的思考和周密的阐述，依然是他人无法代替的。”[④]所以，孙坚华是谈到方兴东和他的博客中国时不能回避的一个名字。

尽管中文都叫博客，但现在网上经常使用的关于博客的英文词汇却有三个：

---

① David Bell，Brian D·Loader，Nicholas Pleace and Douglas Schuler：*Cyberculture*：*the key concepts*，London：Routledge，2004，P10。

② 王俊秀，1998 年任《信息产业报》总编，1999 年 8 月起任《互联网周刊》执行总编。合著有《起来——挑战微软霸权》、《知本家风暴》等著作。

③ 方兴东、王俊秀：《博客——e 时代盗火者》，方正出版社 2003 年版，第 6 页。

④ 闵大洪：《中国博客的自白》，http：//tech. tom. com/1126/1898/20031126－68777. html。

一是 blogging，名词，是博客的总称，主要指基于 web 的写作与信息发布方式。

二是 blogs，也是名词，指博客主页，以编年体的日记形式来书写个人的经历、观点和评论（尤其是对于其他站点的评论）。

三是 bloggers，仍是名词，指博客主页的作者，即博客其人。这里的“—ers”，才是中文博客一词中的“客”。①

2004 年下半年以来，播客（podcast）、视客（vlog 或 vedio blog）的词儿也在网上频繁出现，它们不过是在博客这一发布方式下，采用了不同的媒介形式（包括音频与视频内容）。

作为总称，博客代表了一种“十分简易的傻瓜化个人信息发布方式”。与老式的门户网站或新闻网站相比，博客在发布方式与所发布的内容方面有如下 5 个特点：

1. 博客个人与个人发布的信息构成博客网站或网页的主体内容和基本信息发布单位；

2. 博客内容的发布按时间顺序排列，即新的内容在上面，旧的内容在下面；

3. 读者可以在任何一篇博客内容后面跟帖；

4. 博客内容可以有各种主题，或建立在专业知识基础上的各类信息，但个性化与“个人自由表达”是重要特点；

5. 博客内容中的多处“超链接”形成一个显著特征。

与个人网站相比，博客门槛低，不需要掌握做网页的许多技能就可以把自己的信息发布到互联网上，实现“数字化生存”。有所谓“四零”之说，即通过博客来发布信息是：零技术——不需要学习任何网络技术；零成本——不需要像做个人网站一样花钱买域名与空间；零编辑——发布什么内容完全由自己决定，无需经过编辑之手取舍；零形式——博客页面简单、明了，把作者的精力从个人网站繁琐的页面设计中解放出来，从而更好地体现“以内容为核心”。

与 BBS 或论坛相比，博客突出的是每一个作者个体在信息平台上的地位，他们在互联网时代既是信息的接受者又是信息源本体。BBS 以话题为主线来形成信息的发布、传播与互动，而博客则是以作者个体来形成一个一个的“信息串”。在 BBS 中，删帖的权限在版主，而在博客平台上，删除文章或帖子的权限则在作者本人。当然，这里是就两

① David Bell，Brian D • Loader，Nicholas Pleace and Douglas Schuler：*Cyberculture*：*the key concepts*，London：Routledge，2004，P10。

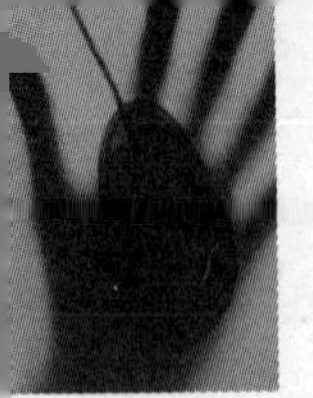

套系统的技术特点讲，如果某位博客认为自己的文章网站或服务商没有办法删除，自是理解错了。

上述第5点在中国内地的博客内容中体现得不够多，或者说不够好，而美国的博客则非常注意这一点，常常通过超链接为用户开辟一个阅读与浏览的新天地。

2005年7月1日，在获得1000万美元风险投资的基础上，牛气十足的方兴东将博客中国改名为博客网，同时启用了新域名：www.bokee.com。按照博客网的改版宣言所说，互联网第二代门户时代的就此来临。多少感到有些压力的新浪网，不甘示弱，于同年9月8日"隆重"推出了"新浪 Blog"，继而在9月26日启动了"首届中国博客大赛"。新浪在关于这次大赛的新闻发布稿中说："博客的出现颠覆了我们在传统意义上对于互联网的理解，为广大网民提供了极具个性色彩的私人空间。"①

概念为大

戴夫·温纳开创先河

尽管巴杰与彼特在创造 blog 这个词汇与内涵方面有过杰出的贡献，但在互联网界，普遍认为对博客诞生与发展做出了杰出贡献的人，是美国人戴夫·温纳（Dave Winer）。作为 PC 软件业的先驱，他不仅是最早的博客之一，他的公司还最早开发出了博客软件，为博客的发展提供了强大的技术驱动力。

戴夫有两个头衔能说明他获得的很高荣誉。一个是万维网协会［World Wide Web Consortium（W3C）］顾问委员会的委员，W3C 组织是世界互联网技术方面的最权威的组织，专事开发与制定互联网的各种协议与标准，其领导人就是被称为"万维网之父"的提姆·伯纳斯李（Tim Berners-Lee），提姆1991年在欧洲粒子物理研究所工作时，开发出了 URL 与 HTML 语言，从而使万维网在全球普及。另一个是哈佛大学法学院柏克

---

① 《新浪首届中国博客大赛9月26日火热开场》，http：//tech.sina.com.cn/i/2005－09－26/1204729113.shtml。

曼网络与社会中心（Harvard University Law School's Berkman Center for Internet and Society）的研究员（Berkman Fellow），这种世界名牌大学的研究员可不是一般的软件作者或程序员所能担任的。

在恨不得把每一行代码都赤裸裸商业化的软件业，戴夫实在属于一个异类。他的性格中，既有孩童的天真，也有诗人的浪漫。他创办过很多公司，开发过很多软件，但是，他最大的梦想还是期望任何一个人都可以毫无顾忌的写作，而不受其他人的干扰或制约。正是这份内在的理想，使他成为最早的博客之一，他的公司也是最早制作出博客软件的公司之一。

戴夫1956年出生于美国纽约市的布鲁克林。还在中学时代时，他就开始研究电脑程序语言。1979年从威斯康星大学毕业后，他迁居到加州，开始从事软件开发。他所在的"个人软件"（Personal Software）公司推出了全球第一个电子表格软件 Visicalc。同时，他也是最早提出"软件策划"概念的人。

戴夫·温纳

戴夫很快就离开"个人软件"公司，于1981创办了自己的 Living Videotext 公司。1987年 Living Videotext 与 Symantec 合并。（Symantec，即西门泰克，提供的杀毒软件在中国也拥有无数用户，如今已是全球声名赫赫的杀毒软件公司）

1983年，戴夫开始接触苹果电脑，并从此成为 Mac 的拥戴者。

1988年底，戴夫创立了 UserLand 软件公司并担任 CEO。UserLand 起初主要开发苹果电脑的软件开发工具，从1995年起，该公司的主营业务转向互联网软件开发工具。作为原 UserLand 软件公司首席执行官，戴夫亲自开发了用于 Web 内容编辑、管理的脚本工具 UserLand Frontier，并发布了名为"Scripting News"的脚本相关技术，这些软件和技术，体现了 blog 信息发布的最初创意与模式。

二十世纪90年代中期，戴夫曾任《连线》（*Wired*）杂志编辑，并在2001年被《连线》杂志授予最高奖，以表彰其在 SOAP① 方面的杰出工作。

1997年，戴夫创办、开通了他自己的博客网站（www. scripiting. com）。这是全球最早的博客网站之一，从某种程度上可以说，正是这个网站，引发了一场意义深远的网

① SOAP也被称作 XMLP，为两个程序交换信息提供了一种标准协议。它说明了发送消息的发送方、消息的内容和地址以及发送消息的时间。

络发布与出版的革命——博客诞生了！我们从图中可以看出，戴夫初创的博客网站，就具备了如今博客网站明显的日志体特征。1997 年，因为戴夫在网络出版方面的卓越的贡献，他被选为 Seybold① 研究员。

在推行互联网的一些重要标准方面，戴夫也做了许多开创性的工作，这些标准包括 SOAP、OPML② 和 RSS。今天的很多网络用户都在使用 RSS。RSS 是英文 Rich Site Summary 的缩写，意思是"丰富站点摘要"，也有把 RSS 看作是 Really Simple Syndication 的缩写，那就是"真正简单聚合"之意。但不管名称怎么叫，RSS 是一种全新的网上资讯传播方式，它采用 XML 语言③对网站内容作描述后进行传递与发送。目前有两种主流的 RSS 服务方式，即用户端 RSS 阅读器软件和在线 RSS 阅读服务，这两种方式均可以使用户从相关网站提供的聚合信息目录列表中，订阅所感兴趣的相关信息内容。此后，这些内容只要在网站发布后，就被"推"向它们的用户，自动从用户的"视窗"里弹跳出来，从而节省了用户寻找信息的时间。这对于经常访问某些固定站点与栏目的用户尤其实用。RSS 技术流行之后，博客平台成了它最为火暴的应用之地。

戴夫·温纳 1997 年开通的最早的博客网站之一——www.scripting.com

---

① Seabold 是美国计算机排版与出版方面的著名研究组织，由美国"计算机排版之父"john w. seybold 于 1960 年创立。

② OPML 是一种 XML 规范的文件格式。在 RSS 中，它的主要用途是用来交换 RSS Feed。一个 OPML 文件中可以包含大量的 RSS Feed 信息，这样如果一个 RSS 阅读器支持 OPML 文件的话，导入 RSS Feed 就非常便捷。

③ XML 是 Extensible Markup Language 的简写，一种扩展性标识语言。

如果说戴夫能创造出UserLand Frontier这样的最早的博客软件已经是一件了不起的事了，那么，令博客传播如虎添翼的RSS的标准制定者，竟然也是他！准确地说，RSS技术当初是大名鼎鼎的网景（Netscape）公司为发送新闻标题而开发的，但戴夫将它作了重要的扩展和完善，并将RSS嵌入到了他开发的其他产品中去，加快了RSS技术在博客中的应用。

戴夫是在1999年通过与《纽约时代》网站的内容互动时开发出RSS技术的，他曾经回忆道：

> 那年1月，我和马丁·尼森霍兹（Martin Nisenholtz，纽约数字时代公司的CEO）在圣弗朗西斯科共进晚餐。他的公司主要负责制作《纽约时代》网站和Boston.com等网络出版物。席间我提议进行合作，帮助《纽约时代》实现在内容与博客世界之间的互相转换。其实我原本没抱太大的希望，所以当他说自己也正有这种想法时，我感到很惊讶。不久，我们就开发了基于新版XML的技术，使《纽约时代》的标题通过新闻聚合器安全地指向Radio UserLand桌面，在那儿汇入众多博客的思想世界。现在看来，那次合作在RSS和博客的历史上确实具有里程碑意义。①

所以，戴夫·温纳在美国有“博客之父”之称。

戴夫·温纳的价值观，与比尔·盖茨完全不同。戴夫天生缺乏对金钱的饥饿感，虽然在互联网普及的大潮中，他也是先驱之一，却没有一夜暴富。他更多的兴趣在金钱之外，甚至厌恶金钱。

以戴夫的价值观，自然对微软的商业垄断深恶痛绝。2001年，当微软刚刚发布“.NET战略”时，戴夫就在他自己的网站上发表文章进行抨击，他说微软的目的就是企图控制互联网软件标准，左右未来的互联网发展方向，摘取大家辛辛苦苦开创出来的互联网世界。他还说：“未来的互联网不可能由Sun、微软或者其他的任何一家公司把持。很快，将会有其他公司各种各样的‘.Net’计划冒出来。”②

一直密切关注微软一举一动的戴夫发现，微软对XML标准的一些不容易为人察觉的篡改，将导致使用非微软软件开发平台编写的软件无法使用。他非常怀疑微软公司的

---

① 转引自文悍编译：《戴夫·温纳评RSS及其发展》，http：//chat.yadoor.net/Article/2005－04－20/1521.shtml。

② 陈晓辉：《警惕！微软想主宰互联网》，http：//www.edu.cn/20010829/209652.shtml。

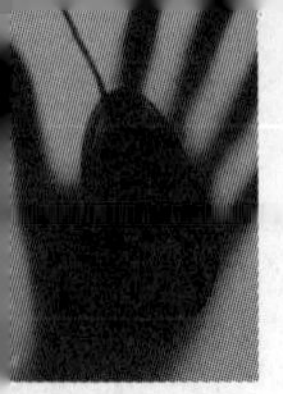

真实动机，他曾说过："互联网把软件开发人员从微软的笼子中解放了出来，但现在他们又想凭借自己的雄厚实力让程序员们回到他们的辖区之中。他们根本不按规则出牌，因为他们认为自己就是宇宙的主宰。"①

戴夫早几年所做的另一件事也很能显示他的性格，尽管这件事上他遭了不少人的骂。美国东部时间2002年6月16日，戴夫在没有事先通知的情况下，突然关闭了他自己苦心经营多年的博客网站（www.weblogs.com）。当时，这个网站上有3000多名注册博客，结果，这3000多名博客一下子就"痛失家园"了。

UserLand软件公司从2000年开始经营免费的www.weblogs.com网站，戴夫离开后，公司管理层进行了调整，决定把公司的赢利性业务和非赢利性业务分离开来。当时戴夫曾表示将把3000个免费的博客用户资料转移到自己的服务器上继续运行，结果他食言了。据说全球博客社会对戴夫的"关站"行为都感到极为紧张，因为数据丢失是最可怕的事了。戴夫的行为立即在网上遭到众多博客的指责。

其实，戴夫也自有他的苦衷。在他离开了UserLand软件公司时，他需要把原来存储在这家公司服务器中的数据转存到他个人的服务器上，但他发现开办免费网站的负载和时间承诺是其在跳槽后所无法继续承担的。这样，生性倔傲的他，就选择了在不通知用户的情况下关闭了那个博客网站。戴夫·温纳说："我是一个个人，而不是一家公司。"他表示，他个人的处理器无法完成如此规模的运算，而且随着工作的变化，他也没有精力再从事博客服务器的维护工作。

2002年，戴夫进入哈佛大学，成为哈佛大学法学院的柏克曼网络与社会中心的一位研究员。他与哈佛接触的起因，是由于哈佛希望在学校各单位间分享信息。哈佛本身是一所大型分布式的学校，中心部分较小，许多不同的学院都分散在各地。为了让各个分散的学院和部门更好的合作并分享信息，哈佛想到了博客技术。而深通博客精髓者非戴夫莫属。就这样，戴夫实现了从软件作者到学者的跨越。不过他的研究员的任期只有两年，已于2004年结束。在这两年里，他教哈佛的师生如何使用博客，如何使用RSS，如何更好地利用博客在Web上传播与共享信息。此外，他还主持了三届在美国最有影响的"博客用户研讨会（BloggerCon）"，前两届在马萨诸塞州剑桥的哈佛分校举行，第三届在斯坦福大学的法学院举行。

---

① 陈晓辉：《警惕！微软想主宰互联网》，http：//www.edu.cn/20010829/209652.shtml。

余“音”绕梁

亚当·科利力挺播客

大约从2004年下半年开始，美国的许多博客摇身一变，又多了一项“桂冠”：播客（podcasters）。有国外媒体报道称，如果说2005年4月2日逝世的罗马教皇约翰·保罗二世（John Paul II）和一直以“花花公主”名扬天下的美国希尔顿女继承人帕丽斯·希尔顿（Paris Hilton）也有共同之处的话，那就是他们都是播客。帕丽斯·希尔顿在2004年底推出了自己的播客网站（www.houseofwaxmovie.warnerbros.com），用来宣传与推广她自己喜爱的电影。越来越多的社会名流正在加入到播客的行列中来。从某种程度上讲，播客的发展势头与博客相比有过之而无不及。当然，从广义上讲，播客就是博客的一个门类，是“有声博客”，播客的发展本身就代表了博客的发展。

播客（podcasting），即“自助广播”，指通过电脑与互联网来制作、发布、传播与收听广播节目。从用户或受众的角度看，我们在收听传统的广播节目时，是被动地收听想要听的节目，而podcasting则使我们在收听内容、收听时间、收听方式的选择上，完全处于主动地位。播客于2005年初走向大众化，这可能与这一年像MP3这样的便携式的“随身播”的普及有很大关系。同时，RSS技术使得用户可以检查与下载最新的播客内容，这进一步促进了播客的发展。

“Podcasting”是一个合成词，它由broadcasting（广播）与iPod或iPodder所组成。“iPod”是美国苹果电脑公司（Apple）生产的一种硬盘型MP3“随身播”；“iPodder”则是一种跨平台的下载与管理MP3等音乐格式文件的软件，它不仅可以下载播客内容，还可以让用户知道什么时候又有新的播客节目出现了。Podcasting作为名词，可以是播客的总称，也可以指进行播客内容制作。英文中还有两个与Podcasting相关的词，一是podcast，名词，指播客制作的节目；还一个是podcaster，也是名词，指那些自我录制广播节目并通过网络发布的人，也就是强调了播客的“客”字。

当一位播客容易么？再简单不过了。只要你拥有一台上网电脑和一个麦克风，然后

利用录音软件或多媒体制作软件来录音制作播客节目，就可以拥有一个自己的广播电台，随心所欲的向全世界发布自己的声音——这就是“播客”。美国加州有一位居民丹·克拉斯，是一位发烧级的播客。每天下午，等年幼的女儿睡着，他就会溜进自己的“录音棚”，插电源，启动软件，调试麦克风……大声朗读，制作起自己的广播剧《最苦的药》。等女儿睡醒了，他的播客工作也结束了。

播客开始风靡互联网

当然，对于比较专业的播客，会使用专门的播客制作软件来进行节目制作，Easy-Podcast、Audacity、iPodcast、Producer 和 Propaganda 等就是比较简单易学的软件，并且它们都是基于 Windows 平台的软件，支持节目录制、多声道音轨制作和节目上传等多种功能。而对于发烧级播客来说，则会使用价格昂贵的麦克风、混频器和音频编辑软件来制作播客节目。如有一款播客制作软件叫 Adobe Audition，它支持画外音编辑、128 立体声音轨混音制作，以及允许用户修正录制时出现的声音不连贯等问题，但这种软件就比较贵了，它的售价是 299 美元（还不带上传功能）。

如果考虑到信息接收，一个完整的播客过程包括以下几个步骤：

1. （制作方）制作或者编辑声音文件内容；
2. （制作方）将之发布到播客网站或播客日志上；
3. （订阅方）用 RSS 新闻阅读器来进行内容订阅；
4. （订阅方）将订制的内容下载到内容管理软件中来；
5. （订阅方）在网上收听或者将它拷贝到 MP3 等“随身播”数字接收机上并收听。

播客这种广播新形式也得到了传统电台的青睐。英国广播公司（BBC）是较早推出播客节目的传统广播电台。2004 年 11 月，就有 7 万人次下载 BBC 四套的《共享时刻》（*In our time*）节目。BBC 尝到甜头，又在 2005 年推出一档《口水战》（*Fighting Talk*）播客节目，再次大受欢迎。据悉在推出播客节目的四个月中，BBC 的这些播客节目被下载了 27 万次。为此，BBC 决定 2005 年再增 20 个播客节目。2005 年 7 月，美国广播公司（ABC）、《新闻周刊》（*News Weekly*）等媒体都陆续在其网站上推出了免费的播客服务。

全球最大的MP3硬件厂商苹果公司一直为播客的普及和应用出力助威。苹果公司2005年6月底公布的新版数字“随身播”内容管理软件iTunes 4.9全面支持播客。iTunes 4.9推出后的两天之内，其注册用户就达到了100万人之多。苹果公司CEO史蒂夫·乔布斯（Steve Jobs）说：“Podcasting将是新一代的音频，用户现在可以（通过iTunes 4.9）订阅超过3000条的免费Podcast音频节目，并且每一个新的音频文件都可以通过Internet，自动下载到用户的电脑或iPod中。”①

2001年，戴夫·温纳在RSS 2.0的说明里增加了声音元素，从而使播客内容可以在网上订阅收听。所以戴夫·温纳不仅为播客的发展做出了开创性的贡献，也是播客发展的奠基性人物。但下面要介绍的是亚当·科利（Adam Curry），另一位为播客的诞生与发展做出了杰出贡献的人物。亚当·科利也被称为“播客之父”。

**具有多种语言耳机接口的
苹果公司第四代iPod播放器**

亚当·科利是20世纪80年代美国MTV的当红明星。也是在2001年，有一天亚当·科利突发奇想：可不可以把音频文件附在RSS Feed上如同E-mail的附件一样地传送？正是他的这一创造性思维，播下了播客技术的种子。2004年初，亚当·科利编写了第一个播客软件iPodder，这个软件应用RSS技术将MP3格式的文件作为一个单独的附件来进行自动下载与管理，从而迈开了播客发展的关键一步。进而，他于当年创办了自己的播客网站——每日源代码（Daily Source Code），他在这个网站中以声音来公布自己每天做的事情，播放音乐，以及推广播客技术。与此同时，他也抓住接受BBC等媒体采访的机会，为普及播客这一新生事物做宣传。

亚当·科利1964年9月3日出生于美国。他的父亲叫杰伊·柯利。

亚当·科利在阿姆斯特丹度过了他的童年，那时他的偶像是苹果公司共同创始人波兰藉美国人史蒂夫·沃斯里克（Steve Wozniak）。他的业余爱好是广播和通过调制解调器进行计算机通信。从1972年一直到1987年的15年间，他一直住在欧洲荷兰。其中有3年他到美国的西维吉尼亚一所大学攻读通信专业，之后又返回了荷兰。

---

① 转引自《从“博客”到“播客”将颠覆进行到底》，http：// www.gb.tomshardware.com/STINforNews/STContent.asp? ns=7430122F3。

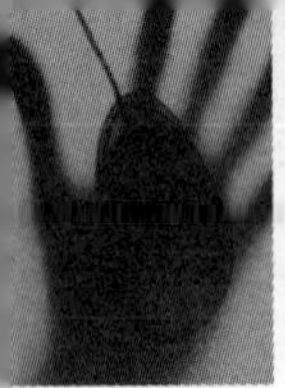

1983年，亚当·科利成为荷兰国家电视台的流行音乐电视录像节目播放员。他的工作是进行音乐录相剪辑并且对一些商业节目中的人物进行访谈。

亚当·科利

1987年，美国MTV公司在荷兰电视上注意到了亚当·科利，聘用他去美国工作，做电视综艺节目主持人。开始他在美国MTV公司主持一档名为"Haloween（万圣节）"的音乐电视节目。随后的4年间，他一直主持深受美国观众欢迎的《前20名MTV倒计时》（*MTV US Top 20 Countdown*）节目。除了主持音乐电视节目之外，亚当·科利还具有非凡的表演才能。1988～1900年间，他主演了电视连续剧《摇摆舞会》（*Headbangers Ball*）。1991年，他又演了一部电影《圣母玛利亚：真理或挑战》（*Madonna：Truth or Dare*）。1993年，他在一部荷兰电视连续剧《亚当斯家族》（*The Addams Family*）里饰演主角，这是一部真实题材的片子，他获片酬100万美元。2000年，他又出演了电影《水的重量》（*Weight of Water*）中的主角。

在从事影视事业的同时，亚当·科利开始对网络感兴趣，20世纪90年代初他就试用了Gopher、E-mail等当时最时新的玩意儿。大概在1990年，他自行注册了一个关于MTV的顶级域名：www.mtv.com，很早就表现出"抢注域名"的商业意识。但随即他为此事与美国MTV公司产生矛盾，MTV指控并要求他将这个域名归还给公司。他最终将mtv.com归还给公司，但作为交换条件，他从MTV得到了一大笔钱。加上他拍片的收入，亚当·科利此时已经成为一个百万富翁。

1994年，他和两个犹太家伙①（他自己的话）创办了Ramp有限公司，Ramp为其他公司提供网站创建服务等业务，一直运行得很不错。后来公司更名为Think New Ideas, Inc.，开始拥有一些大客户如IBM、Oracle、Procter & Gamble等。他的公司开始声名鹊起，一度价值达到2亿美元。1996年，科利卖掉了他在Think New Ideas公司的股份，兑换为大把现钞离开了公司。他成了一个不折不扣的IT行业的富翁。

亚当·科利的好运可能来自于他的婚姻。1990年，他毅然决定与比他大15岁的荷兰歌手特丽夏·佩恩（Patricia Pay）结婚。特丽夏·佩恩生于1949年，曾经是荷兰很有

① 这是亚当·科利指称他的两个合作伙伴。

名气的流行歌曲歌手。据说亚当·科利的噪音非常特别，当年佩恩就是与他在同一幢大楼里录制东西时，被他流畅如蜜般的声音震撼了。于是，两人开始了一段“忘年恋”并终成正果。当年，他们的女儿在美国出生。

亚当·科利在做播客

2000年，他们一家从美国移居到荷兰，并且想以此为过渡，最终在英国定居。这是因为亚当·科利想为他们的女儿提供英国式教育，他认为英国式教育比美国式教育或者荷兰的教育都要优越。2004年11月，他们终于迁居到英国，在英国雪利州盖弗德市——一个欧洲小镇定居下来。

2005年，亚当·科利与戴夫·温纳共同组建了一个与播客技术有关的新公司，两人的共同理想，就是要让这个公司成为播客商业化的起点。

据Macworld① 最近进行的一项问卷调查显示，已有近三分之一（32%）的网络用户开始收听播客。另据美国一家消费技术研究集团的报告显示，今后5年，美国的播客用户将以每年15%的速度递增，到2010年将达到6000万人。

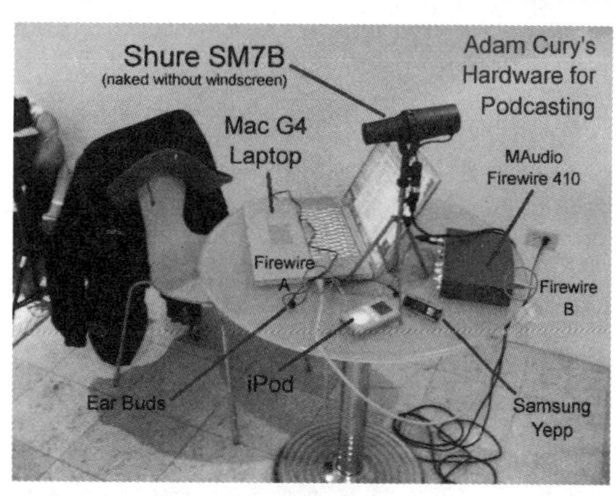

一套典型的播客设备

2005年4月15日，大陆的第一个播客网站——土豆网（www. toodou. com）开通，几个月内注册用户已发展到5万人。创办土豆网的7位年轻人自诩为“土豆”，平均年龄只有26岁。他们用“一个先进的概念+70万元”创业，“每个人都是自己生活的导演”，这就是土豆网的经典口号。

32岁的福建人王微是土豆网的“老大”。他于20世纪90年代初，以托福570

① Macworld，苹果公司下属的一个产品展览与市场调查组织。

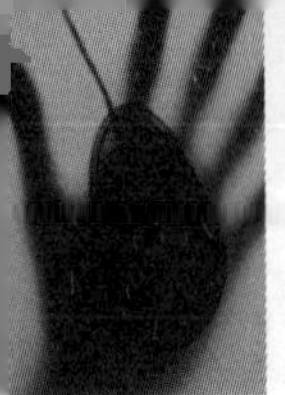

分的成绩考到美国读经济学，后来又读了计算机硕士。在美国休斯卫星公司工作5年后，王微重回校园，转道法国进入欧洲工商管理学院学习MBA。毕业后，他进入贝塔斯曼，曾经担任贝塔斯曼在线（BOL）中国执行总裁。

猝不及防

丹·拉瑟黯然出局

博客在美国引起普通民众广泛关注的一件事，是美国电视节目的大牌主持人——哥伦比亚广播公司（CBS）著名新闻主播丹·拉瑟（Dan Rather）几乎在一夜之间就被博客“捉”了“短”，最终被“搞”下台。这件事情与布什总统早年在军队的服役有关，所以也被称为“服役门”事件。“服役门”事件使得博客在美国的影响进一步扩大。

20多年来，拉瑟与美国国家广播公司（NBC）的主播汤姆·布罗考及美国广播公司（ABC）的主播彼得·詹宁斯，并列为美国三大杰出电视新闻节目主持人，成为各自电视台的招牌形象代表。然而拉瑟怎么也没有想到，他的“一世英名”，竟然栽倒在博客手里，而且是那么的快，那么的猝不及防。

2004年9月初，美国总统选举中布什和克里的角逐日趋白热化。9月8日，拉瑟在其主持的《60分钟》节目中，报道了一份关于布什年轻时在得克萨斯国民卫队服役时的备忘录，这份备忘录中的文字，涉及布什是否服完全役，以及在服役期内是否享受特殊待遇等敏感问题。在美国这样的民主社会里，任何官员的“特权”或历史上的“不良”记录，都会引来大堆民愤。因此，这份文件对于正在寻求连任的布什来说，不啻是一枚重型炸弹。拉瑟在他主持的节目中显示了这份备忘录文件，于是，这件30多年前的“轶事”立即引起美国朝野议论纷纷，舆论哗然。

丹·拉瑟

此时，反映最快的是博客。节目刚刚播完，一位不知名的博客就在 www. FreeRepublic. com[①] 网站上发帖对这份文件的真伪表示怀疑。在拉瑟结束播音后的 19 分钟，一位名叫 TankerKC 的博客进而发帖提出“我们能否得到这份备忘录的复印件”？因为他也在美国空军服役过，而他印象中那时军中的文件不是这个“样式”。在不到 4 小时以后，另一位叫羊头（Buckhead）的博客也在 www. FreeRepublic. com 网站发出了更为致命的质疑：拉瑟所展示的那份文件中单词之间有着“相等的空距”，足以说明这份文件是当今文字处理软件的产物，而不是“从旧时的打印机打出来的”。

博客们对拉瑟的进攻在继续。几位更有知名度的博客使这一件事的影响进一步扩大，并提出了更加不利于拉瑟的证据。第二天，网名为大象鼻（The Big Trunk）的明尼阿波利斯的律师斯科特·约翰逊（Scott Johnson）在他自己的颇有影响的博客网站 www. PowerlineBlog. com[②] 上复述了羊头的帖子内容，并直接做了一个链接指向羊头的帖子。几乎与此同时，另一位约翰逊——查尔斯·约翰逊（Charles Johnson），他是洛杉矶的一位音乐家，对此事进行了“调查性报道”，结果，他在微软的 word 软件里，将字体设为 Times New Roman，其他格式都选择默认设置，打出了一份与拉瑟手中的备忘录格式一模一样的另一份备忘录。查尔斯随即把他自己自制的“备忘录”扫描成图片，贴到了 www. PowerlineBlog. com 里。

再接下来，不到一个半小时，德拉吉报道（Drudge Report）网站也转载了查尔斯的这一“调查性报道”，顿时全美国有上百万人知道了这件事，对拉瑟的质疑越来越“合法”了。德拉吉报道曾经在 2001 年因为首先报道了克林顿与莱温斯基绯闻案而大出风头。在许多网络传播研究资料中，都把德拉吉报道视为第一个有影响的博客网站，笔者不完全这样看。因为严格地讲，2001 年德拉吉的个人网站从发布平台上讲还是一个普通的个人网站，而非采用了博客发布技术。当然，在拉瑟事件中，说德拉吉报道充当了一个地道的博客的角色，是恰如其分的。

一片风声鹤唳之下，拉瑟仍然固执地认为文件的真实性不容置疑，而几位博客的调查结果是不负责任的。然而，在博客们的穷追猛打之下，到了 9 月 10 日早上，《纽约时

---

① FreeRepublic. com 是创办于 1996 年的美国一个同名公司的网站，曾因 2001 年美国联邦参议院对克林顿总统弹骇案而获得名声。

② PowerlineBlog. com 的创办人共有三位：除了科特·约翰逊（Scott Johnson）外，还有两位是 John H. Hinderaker（Hindrocket）和 Paul Mirengoff（Deacon）。

报》与《华盛顿邮报》等美国主流报纸也开始刊登了有关质疑备忘录真伪的文章，并派记者开始了独立调查工作。主流媒体的介入引起更多读者关注此事。拉瑟面临惨败的局面已经无可逆转。

一周以后，即 9 月 15 日，丹·拉瑟终于在电视里向观众与博客表示屈服，承认文件的真实性确实经不住推敲。这件事情直接导致了拉瑟的最终“下课”。

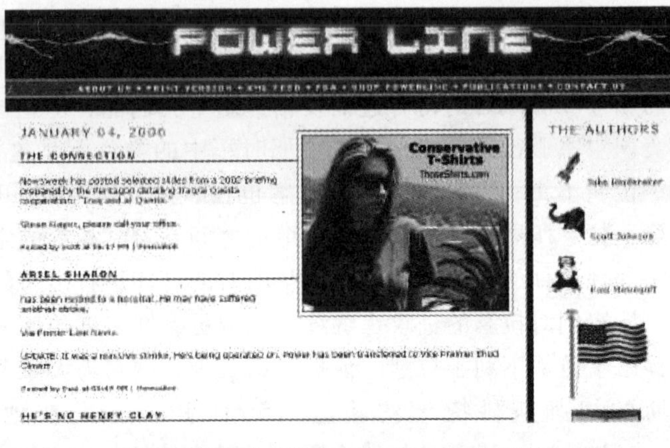

在“服役门”事件中发挥重要作用的美国博客网站 www.powerlineblog.com 首页

丹·拉瑟是美国得克萨斯州人，其新闻生涯已经超过半个世纪。早在 1950 年，大学还没有毕业的他，就开始当起了美联社记者，之后他在得克萨斯州当地的报纸、电台、电视台都工作过。1961 年，一场飓风袭击密西西比河口，拉瑟作为地方电视台的记者，不惧危险顶着飓风作现场报道，吸引了大批观众。他的出色表现也引起了美国三大广播公司之一的哥伦比亚广播公司（CBS）的注意，不久他就被“挖”到了哥伦比亚广播公司（CBS）。

当时在美国最受推崇的电视新闻主持人是拉瑟的前任沃尔特·克朗凯（Walter Crvneite）。克朗凯 1962 年成为 CBS 晚间 15 分钟新闻节目的主持人。第二年，克朗凯改革了电视新闻节目的形式，将 15 分钟延长至 30 分钟。这种半个小时的晚间新闻节目后来不仅为所有电视台所模仿，也成为世界上最通行的电视新闻模式。电视新闻由此进入主流新闻媒体，影响力赶超报纸新闻与电台新闻。1980 年 2 月克朗凯退休，接替他的就是丹·拉瑟。24 年来，拉瑟深沉的声音、稳重的形象和尖锐的语言风格，使他成为 CBS 的台柱子，声名与克朗凯相比有过之而无不及。晚上看他播报新闻，成了许多喜爱他的美国观众的一种生活方式。

在丹·拉瑟的新闻生涯中，能够载入史册的事至少有：

1963 年，他比所有竞争对手提前 17 分钟发布了肯尼迪遇刺的消息，为哥伦比亚广播公司赢得了莫大的荣誉。

1987 年，哥伦比亚广播公司在转播一次重要的网球比赛过程中，挤占了本属于丹·拉瑟的新闻时间。他大为光火，从待命的演播室拂袖而去，结果等网球比赛结束后他的新闻节目该上的时候，却怎么也找不到他，为此，电视画面出现了6分钟的空白——但这空白的6分钟却为CBS带来了高收视率，因为雪片般的观众来信说，他们喜欢这个敢爱敢恨敢生气的主持人。

1990年8月在伊拉克入侵科威特时，他采访了一般美国记者无法采访到的伊拉克总统萨达姆，2003年2月在美伊战争爆发前夕，他再次成功地采访了萨达姆。在这次采访中，刚落座，拉瑟开门见山地就问萨达姆："总统先生，你是否认为这一次是我们最后一次见面?"从而把他（萨达姆）的喜怒哀乐表露在全世界的观众面前。[①]

2001年的9·11事件发生之后，就在随后的《60分钟》栏目中，拉瑟显得悲痛欲绝，他含泪朗诵完了《美丽的美国》这首诗，念完之后更是泪流满面，促使千千万万的美国观众与他一样热泪纵横……

而在2004年11月，丹·拉瑟宣布于2005年3月份结束他的电视主播生涯。2005年3月9日晚，在说完"CBS晚间新闻，丹·拉瑟播报，晚安"后，拉瑟永久地离开了陪伴他24年的麦克风，黯然离场。

在这次"服役门"事件中，www. FreeRepublic. com、www. PowerlineBlog. com和德拉吉报道（Drudge Report）三个网站都有杰出的表现，但FreeRepublic. com和德拉吉报道（Drudge Report）都曾在几年前的克林顿案件中就出过风头，并且，对丹·拉瑟最具杀伤力的"调查性报道"，也是在这个博客网站中首先贴出来的。所以真正引起人们关注、事后也点击量大增的是www. PowerlineBlog. com这个博客网站。这是一个典型的以政治性话题为主的博客站点，它在观点上倾向于保守，专门供保守的美国人讨论相关的政治、社会问题。

分享你我

方兴东成为"盗火者"

在中文信息世界提到"博客"二字，没有什么比方兴东与他的博客网

① 转引自朱湘：《走下主播台的铁齿铜牙》，http://man. sina. com. cn/2005-04-06/17396. html。

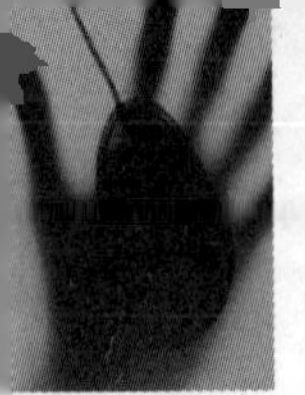

(www. bokee. com) 更如雷贯耳了。博客网的前身是博客中国（www. blogchina. com），这是中国第一个博客网站，也是中文网络中规模最大和最有影响的博客网站。中国的网络用户熟悉与感知什么叫博客，就是从博客中国开始的。有人说方兴东是融合中国草根文化与精英文化的第一人，这个说法不无道理。

方兴东

方兴东，1969 年出生于浙江义乌，1987 至 1994 年就读于西安交通大学，获工学学士、硕士学位；1996 年 3 月考入清华大学，在机电系攻读电子商务博士学位。20 世纪 90 年代中期以来，从事 IT 研究、分析和评论，著有《起来——挑战微软霸权》、《博客——E 时代的盗火者》、《IT 史记》等 IT 专著 20 部。他亦是中国"数字论坛"成员，博客网（www. bokee. com）和互联网实验室（Chinallabs）的主要创始人。

评论别人不如自己创业。方兴东于在 1999 年 9 月休学，发起并创建了中国互联网实验室。他没有想到的是，创业伊始就碰到了世界性的互联网低潮对他的打击：

> 互联网泡沫破灭了，很多互联网公司倒闭了，以前我的很多客户有的彻底倒闭了，没有倒闭的也财政紧缩，根本没有钱到我这里做发展规划咨询了，公司没有收入，开支却照旧，风险投资受纳斯达克股票狂跌的影响，投资没有信心，互联网实验室面临山穷水尽的地步。当时有很多朋友劝我：方兴东，算了，放弃吧，把精力集中到别处去不要在一棵树上吊死。我知道他们是为我好，是善意的，但是我心里却是非常清楚，现在是最危险的时刻，也是最需要坚持的时刻，挺过去，一切就会好起来！于是我没有放弃，那一天我打了 200 多个电话出去，发动一切我能够动用的力量，为互联网实验室找项目、找业务。终于，功夫不负有心人，我找到当时我们老家义乌市政府要做信息化规划的一个业务，我们接下了这个业务，那个月的工资立即就能发了，我的公司又活过来了。后来，从 2001 年下半年到 2002 年下半年，共有 5 次，互联网实验室都到达了倒闭的边缘，但是我都一次一次地挺了过来。到 2003 年，整个 IT 业回暖了，类似互联网实验室的 IT 业咨询公司由以前的四十多个只剩了不到十个，互联网实验室就是这 10 家之一，业务量增长了好几倍。①

---

① 石磊：《中国 IT 业的新锐青年——博客方兴东》，《法制日报》，2004 年 10 月 25 日。

应当说，互联网实验室锻炼了方兴东创业的能力，为他几年后打造博客中国，既积累了经验，也积累了一定的经济基础。到了2002年8月，他与王俊秀经过共同努力，终于办起了中文网络世界中的第一个博客网站——博客中国。自此，博客这一“新生事物”开始在中国萌芽。如今，博客中国的后续者——博客网已经是一面旗帜，它揭开了中国互联网第二代门户时代的序幕，开创了中文网络信息传播的一个新局面。

说起来，博客中国的诞生也是方兴东“赌气”的结果——与软件大鳄微软赌气！2002年7月6日这天，方兴东将后来引起很大反响的《向微软投降》和《微软为什么》这两篇新出炉的稿件发给8家有着长期关系的网站和媒体，一两个小时后，他的文章在这几家网站被陆续发布出来，但又过了几个小时，他惊讶地发现，这些文章竟然神不知鬼不觉地“失踪”了。一打听，原来是微软“作怪”所致——微软对他文章的反应极其迅速，派出公关人员做这些网站工作，要彻底封杀他的文章。这时候，孙坚华一个月前对他提到的那个“全新的出版方式”突然使他蓦然醒悟——

方兴东（右）与王俊秀（左）

> 我第一时间想到了博客网站。我不仅要有自己的博客网页作为自己在网络世界的思想阵地，还要把“博客”这个概念引到中国来，给其他像我这样需要呐喊阵地的人也提供傻瓜化的个人网站。①

于是，一个月后，博客中国诞生了。

当然，做一个博客网站，远比理解与谈论“博客”这个概念要艰辛得多。这时，方兴东身上的农民血液起到了关键作用。他这样回忆博客中国起步时的辛苦劳作：

> 农民是指我要像地里勤勤恳恳干活的农民一样，用扎实的行动一步一步的打造我的事业。互联网是个知识更新极快的行业，在这个圈子里，你一个月不接触、不浏览各种信息，你的知识就陈旧了，我每天的上网时间都在十几个小时，要看200多个网页，其中三分之二是英文网页，读各种最新出版的IT方面的书，真是“逆水

① 石磊：《中国IT业的新锐青年——博客方兴东》，《法制日报》，2004年10月25日。

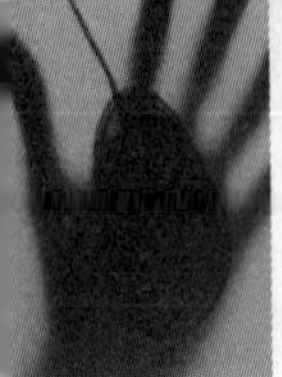

行舟，不进则退”。“博客中国”前 200 个专栏作者是我一个个打电话、发邮件‘软磨硬泡’，解释和鼓动“拉”过来的，被动地成为“博客”。这 200 个作者都是各界名家大腕，其中工作的劳累和快乐都是一般人不可想象的。从 2002 年 8 月份开通之后的半年多时间里，200 多个加盟的“博客”，90%以上人员的文章都是由我个人上传。每天 2～3 个小时，我就担任搬运工的差使，实在是又土又笨的“重体力活”。要是没有我的“农民”精神，肯定“博客中国”早就撑不下去。累虽然累，在像农民般辛苦工作的背后，支持我的是强大的激情和动力——总有一天，博客会得到大家的认同，博客会改变互联网的信息传输方式，改变这个社会的信息传播方式。①

当我们看到方兴东头上许多耀眼的光环时，请不要忘记，他首先是“互联网上的诗人兼农民”。

博客中国网站首页

然而，辛勤劳作并非能解决一切问题，网站总是一个烧钱的行当，没有钱仍然是痛苦的。博客中国在开通后的近两年时间内，其发展的步子并不快。这一方面因为方兴东本人也在摸索之中，另一方面，更为重要的，是全球互联网仍处于低潮的时期。在这种情况下，博客中国想获得大笔风险投资，是非常困难的。所以，在相当长的时期内，用户访问博客中国的速度都很慢——没有钱，哪来理想的带宽与精良的服务器呢？

然而，互联网不会一直处于低潮。博客中国从 2004 年 6 月起开始了腾飞：

2004 年 6 月，旨在深度沟通的《博客公社》频道开通；

2004 年 9～10 月，《教师博客》、《学生博客》频道开通；

---

① 石磊：《中国 IT 业的新锐青年——博客方兴东》，《法制日报》，2004 年 10 月 25 日。

2004 年 7～11 月，网络刊物《博客周刊》、《博客科技周刊》、《博客新知周刊》、《博客生活周刊》上线；

2004 年 12 月，《无线》频道、《企业博客》频道开通；

2005 年 1 月，收购《博客动力》，《博客动力》CEO 卢亮成为博客网 CTO；

2005 年 3 月，第二届中国最具投资价值媒体评选结果揭晓：博客中国被评为中国最具投资潜力的媒体；

2005 年 4 月，原联想投资总裁谭涌泉加盟博客中国出任 COO；

2005 年 4 月，《播客》开通；

2005 年 5 月，原腾讯北京分公司总经理荆涛加盟博客中国并出任无线事业部总裁；

2005 年 6 月，《图片博客》开通；

2005 年 6 月，原搜狐公司网络游戏事业部高级运营经理王童加盟博客中国任技术副总裁；

2005 年 7 月，博客中国更名为“博客网”，启用新域名 www.bokee.com。

原来，方兴东得到了日本的软银公司（Soft Bank）1000 万美元的贷款。这里有一个大背景，就是随着 web2.0 技术的兴起，世界风险投资商们又一次把目光转向互联网创业者。方兴东有备而来——他成功了！顿时，用户欣喜地发现，博客网的访问速度比博客中国时期快多了。博客网编辑部也一片欣欣向荣的景象，人员三个月内就从原来的几个人“招兵买马”到近 400 人（当然是否需要这么多人值得商榷）。

博客网网站首页

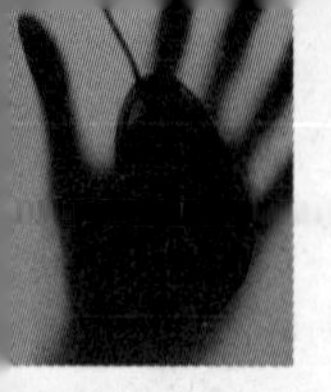

在此过程中要特别提到的一件事，是博客中国2005年2月中旬对“盛大入股新浪事件”的报道。由于博客中国一直以IT和互联网为内容聚焦目标，经过几年的积累在这方面的资源（如专家和渠道）都非常多。方兴东抓住这件IT业界最让人震惊的事件大做文章，使得博客中国成为第一家发布这一消息的网站，并且第一个摆开规模架势对这一事件进行了全方位的分析与报道。博客中国的这一举动使中国的网络用户第一次感受到博客网站“排山倒海”的力量。那些天，想必几大门户网站的内容“掌门人”心里是有点不是滋味的。博客中国在这一事件上的杰出表现，让用户进一步明白了什么是博客及其传播特点：

> “博客中国”所采取的博客方式代表整个互联网的需求，就是用户创造内容的方式，不是原来的集中式的编辑、记者控制发布权，人人都可以发布信息，博客的优势就充分体现了出来，从各种新闻眼获取一定角度的信息，然后及时地发布出来。我觉得用户创造内容的商业模式，是继电子邮件等之后的又一个应用，这也是博客中国05年努力奋斗的目标所在，我们希望成为新的盛大。①

有博客撰文评论道：“中国互联网领域有一个独特现象，成功的网络商业人士中间有大批来自浙江，从丁磊、陈天桥、马云到求伯君、鲍岳桥，等等，都以浙商文化的深厚底蕴为背景，创造了中国互联网界的一幕幕财富神话。”② 是的，出生于浙江义乌的方兴东，定会深受义乌小商品市场的影响，那个小商品市场，由义乌中学旁边一条街上的一群摊位，发展到今天成为全国最大的小商品市场，这一奇迹不能不给方兴东以深刻启迪。从这一点上来说，浙商文化中挑战强者、挑战困难、挑战未来、挑战自我的元素，也在方兴东的血液中流淌着……

方兴东身上有着典型的儒商气质，他爱读书是出了名的。1987年，方兴东考入了西安交通大学后，他学的是高电压废水处理专业。几年后他已是出名的校园诗人。由于他不喜欢娱乐和社交，读书便成了他的个人专利，以至于图书馆里的哪类书放在哪个位置，他全都一清二楚。1994年，方兴东被分配到北京某电信电线公司工作，公司位于远郊，他只能忍痛割爱，每周进城一次。那时到了周末，方兴东常常带着大捆大捆的书挤上郊区到城里的公交车，据说，他还有几次被别人当作书贩子呢。

---

① 方兴东：《盛大新浪事件又一次见证了博客的价值》，http：//www.blogchina.com/new/display/65069.html。

② 顺风：《方兴东的儒商文化和浙商文化》，http：//column.bokee.com/93383.html。

1996 年夏天，方兴东考入清华机电系读博士。有一天，他应邀帮助一位朋友写一篇关于戴尔公司的文章，因写得很精彩受到朋友的好评，他也就此“陷”入 IT 圈。其实当时他没有多少 IT 方面的知识，因为此前他很少读这方面的报刊和图书。但他还是像写诗一样认真地钻进了 IT 评论这个领域，读了大量的专业书籍，搜集了大量的相关资料。1999 年 3 月，他写出了著名的评论文章《“维纳斯”计划福兮祸兮》。这篇文章在中国所有大型内容网站广泛传播，最终扭转了“维纳斯计划”① 在中国的命运。两个月后，当他将这篇文章与其他评论文章编辑成《起来，挑战微软霸权》一书公开出版时，中国 IT 行业对方兴东其人已经不再陌生。

方兴东所创办的互联网实验室，向业界公司、传统企业和政府部门提供战略咨询、市场调研、管理咨询、效果评测及市场策划等服务，这在国际上属于互联网咨询业。了解一下方兴东在创办博客中国之前创办的这个咨询机构，也许对进一步理解他为什么要创办博客中国会有所帮助。方兴东这样解释他创办互联网实验室的动机：“一位分析家要想完成独立的思想传播，就意味着既不能从事媒体工作，又不能做自由撰稿人：一个分析家必须在思想上和经济上完全独立。媒体和自由撰稿人，前者扼杀了独立的思想，后者扼杀了独立的经济。从美国的成功经验可以证明，只有做咨询公司才是出路。在形形色色的咨询中，我毫不犹豫地选择了互联网咨询业。”②

原来如此。看来，方兴东不仅是自己要争取在“思想上和经济上完全独立”，而且要让更多的人能够独立地表达自己的观点，至少，有这样一个平台去进行自由表达，于是，在互联网实验室运转一年左右，博客中国诞生了。尽管方兴东投身创业与“做生意”的本事可能从家乡的小商品业主身上有所传承，但这样的思想，恐怕就是那些小业主们所望尘莫及的了，就只能与一位清华的博士生相关联了。

但方兴东至今却没有拿到博士学位——“读成清华有史以来耗时最长的博士”，这似乎已成为互联网上的一段佳话。

2004 年 6 月，方兴东以《基于博客的知识运行机制研究》一文在清华大学电机系申请工学博士学位。这篇博士论文分 8 章，从博客的知识运行机制研究着手，侧重研究知

---

① 维纳斯计划，由微软在 1997 年提出，主要内容是用数字电视机顶盒改造中国电视用户的收视方式。

② 转引自《方兴东：驰骋网络一书生》，《大众网络报》，http：// www.yesky.com/20001109/131516.shtml。

识管理、知识共享、知识传播等问题，其中与电机学科有“关联”的是第7章：以“高压脉冲功率等离子体的知识传播和共享平台”为案例，分析Blog作为科研交流平台的可能性。

6月11日，方兴东要以“Blog研究”申请电机系工学博士的消息在清华BBS中传出。随即，不少质疑的帖子出现了：“一分钟就可以注册一个博客，一个技术人员半天就可以装一个博客系统，方兴东居然想以博客为题骗取博士论文”①。“方兴东的论文是否具有博士论文水平？是否具有电机系高电压专业博士论文水平？博客和电机学科的联系何在？甚至有人以一斤荔枝为赌注，就方兴东能否拿到博士学位，在清华BBS上一赌输赢。”② 当时，方兴东的导师曾问他本人的意见，他回答说无所谓，由学校去定吧，别为难大家就好。

6月15日，清华电机系组织了方兴东博士论文的答辩。根据当天清华BBS上披露，答辩委员会5名成员（分别来自清华大学新闻与传播学院、电机系、经管学院、中科院计算机所、华北电力学院）对方兴东的论文全票通过。但事情在一周后却发生了戏剧性的变化，6月23日，清华BBS里出现一个帖子：“报告大家一个好消息——方兴东的论文被毙了！”此消息不幸成为事实。几天之后，方兴东接到通知：他的论文，学位委员会暂不表决，建议他转到本校新闻与传播学院，补修两门课后重新开题，以同一论文申请另一专业的学位——传播学博士。7月17日，方兴东接到清华新闻传播学院教务员的电话，被告知他的学籍关系已经转到了该院。

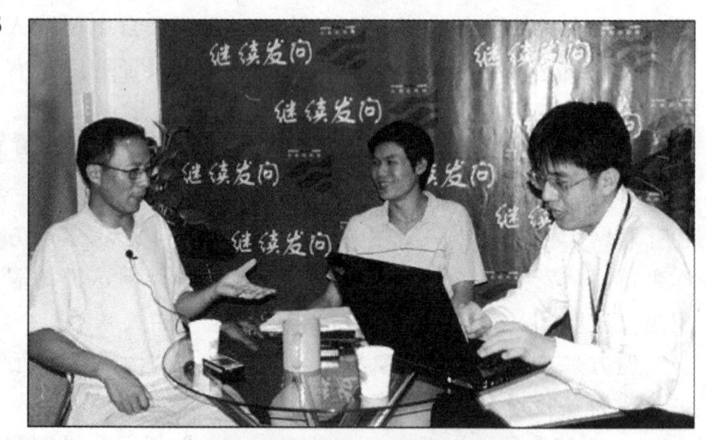

方兴东（右一）与汪潮涌（左一）谈百度上市

① 方兴东观察：《又要开学啦！周一我要报到……》，http：//fangxd.blogchina.com/2572307.html.

② 姜志：《博客“博”上方兴东》，《南方周末》，2004年7月16日。

这时，方兴东在清华读博已经近9个年头了！其实，他在撰写博士论文方面已经是几经挫折了：在1996年3月～1999年他创业之前，做的是高电压脉冲放电水处理的博士论文；2000年后搞互联网实验室了，又换成了互联网未来趋势方面的主题；2002年创办博客中国后，又换成了博客方面的主题。难就难在，把博客这个他整天梦魂牵绕的“东东”与“高压脉冲功率等离子体”联系起来，实在是一件“考验智慧”的事！

对于清华，这个中国最“高”的高等学府，方兴东谈起时真叫“别有一番滋味在心头”：

> 清华10年，我自己感觉还是没有真正融入这个学校，还是西安交大的意识更重。我做事首先要自己喜欢，喜欢直截了当，喜欢干净利索，喜欢淋漓畅快。清华十年，不爽的东西太多，爽快的东西基本上在这个校园之外。不过，我住在清华附近，创业在清华创业广场，好像还是有着说不清的清华情结的。我的儿子也出生在清华校医院（当时那段时间，校医院就我儿子在那里出生，其他人都选择去海淀妇产医院，因此很清静），当时甚至起名时候备选的诸多名字中还有一个叫“方清华”的。当时我还盘算过，毕业了，要努力把关系留在清华。
>
> 也许，等我最终顺利毕业了，或者等我真正最终下定决心退学离开清华了，我会开始认同这个学校，会开始怀念这个校园。但是，迄今为止，这个学校给我的快乐太少，不快乐太多。当然，可能主要是自己1996年一进校门，就开始不务正业，开始做互联网评论了。自己绝对不算个好学生。诸多人对我愤愤不平，不期望我拿到学位，也是有道理的。毕竟，清华人都是很认真学习的。①

方兴东的导师对他说：别人叫你“方博”都10年了，你不拿到学位怎么好意思？方兴东开玩笑地回答：有了博客中国，“方博”的意思不是方博士，而是“方博客”了！——敢于做清华“最笨”的学生，敢于做自己想做的事，“方博客”虽然还没有变成“方博士”，但这位中国博客的领军人物，却用另一种姿态诠释了博客的丰富内涵。

---

① 方兴东观察:《又要开学啦！周一我要报到……》,http：//fangxd. blogchina. com/2572307. html.

出位写作

木子美引发"博客热"

尽管方兴东为了推广博客使出了九牛二虎之力，尽管方兴东为了他的博客中国连博士学位都放到一边去了，但直到博客中国开网近一年半，"博客"这个概念在中国的网络用户中仍然算不上普及，在一般的大众的字典里，这两个字可能还没有扎下根来。但是在 2003 年 11 月 13 日，三大门户网站几乎同时发布了一个很抢眼球的新闻——《女写手用身体写作木子美性爱日记访问量激增》。新浪网于 11 月 13 日凌晨 2 点 31 分发布这个消息。传统媒体很快也跟了上来，大多在随后的几天都转载了门户网站的消息。最早刊出木子美专访的报纸，是南方日报报业集团旗下的《新快报》。

其实，这件事也是有个发展过程的。早在 2003 年 6 月 19 日，木子美就在与博客中国名称很容易混淆的另一个博客网站中国博客网（www.blogcn.com）上申请了她自己的博客，开始写起"性爱日记"，并把这些日记冠名为"遗情书"。《遗情书》记录了她和众多性伴侣的快乐或不快乐的经历，使得关注她的人越来越多。网络似乎就有这个特性，正常的内容，不一定传播得快，但"出位"的内容，就会像野草一样"疯长"。到 8 月，木子美在《遗情书》中以白描的手法，记录了她与广州某著名摇滚乐手的"一夜情"故事，此事一时在广州传媒界、音乐界及网络上面广为流传，木子美已经变成"区域性"名人。及至 11 月三大门户网站同时发出消息，木子美也就迅速成为第一个以"身体写作"名闻中文网络的女写手。《遗情书》在那一时期的页面访问量高达 20 万，并且以每日 6000 人次增长，成为中国访问量最高的私人网页之一。

木子美，真名李丽，籍贯广东，出生于 20 世纪 70 年代末，毕业于广东某大学。曾任广州某小资刊物的编辑。对木子美的评价也成了各大中文网站 BBS 里相关版块的热门事件，有人说她是中国女人中的极品垃圾，也有人站在她的身后摇旗呐喊说是大快人心。网民们对于"木子美现象"的不同看法，归纳起来，大致有如下几种：

一曰"炒作说"：为了出名的炒作。网易曾对"木子美事件"进行过一项调查，其中87.6%的网友认为，这是木子美为了出名搞的噱头，67.9%的网友认为木子美自爆隐私是为了有机会一朝成名。

二曰“权利说”：每个人都有选择自己生活方式的权利。“木子美现象”是社会进步的体现。他们认为，每个人都有自己的生活方式，作为一个成年人，木子美有选择自己生活方式的权利，别人无权对她的选择加以指责。同时，木子美的出现显示我们的社会越来越宽容，价值观越来越多元化。持这种观点的网友约占10%。

三曰“悲哀说”：木子美的出现是一种悲哀和堕落，木子美将自己的性经历公开发表会对青少年造成不良影响。①

著名社会学家李银河认为，“木子美现象”标志着“在中国这样一个传统道德根深蒂固的社会中，人们的行为模式发生了剧烈的变迁”，她呼吁人们宽容以待。但李银河对木子美本人的评论却很见智慧，大意有三层：一是她未经对方同意就把跟别人的性经历公布到网上，是不道德的，至少是对人家的伤害；二是身体是她自己的，她想和多少人上床都是她的事；三是她是一个性欲比较强的女人。②

《中国青年》杂志社社长彭波认为：“无论社会开放到什么程度，多元化到什么程度，但社会有一个基准的价值道德观，不要触犯为好。我觉得木子美这种标新立异的行为，给整个社会带来危害，对这一代青年是带来危害的。所以对这种现象我予以谴责。我不愿意对木子美本身的行为做评判。木子美把日记拿出来发表的行为就有问题。”③

“木子美现象”中还有一件值得关注的事情是，网络媒体对这一事件的反映并不能算快。几乎早于三大门户网站一个月，江西的二十一世纪出版社就瞄准商机，在极短的时间内就将《遗情书》付梓印刷，但不久便被严肃查处。

意欲在中文网络大肆推广博客的方兴东，似乎不会对“木子美现象”说“不”。方兴东说，木子美让博客概念走向大众，木子美对博客概念的普及功不可没，这一点毫无疑问。所以木子美的大名在中国博客的发展历史上必然是一个留下重要痕迹的名字，她躲也躲不掉，你拦也拦不住。

---

① 万兴亚：《“木子美现象”与“博客文化”》，《中国青年报》，2003年11月25日。

② 李银河：《用不着作道德评判》，http://news.sina.com.cn/c/2003-11-17/10472149942.shtml。

③ 转引自“搜狐聊天访谈”：《媒体老总：木子美日记拷问媒体良心》，http://news.sohu.com/2003/11/21/88/news215888875.shtml。

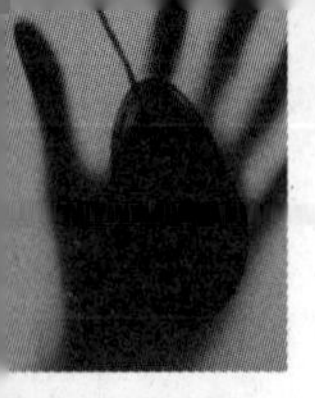

出了名的木子美对博客更是情有独钟，她每日在更新着她的三个博客：博客网播客（podcast. bokee. com/muzimei. html）、橄榄树博客（www. wenxue. com/T3/? q=blog/353）和 blogbus 博客（muzimei. blogbus. com/index. html）。木子美本人对博客的理解则是：自由、自发、自主。

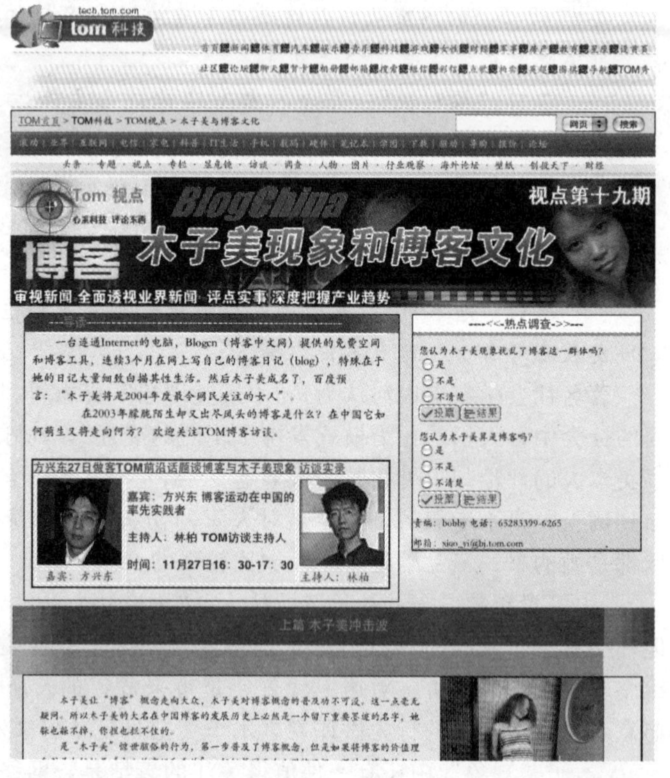

TOM 网站上的木子美专题讨论页面

2004 年 9 月，一个荣誉拥抱了这位中国第一位知名女博客，由德国之声中文网（www. dw-world. de）举办的"2004 国际博客大奖赛"（The BOBS，Best Of The Blogs）邀请木子美去德国当评委。德国之声中文网是联邦德国国际广播电台中文部办的网站，这次大赛旨在"给大家提供一个开阔的视野，看看世界其他角落的博客在干什么，写什么"，以及"给感兴趣的网友介绍不同语言优秀的博客"，参赛语言包括中文、英语、德语、西班牙语、阿拉伯语、俄语、葡萄牙语等 10 多种语言。共有 1000 多名博客被推荐参赛，来自全球的 6 万网友参与了投票评选。

9 月 29 日，木子美拿着大赛组委会寄给她的邀请函，到德国驻广州总领事馆办理签证申请。木子美后来回忆了她与负责签证的中国女官员对话的情景：

"你去德国干什么？"

"参加德国之声举办的国际博客大奖赛，我是去当评委。"

签证官用一种如同机场安检人员对照乘客与身份证是否吻合的目光扫视我一下。是我文弱的外表跟"评委"不相称吗？但接着我发现她是对"博客"两字有点陌生，她仔细地在邀请函上找那个词。

“Blog 就是网络日志。”我小声地解释。她点了点头，又问：

“德国之声怎么会找到你?”

“因为我在这个领域很有名。”我的回答斩钉截铁，带着狂妄。因为我似乎很难解释我为什么有名，在签证官不太明白 Blog 的情况下。

“哦，他们是给你打电话吗?”她又问。

“是的，他们知道我，找到我，我是中国唯一的代表。”

“你是学什么专业的?”她再问。

“哲学，我在中山大学毕业的。”

“你以前做什么的?”

“我在媒体做过 3 年，当记者，去年底才辞职的。”为了简短，我没说我还写过性专栏。①

在这次大赛中，知名博客猛小蛇与他的狗日报（www.18mo.com）获得 2004 年德国之声世界博客大赛“最佳博客奖”与“最佳中文记者博客奖”，奖品是价值约 5 万元人民币的苹果牌笔记本电脑一台。“我的笔记本有她的一半”，猛小蛇表示，因为他这次获奖，与评委木子美的举荐、投票不无关系。

最具喜剧性的一个结果是，木子美在 2004 年成为德国博客大赛的评委从欧洲旅行一圈回国后，不知怎么求职就求到了方兴东的门下，担任了博客中国的市场经理！据木子美本人说，她本来准备在 2005 年初迁居到北京生活，正好有博客中国的朋友问她想不想到博客中国去上班，她想去上班，就这样去了。“不算特主动，也没挖”。到了博客中国后不久，木子美就主持了一场由博客中国主办的“女性主义新浪潮与话语空间”网上沙龙，以一个职业女性的形象再次引起网民的关注。

从 2005 年 8 月开始，木子美在博客网的《播客》频道推出了自己的个人播客《木的工作室》，迄今为止，这个播客已经推出了 10 多期节目。在前期的节目中，《木的工作室》大多围绕音乐文艺类内容和木子美本人感兴趣的话题录制，如第四期的《真唱运动》、第六期的《中国潘多拉》等。

① 木子美：《我去德国当博客大赛评委》，http://news.hexun.com/detail.aspx?id=903265。

再掀波澜

竹影青瞳走向她博客

在“木子美现象”引发的网上讨论的热潮还没有完全冷却的情况下，一位比木子美还要“大胆”的女博客再次震惊了中文网络世界。2004年春节期间（2月18日），新浪网在其首页的要闻栏里发布了这样一条新闻：《大学女教师竹影青瞳网上贴裸照挑战木子美》。在新浪经过六七年的发展已经成为国内一个重要媒体的情况下，一下子把竹影青瞳事件推向了全国的网络用户和普通受众，并引起传统媒体的高度关注。“竹影青瞳事件”进一步强化了几个月前“木子美事件”对“博客”这一概念在大陆所起到的传播与启蒙作用，这不仅与博客在西方国家的普及过程迥然不同，而且也为费了九牛二虎之劲鼓吹博客并创办了博客中国的方兴东先生所始料之不及。

竹影青瞳惊世骇俗的文字与图片所引起的广泛关注与争议，把越来越多的网络用户带到了博客队伍中来。当时国内的几大博客网站，注册用户数大幅增长，个别网站甚至“人满为患”，一度停止了注册工作。2004年1月5日，这位女性写手在内地颇有人气的天涯网刚刚开通的博客平台上，开设了她自己的博客“竹影青瞳”（castle3. tianyablog. com）。竹影青瞳在她的大多数“火辣辣”的文章中都插入了自拍的写真裸照（多为半裸），导致其个人博客一个月内点击率飙升至13万以上。被木子美“推广”了的博客概念，再一次由竹影青瞳进行了“普及”。不仅是天涯的Blog，国内其他几大Blog网站，在那一时期注册数都大幅增长，个别网站甚至停止了免费注册。这一次，三大门户网站的反应要比对待木子美快得多了——一个多月后，即到2月中旬，新浪、搜孤、网易纷纷报道了这件事。传统媒体中第一个报道“竹影青瞳事件”的是《北京青年周刊》，时间是2004年2月14日。于是，又一个出位女博客成了中文网络世界的名人。性感文字加裸照，加上竹影青瞳本人当时又是大学女教师，这使得她的博客更加火暴，吸引了更多的“眼球”。

但是天涯的服务器却因为汹涌而来的点击量有点招架不住了，而更令天涯招架不住的，可能是来自其他方方面面的压力。于是，天涯从2月初开始删除竹影青瞳个人博客中的裸照，但似乎也不是单纯的删除，而是将页面内的图片裸照换成了油画裸照。竹影青瞳则给天涯的管理员发帖表示抗议。2月4日竹影青瞳发了这样一个帖子："不仅日志后面的所有照片被删除，日志也被搞得一塌糊涂。请管理员解释一下。"天涯的管理员在当日回复道："根据国家有关规定，经社区工作组讨论，你发在博客中的裸照均作删除处理……"

竹影青瞳，福建人。1998年毕业于淮北煤炭师范学院中文系，2001年她考入厦门大学，攻读文艺美学硕士研究生。毕业后，她曾在广州某大学教书。她的作品包括中篇、长篇、短篇小说近40万字，散文随笔10多万字，诗歌近万字。

竹影青瞳

从2004年1月5日在天涯自己的博客中发出第一篇文章《你怎知我内心的那个女人不是装给你看的》，到2月20日发出最后一篇文章：《一颗星在人世坠落》，竹影青瞳的第一个博客实际上只"存活"了40多天。

天涯最终关闭了竹影青瞳的博客。竹影青瞳也很快就向学校递交了辞呈。在自己的博客仍在天涯"存活"的最后10来天里，聪明的竹影青瞳贴上一则启事，说明她将自己开设一个个人网站，并欢迎有网络公司来支持她办这件事。结果，从天涯消失没有多久，竹影青瞳的个人网站竹影青瞳会所（www.zyqt.com）就开通了。

尽管竹影青瞳会所挂出了收费阅览的公告，但实际上竹影青瞳并不能指望用它来赚钱。"根本挣不到钱，你想想，如果看东西要收费，有几个人愿意交钱，我这样做只是方便自己作品的管理，过几天放一篇文章上去，达到更好的传播效果"。她在接受《时代人物周报》记者采访时如是说。因此，竹影青瞳不得不到一家公司做文字工作。笔者曾经数次光顾竹影青瞳会所，总体感觉还是很健康的。并且，里面的人气较旺，这从会所的BBS系统可以看得出来。竹影青瞳为了维护会所也花费了大量时间，几乎每天都要回复大量的帖子，尽管有些帖子很不礼貌，是骂她的。

2005年7月，竹影青瞳会所曾经遭到黑客的攻击。7月份大约有半个月之久，竹影青瞳会所的首页上竟然是竹影青瞳本人的一张背面裸照。有几天竹影青瞳将首页恢复了原样，但很快又被"黑"了。攻击竹影青瞳会所的人不知是何方神圣？也不知是出于何种目的？博客遭遇黑客，也算一件趣事了。

竹影青瞳为什么会做出这样石破天惊的举动，下面不妨从她的博客文本中作一些

分析。

其实，对于将自己的裸照上网，起初她内心也是充满恐惧的：

我害怕什么？我对什么感到恐惧？我看到竹影青瞳这个名字像瘟疫一般蔓延，而且迟早有一天会蔓延到我日日面对的同事，还有我在课堂上面对的可爱的青年。他们的口水会不会直接吐到我的脸上？他们看我的眼光会不会让我无法抬眼？

我清晰地看到了那使我恐惧的，使我恐惧的乃是我前方的黑暗，我感到恐惧是因为我看到了那黑暗。①

但在她的心灵占据主导地位的，可能还是一种挑战者的姿态：

但我也看到了我脚下的那片亮光，而且我的眼神再不愿意离开这片亮光。这亮光是我自己的，谁也不能夺走，也没有谁能够把它毁灭。

是我自己的亮光在引领我在黑暗中前行。借助这微弱的光，我明白黑暗不是那么令人恐惧，我也并不孤寂。

因为我坚信世间并非我一个人在黑暗中行走，我坚信并非只有我一个在凭借自己灵魂的光穿行世中。②

当然，竹影青瞳面临更多的是对她的漫骂与批判。在反对她的声音中，关于博客应该自律的看法是最主要的一种观点。持这种观点的网友认为：网络是自由的，但并不是没有游戏规则的，自由的前提是自律。以网上反黄著称的王吉鹏先生撰文道："每个博客要有自己的道德底线，要知道什么是该发表的，什么是不该发表的。同时，每个博客还要遵守法律底线和政策底线，不违反国家的法律，不出现政治问题。"③

浙江大学教授王志成则从"女性主义"的角度来看待这个问题，认为在网上贴裸照属于"女性主义""初级阶段"的一种自我超越。"女人进行'自我超越'的出口比较有限，但是你注意观察的话，贴裸照的人不会一直贴下去，除非是黄色网站。"王志成进一步指出："女人一开始都有虚荣心，贴裸照可以吸引更多的人去看她们。但是我们要容许

---

① 竹影青瞳：《一颗星在人世坠落》，http：//lady.163.com/lady2003/editor/sight/050610/050610_238717.html。

② 同上。

③ 转引自陈艳：《女教师自贴裸照　中国博客发展存隐忧》，《新闻荟萃》，http：//www.phoenixtv.com/home/news/society/200402/25/206492.html。

别人虚荣心的存在，社会要宽容一些。当然，包容别人并不意味着自己就一定要去做别人在做的事。”①

笔者一直以为不能把竹影青瞳简单地看作“一脱成名”的女性写手。在她那些“放荡”的文字背后，其实也不乏思想的火花，以及她对于人生、人性乃至社会的深刻思考。比如，关于文字本身，她就作出了有别于其他以“身体写作”者的思考：“从古至今，写字的人如此之多，他们制造的所有文字大概可以把整个太平洋淹没。自然每个人制造文字的缘由各个不同，但又都相同，那就是都源于人性深处的利己之心。”② 进而，她又对这种“利己之心”作出了社会层面的剖析：“人类对自己的私性也一向宽容大度。我们习惯于看到一项事业对于公众的好处和全人类的利益，而不是看到做出这项事业的人那深渊般的利己之心。”③

当然，作为年轻一代的知识女性，竹影青瞳在对待性的基本态度上是非常开放的。她接受记者采访时说过：“马克思说两性关系是一切社会中最为自然的关系，我也倾向于认为人生充满苦难而且短暂，如果对别人对自己都不会构成伤害，完全可以自由享受肉体这物体带给我们的快乐。”她视性与人体为自然而无需隐藏的事情，表现出与西方文化中对性与人体观念的趋同倾向。

在将竹影青瞳会所经营了一年多以后，竹影青瞳于 2005 年 8 月底对网站进行了改版——她博客（www. k393. com）诞生了。她博客的主旨是维护女性权益，这从竹影青瞳放在首页的一个类似网站宣言的文字里可以看出：

> 在她博客，女性拥有绝对优先权！
> 在她博客，女性的弱点受到更多尊重和包容！
> 在她博客，女性充分展现自己，被视为可爱的行为！
> 在她博客，只要是女人，都被刮目相看！
> 在她博客，凡是不尊重女性的行为都被视为恶的，丑陋的！
> 在她博客，女性有自己的原则，建立自己的原则！

下面请再看一段笔者与竹影青瞳的对话——

---

① 转引自冯一刀：《贴裸照是女性的自我超越——访浙大教授王志成》，http：//column. bokee. com/82399. html。

② 竹影青瞳：《我为文字贡献了什么》，http：//www. wenzhu. net/XXLR1. ASP？ID＝658。

③ 同上。

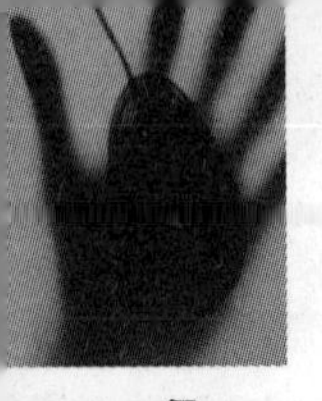

紫竹：你从个人博客走向她博客，主要出于什么考虑？

青瞳：她博客不仅仅是我个人的博客了，而是所有“她”的媒体，希望能做点对于整个“她”群体有促进和提升的事情。

紫竹：当初起名“她博客”是怎么想的？

青瞳：这个名字与网站的定位是一致的。

紫竹：你花了多少钱办起的“她博客”？

青瞳：都是我个人投资，投资金额不便透露。

紫竹：“她博客”现在完全由你自己负责维护么？

青瞳：页面是我自己设计的，也是我自己负责维护。

紫竹：你下一步还有什么目标么？

青瞳：准备扩大“她博客”规模，建成在中国有影响力的女性网站。

紫竹：向盈利的方向走么？

青瞳：会考虑商业盈利。

紫竹：有具体的盈利模式了么？

青瞳：这个不便透露。

紫竹：有人给你投资么？

青瞳：嗯。

紫竹：“她博客”里也有一些色情或下流的帖子，你对此持何态度？还是防不胜防，删不胜删？

青瞳：随时删。因为只有我个人维护。

紫竹：那如何忙得过来？

青瞳：只能发现就删，所以我现在正在找人合作，准备公司化运作。

紫竹：“她博客”开出后，你的思想与生活方式好像也做了些调整……

青瞳：是的，没有那么封闭了，会比较主动跟人接触。

她博客似乎标志着竹影青瞳的一个转向，从暴露自我到维护整个女性尊严，从挑战走向建设。竹影青瞳在获得了相当的知名度后，有可能将她博客建设成为中文网络中女性博客的一个品牌。而竹影青瞳性本善的一面在她博客中再次体现出来。

不知竹影青瞳是否是受到美国比较有名的女性博客网站 BlogHer (www.bloggingblogher.com) 的影响而创办她博客的。BlogHer 翻译成中文正好是“她博客”。这个远在大洋彼岸的女性博客网站，主要集中讨论与女性有关的各种社会问题，参与者也多是女性。BlogHer 由朱丽·贾丁斯（Jory Jardins）、罗妮·班尼特（Ronni Bennett）、希瑟·阿姆斯壮（Heather Armstrong）和科英·布雷姆纳（Koan Bremner）四位知识女性于 2005 年初创办。[①] 这四位女性的博客都有自己的主题，如科英·布雷姆纳的博客谈的是"变性"，罗妮·班尼特的博客则围绕"年龄与衰老"这个主题。2005 年 7 月 30 日，美国的一些著名博客还在加利福尼亚的塔克来拉市（Santa Clara，California）为 BlogHer 举办了一次学术研讨会。

颠覆媒体

Web2.0 打造个体信息单元

互联网把信息传递的成本降至几乎为零，博客的诞生预示着个人媒体时代的到来，每一个生命个体获得了史无前例的"自由表达"的权利和巨大的话语空间。在这个平台上，博客可以随意表达自己的个性，突破以往的种种限制与束缚，最大化地争取"媒介接近权"。从木子美到竹影青瞳，普通的个体通过博客使自身出了名，不论她们的记录是不是泛色情，她们至少提供了一种在网络上"个体表达"可以有媒介效果的一种可能——这在以前是难以想象的。

在个人主页时代，知识阶层、专业人士要在网上建立自己的"领地"、"家园"，并非易事，因为学做个人主页很不轻松。博客作为"傻瓜化"的个人主页，使得他们原有的需求实现起来非常便捷。而专业人士的博客，则又给整个社会提供了方便。我们要了解他们其中的某个人，只要找到其博客——网络身份就行了。例如，最近我想读一些北岛新写的文章，开始找不到，后来一想，北岛难道会不趟博客之潮流？结果上网一找，就找到了他在北美刚建了几个月的博客。[②] 如果每一个人都有了博客——网络身份，互联

---

① Staci D. Kramer：Blog different? BlogHer participants illustrate diversity of the Web，http：//www.ojr.org/ojr/stories/050804Kramer/。

② 北岛博客网址：http：//www.77sea.com/blog/user1/196/index.shtm。

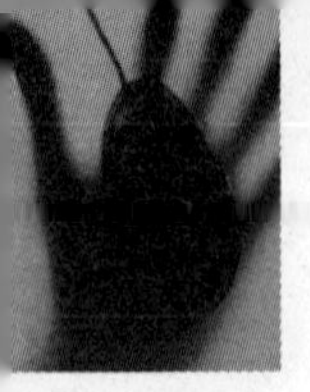

网就迎来了它更加高级的一个发展阶段——社会化阶段，这是它在经历了军事化阶段（互联网前身阿帕网于1969年因冷战需要而被发明）、商业化阶段（以电子商务为代表的现阶段）之后更加辉煌的阶段。再下面，就应该是它的智能化阶段了。

博客起源于美国，但在民间的“普及”过程，或者说发生一些有影响的博客事件的时间，则与中国基本同步，这一时间跨度主要是在2004～2005年。值得注意的是，这些有影响的博客事件，性质与类别却迥然不同。在美国，博客事件主要与总统选举、国家安全（如9·11事件）、新闻真实（如丹·拉瑟事件）等带政治色彩的事件相联系。除了本章介绍过的丹·拉瑟事件外，以下事件都不同程度地与博客挂上了钩：1998年，个人网站德拉吉报道率先捅出克林顿与莱温斯基绯闻案；2001年，一些博客网站成为美国公众获取9·11恐怖事件详情的重要新闻来源；2002年12月，美参议院共和党领袖特伦特·洛特（Trent Lott）的不慎之言被博客网站盯住而促使他丢掉了这顶“乌纱帽”；2003年6月，学院派博客金·罗曼斯科（Jim Romensesko）在他的博客网站上揭露了《纽约时报》记者杰森·布莱尔（Jayson Blair）系列造假案，《纽约时报》执行主编豪威尔·雷恩斯（Howell Rayns）和常务主编杰拉尔德·博伊德（Gerald Boyd）被迫引咎辞职……而在中国，博客事件则更多的是与“身体写作”、性与裸露、窥视和被窥视等紧密相关。在美国是出不了木子美和竹影青瞳的——美国社会在性与人体方面早已呈开放状态，博客借此是不能造成影响、博得声名的。即便在中国，木子美与竹影青瞳的后续者，恐怕也再难以“博”得比她们更大的影响。2005年5月14日天涯博客上又出现了“发布了清晰半裸照”的流氓燕，但“热闹”的时间就很短暂了（至于再后来出现的“芙蓉姐姐”，基本于博客无关）。应该说，中美在博客文化上所反映出来的这种差异，恰恰是中西文化差异的直接体现。

著名IT评论家姜奇平认为：“‘木子美现象’的出现，是博客文化发展的必然，只是时间上来得有点早。像木子美这样极端的社会叛逆者，一般出现在后工业化时期，比如说上个世纪六七十年代的美国。而目前中国还没有接纳这种文化的氛围和土壤，所以木子美借助博客文化的兴起，提前预支了这种文化，肯定会对社会和博客文化造成冲击和影响。”① 是的，没有博客，就没有木子美和竹影青瞳。事实上，不管我们喜不喜欢木子美和竹影青瞳，博客这一全新的互联网信息传播方式（所谓Web2.0的主力军），不仅对

---

① 姜奇平：《我们应该怎么理解和评价“木子美现象”?》，http://www.blogchina.com/new/display/16668.html。

传统的信息传播方式形成了巨大的冲击，甚至对还只有10年左右历史的第一代互联网信息传播方式（Web1.0）也形成了一定程度上的颠覆态势。这种冲击对于人类社会及其现存的社会制度将带来什么样的变革与影响，现在还很难预言。麦克卢汉说过："正是传播媒介在形式上的特性——它在多种多样的物质条件下一再重现——而不是特定的讯息内容，构成了传播行为的历史行为功效。"① 按照这一著名论断，博客对于我们的重要性，不在于它上面发布的内容，而在于它的发布形式或发布方式自身。从这个意义上来说，戴夫·温纳与亚当·科利在博客内容发布技术上所做出的杰出贡献，不仅对于发展互联网技术与人类的信息传播具有重要意义，而且对于促进整个人类文明的进步具有重要意义。

"在标志着以'信息共享'为特征的第一代门户之后，追求'思想共享'为特征的第二代门户正在浮现。"②笔者对自己在3年前刚刚看到方兴东创办的博客中国时的欣喜，一直难以忘怀：博客中国首次以个人专栏大汇集的形式，将知识精英与专业人士的许多闪光的思想及建立在他们专业知识基础上的有独特价值的信息传播出来，填补了多年来中文网络内容传播的某种空白。现在，几大门户网站也都开网七八年了，网上中文资讯已经是空前的丰富。但是还有没有信息的空白区域呢？答案是肯定的。这些年来我们看新浪、看搜狐、看网易，加上近两年来看TOM、看腾讯，这五大内容网站一方面资讯的重复性很大，另一方面，最关键的，是他们所传播的资讯的形式（即麦克卢汉所说的"媒介内在形式"），仍然是一种"传统性传播"，即把传统媒体中的内容搬到网上来。尽管，网站编辑会对这些内容做一些编辑、整合与重组，但资讯源仍然出自一个机构——绝大多数情况下这一机构是媒体。这种传播形式也就决定了其传播的内容，主要是新闻性信息，或者叫信息类信息，而这样的信息，实际上与传统媒体所传播的内容并无多少本质上的差异，只是换了一种传播媒介而已。因此，这么多年来就一直有一种缺憾伴随着我们，那就是——网上还缺少思想性的信息。尽管五大内容网站的社区论坛或其他BBS系统，也提供了不少思想性的信息，但从总体上看，这些信息仍然是那些新闻性信息的附庸。正像内容网站这几年来几乎无一例外地在其新闻页面尾端增加了"我要发言"的功能，但目的主要是让用户就其前面的"新闻"进行"发言"，而不是让用户以独立的信息源的姿态出现。随着人们对互联网发布平台认识的深化，以及互联网发布技术的发展，网络信息传播有理由

---

① 郭应光：《传播学教程》，中国人民大学出版社1999年版，第148页。

② 方兴东：《博客：信息时代的麦哲伦》，http：//www.study-blog.com/user1/1/archives/2004/79.html。

期待着变革与创新，Web1.0 的发布方式有理由向 Web2.0 迈进。那就是：将网站的资讯源或信息源，由机构变成个体，由以传播大众化的信息为主的机构，变成以传播专业化信息为主的个体，由以一种“话语体系”为主要特征的机构，变成多种话语体系并存的个体。博客中国的诞生与成长，恰好填补了这样的空白。一时间，我们看到许多具有真知灼见的博客文章在博客中国（现为博客网）汇集，由于这些博客大多是各个领域的专业人士，因此，他们表述的思想因为有专业知识“垫底”，而自有其独特的信息价值和说服人心的力量。

是的，从资讯源或信息源的角度看，博客中国（博客网）以博客个人为主体和基本信息单元的内容发布架构，使它一下子就区别于五大内容网站以机构信息为基本信息单元的内容发布架构。从这个意义上说，博客中国的诞生不仅是博客在华语网络诞生的象征，也是华语网络从第一代门户走向第二代门户的标志，更是整个世界信息传播格局发生显著变化与调整的一个重要组成部分。“如果说黑客所挑战的主要是信息权威的话，博客所挑战的更多的是政治权威。”① 博客文化对中国社会的影响，正在超越信息传播的领域，从社会经济、政治层面和其他多个层面体现出来。“博客文化能引领中国向知识社会转型，博客关怀能开启一个负责的时代。”②

毫无疑问，博客是 Web2.0 的最重要的一支生力军。什么是 Web2.0？这个问题并非很容易回答清楚。彭兰在回答这个问题时也非常审慎，她说：“关于 Web2.0，最常见的关联词是 RSS、Blog、SNS、Tag、WiKi 等。”而关于 Web2.0 对网络新闻和网络媒体的影响，彭兰认为主要表现在：“非专业人员在新闻生产领域的深层渗透；网络新闻内容结构的变革；网络新闻生产层次的进一步清晰；网络新闻生产专业分工的细化与合作模式的多样化；网络受众新闻消费模式的多元化与社会化；媒体融合局面的不断明朗。”③

笔者以为，一方面要理性看待 2005 年的 Web2.0 热潮，因为这其中有网络公司、网络专家、网络年会、网络新书的自我炒作成分，其实它并非是凭空而降的东西。就拿博客来说，也是在个人主页的基础上获得的一个发展。毕竟许多人在没有博客的年代，其“私人话语”也已经在网络上广泛传播。另一方面，它主要体现了网络发布技术的去中心化倾向与纯在线模式。所谓去中心化，除了 P2P 这样的技术性“分流”外，以个体信息

---

① 黄鸣奋：《“网络三客”艺术论》，《南京师范大学文学院学报》，2004 年 1 月第 1 期，第 182 页。

② 方兴东：《博客：信息时代的麦哲伦》，http：//www.study-blog.com/user1/1/archives/2004/79.html。

③ 彭兰：《新一代互联网再次改写的新闻传播景观》，《传媒》，2005 年第 12 期。

作为单元信息源的博客信息传播方式，对传统的以机构信息作为中心信息源的传播方式，实际上起到了消解“中心”的作用。从这里我们再次看到博客在Web2.0中的重要地位。正是因为它的强大力量，使得方兴东硬是在新浪、搜狐、网易、TOM、腾讯这五大内容网站已经形成新的“信息垄断”与“信息中心”的基础上，凭着人们对“私人话语”的兴趣，建立起中国第六大内容网站——博客中国（博客网）。所谓纯在线，即个人主页时代，作者要把文章要发到个人主页上，通常要先把文章通过E-mail发给网站维护人员，先落到硬盘里，然后才能上网。所以，个人信息的发布不再以先落到他人的硬盘里为前提条件，这正是Web2.0的要义之一，也是博客的要义之一。这对于网络用户的便利以及由这种便利促成信息更加自由地传播的意义不言自明。从传播学的角度看，Web2.0在信源、信息、媒介、信道与信宿这五大传播要素方面与Web1.0多有不同，它是互联网传播从核心内容到外部应用的一次革命（见下表）。

	Web1.0	**Web2.0**
信源（传者）	网络编辑	网络编辑、用户
信息（内容）	传统媒体	传统媒体、用户
媒介（介质）	互联网	互联网
信道（方式）	以“拉”为主	“推”、“拉”并重
信宿（受者）	以“读”为主	读、写并重

2005年，博客不仅引领了Web2.0的热潮——在传播学的视野里，它还引发了“草根媒体（grassroots media）”或叫“市民新闻（citizen journalism）”运动。“草根媒体”的名称来自美国一个倡导“市民新闻”的组织。该组织创始人丹·吉姆（Dan Gillmor）认为，目击者的照片和在线报道将会重塑传统新闻媒体的角色。由此可见“草根媒体”是指普通的民众在信息传播中所扮演的一种身份或渠道。

2005年7月7日伦敦北区国王十字（King’s Cross）地铁站内发生重大爆炸事件，英国的普通市民亚当·斯塔西（Adam Stacey）在现场拍摄了一些照片并发给他的朋友阿尔菲·丹恩（Alfie Dennen）。丹恩经营着一个Blog网站，于是他又迅速地将这些照片在网站上发布。很快，这些照片被维基百科（Wikipedia）采用。随后，又被天空电视台、美联社、BBC和英国卫报等主流媒体采用。下图就是斯塔西发给外界与媒体的第一张照片。一个男子站在昏暗而拥挤的地铁隧道中，用手绢捂着嘴，身后是刚刚发生爆炸的地铁车厢，

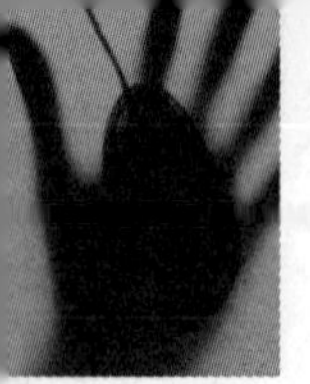

车厢内亮着灯，同时挤满了乘客。这张照片虽然画面模糊，却意义重大。伦敦地铁爆炸案成为“草根媒体”运动的一个重要开端，而博客正是“草根媒体”的一个重要载体。

“草根媒体”运动在接下来的2005年9月关于美国卡特里娜（Kafrina）飓风的报道中得到进一步发展。许多灾区的市民将他们的经历和感受以文本、图片、音频甚至视频方式发布到如Flickr.com等各大博客网站中，这些信息很快就被美国许多主流新闻网站采用，在飓风报道、救灾情况、寻找失散的亲人等方面影响很大。像CNN网站与MSNBC网站，甚至在首页的突出位置发布博客书写的有关目击性文章和图片。

亚当·斯塔西向外界提供的第一张伦敦地铁爆炸照片

“草根媒体”运动的实质是“非专业人员在新闻生产领域的深层渗透”。对于那些“市民记者”，我们似乎可以从传统媒体的特约通讯员或者新闻线人的身上找到他们的一点踪影，但特约通讯员大多是得到媒体机构的认证并与机构事先有约定，新闻线人则不直接参与新闻信息的生产，只提供新闻线索。而“市民记者”通常与媒体既无约定，又直接将成形的新闻产品提供给媒体。这不仅显示了博客这一信息发布方式的巨大威力，也从另一层面揭示了Web2.0的内涵。“如果说第一代互联网中，网民更多的是通过无意的行为在进行着新闻的再生产，那么，在新一代互联网中，网民则可以通过博客、维客等手段，更制度化地、更专业地参与到原创性的新闻生产中。尽管博客们还无法成为网络新闻传播的中坚力量，但是，他们作为新闻信息的补充来源，作为新闻信息的再加工者、整合者及解读者，已经越来越显现出在新闻生产环节中的独特价值。一些专业领域的博客，正在逐渐形成‘意见领袖’的地位。非专业力量正在新闻生产领域进行着一种从边缘向中心的渗透，虽然他们还没有到达核心地带，但是，他们与专业机构的交融已经形成，并且会越来越紧密。”①

---

① 彭兰：《新一代互联网再次改写的新闻传播景观》，《传媒》，2005年第12期。

在博客研究方面，国内的研究似以量化研究的分量为重，即从社会人口统计的维度对博客用户进行分析。清华大学新闻与传播学院副教授金兼斌博士所作的“我国博客群体的现状和特点”分析，就是一项基于对博客写作、阅读行为及其相关变量的交叉状态的研究。

关于Blog写作的一般特点，这项研究表明：“在注册blog的数量上，男性比女性显著要多；在最近一周更新过的blog数量上，男性和女性没有显著差别，但年纪越大，最近一周更新的blog数量也越多；在平均每天花在写blog的时间上，男性比女性显著要少，年轻者比年长者要少，受教育程度越高，平均每天花在写blog上的时间越少；在blog写作地点的选择上，越早开始写blog的人，女性、年轻者相对于写blog较晚、男性和年长者更有可能选择在住所写；在blog写作时间段的选择上，选择在零点一早上8点写的人，较有可能是年轻、受教育程度较高的人，而选择在晚上9点到12点写blog的人，多是受教育程度较高、写blog时间也较长的人。”①

关于blog写作的主题、动机和风格，这项研究得出的结论是：“在写作主题方面，涉及‘新闻时政、文史哲等’主题的，较有可能是年长者、受教育程度较高、男性，并且写博客时间比较长者；涉及‘IT业界’主题的，较有可能是年龄相对较大者、男性；涉及‘感性生活’主题的，多是相对较年轻者、女性、教育程度相对较高者、老资格博客；在写作动机上，出于‘获得名利’目的的blog书写者，较有可能是女性、受教育程度较高者；出于‘工作学习’目的的blog书写者，较有可能是女性、相对较年轻者、受教育程度较高、老资格博客；出于‘情感抒发’目的的blog书写者，较有可能是男性、相对较年长者、受教育程度较高者、新注册不久的博客。”②

关于blog阅读内容偏好，这项研究也证明：“非blog书写者比blog书写者更经常的阅读新闻时政、文史哲等主题的blog；男性、相对年长者、受教育程度高者较之女性、相对年轻者、受教育程度低者，更经常的阅读新闻时政、文史哲主题的blog；blog书写者和非blog书写者在阅读IT相关主题博客的频度方面没有显著差异；男性、受教育程度高者相对于女性、受教育程度低者更经常地阅读IT相关主题的blog；blog书写者和非blog书写者在阅读互联网相关技术和应用方面的blog方面没有显著差异；男性较之女性

① 金兼斌等：《我国博客群体的现状和特点》，http：//it.sohu.com/s2005/blogdiaocha.shtml。

② 同上。

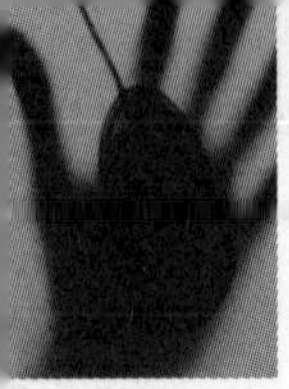

更经常地阅读这方面的 blog。"①

国外学者对于博客的研究则更多的偏重于质化分析与博客对社会的影响方面。芝加哥大学的两位政治学助理教授丹尼尔·德兹纳（Daniel W. Drezner）与亨利·法雷尔（Henry Farrell）所作的"关于博客的政治影响力"的研究，通过"统计博客被媒体关注的数据，以及媒体从博客上意识到的事件或问题的数据，来证明媒体与博客之间的紧密关系"，最终，他们得出结论：在特定的环境下，博客会产生一个影响到主流媒体的议程建构，然后通过主流媒体进而影响到政治的议程建构。②

这两位学者指出：并不是所有的博客都有政治上的影响力，只有那些焦点博客，也就是被广泛关注的博客具有这方面的潜在效应。它主要通过提供一些众人所感兴趣的话题，展示自己与众不同的独特之处来吸引更多的浏览量，并且将前来观看博客的临时浏览者，变成固定的读者群，只有这样才能保证博客人气的高居不下，也才能始终将自身处于焦点之下。

他们俩通过一项对几个主流媒体从业者调查的结果，表明真正能为媒介受众关注的博客，一般都是能在博客界相当知名的，而且这些排名前十、前五的博客，几乎为所有博客关注者所知，其影响力可见一斑。博客正是通过影响主流媒介的从业者，进而影响到主流媒介的议程设置，然后，再由主流媒介影响到国家政府的议程，再反过来影响到大众议程。

这项研究还指出了博客发挥影响力的三个限制：一是时间与资源上的限制，一般写博客的都是全职工作者，很难有足够的精力频繁地更新博客，而资源上的限制主要是指博客们可以在博客上讨论的话题资源会受到网络管理者或者政府的管制。二是政治领域里的关键人物对于博客影响力的回应不够。三是博客之间常常存在意见的分歧，尤其是政见上的，从而在一定程度上分化了影响力的共同效果。

从全球角度看，博客作为个人信息和个人意见的表达渠道，对公众话语的影响总体来说会日益提升。但是，博客并不意味着个人话语权是开放或者说是完全开放的。然而，"特定的话语总是与特定的文化、知识相联系。因为文化、知识乃为话语提供真与伪、正确与错误、合理与不合理的规范和标准，由此而允许某些话语存在，并排斥另一些话语，

---

① 金兼斌等：《我国博客群体的现状和特点》，http：//it. sohu. com/s2005/blogdiaocha. shtml。

② Daniel W. Drezner & Henry Farrell，*The Power and politics of blogs*，http：//www2. scedu. unibo. it/roversi/SocioNet/blogpaperfinal. pdf。

这就使得话语成为了权力的话语。当人们在网上‘以言行事’时，也就构成了一种特有的力量”[①]。应当承认，这种力量最终仍是在现实环境下发生作用，在这个意义上，网络空间亦可视为现实的“镜像”。因此，过分夸大博客的“颠覆”作用，无论对于网络还是现实，对于“意见场”还是社会制度，都未必是明智的。

① 秦志希：《网络传播的“后现代”特性》，《武汉大学学报》（人文科学版），2002 年第 6 期。

第五章 维客

协作写作　“维客之父”创意非凡
万众参与　维基百科没有终点
“权威”质疑　鱼与熊掌何以兼得？

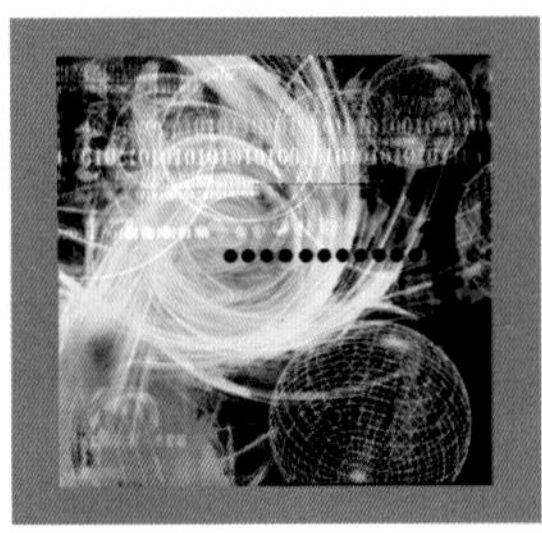
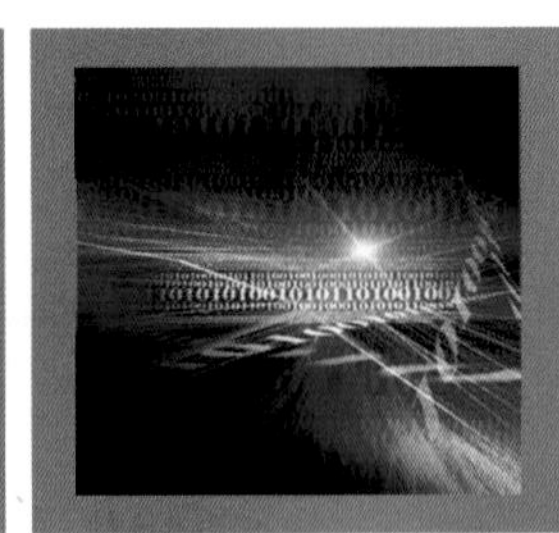

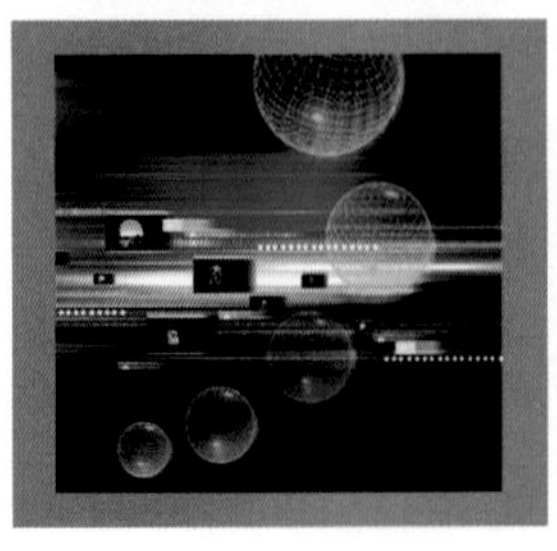

媒介即讯息

网络“客”文化正是随着互联网这个电子技术的新发展——数字技术，充盈着我们的感官与神经，延伸到地球上的每一个角落。

维客站点是一个大的资源库，当遇到自己不能解答的基本问题（这些问题肯定有人知道答案）时，会想着通过 wiki 提供的站点搜寻解答；当发现别人提出的问题自己能解答时，就把答案留下来。当需要协作完成某项工作时，会搭建一个 wiki 的平台，来查看合作伙伴的成果，跟踪每个人的进展，更好地完成任务。

——沃德·坎宁安

1981 年，不列颠百科全书出版公司建立《不列颠百科全书》全文数据库。1999 年 10 月，不列颠百科在线（Encyelopedia Britannica Online）在互联网上开始对网络用户提供《不列颠百科全书》的查询服务，一举跨越了传统的手工检索“割裂了知识本身的系统性和完整性，难以反映概念与概念之间、学科与学科之间的纵向联系”的历史性局限，[①] 这是百科全书发展史上的一次重大跃进。然而，仅仅一年之后，关于百科全书的观念就发生了颠覆性的革命。纵观百科全书的历史，亚里士多德曾经只用一支笔就记录了他那个时代的全部知识，古罗马学者普林尼也是凭着一己之力完成了一部 37 卷的百科巨著《自然史》，公元 18 世纪，法国大学者狄德罗召集了 184 位学者专家以 30 年时间编印完成世界上第一套现代百科全书《科学艺术及专业知识百科全书》……然而，只有个人或少数专家才能编撰百科全书的时代结束了——维客创造了互联网时代的百科全书——维基百科(wikipedia)。

维客（wiki），亦称为“维基人”，即编撰维基百科网络大百科词典的人。英文 wiki 一词源自夏威夷语中的“wee kee wee kee”，本意是“快点快点”或“超快”。2003 年中文网络中开始出现其对应译词维基与维客，又一次显示了“客”文化的强大包容性。wiki 在实际使用中有两层意思，一是指一种简单的能够工作的在线数据库，即所谓“维基原理”，这一原理在服务器上运用允许人们通过浏览器以协作方式来共同制作与编辑网页

① 贾玉文：《网络百科全书的发展及其意义》，《大堂图书馆学报》，2002 年第 6 期，第 37 页。

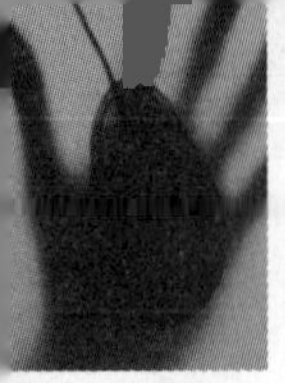

内容，① 二是引申到目前这一原理的最大应用项目维基百科的编撰者——维客。现在网上也常常出现 wiki 的复数形式 wikis 及真正与汉语“客”相对应的 wikipedias，意思都是指“维客”。而 wikipedia 这个词，则是由 wiki 与表示百科全书的 encyclopedia 这几个词中的 pedia 组合而成。这些词汇目前都还没有收入到传统的英文字典中，但在某些网络字典里已经可以查到它们。

Wiki 技术发明人沃德·坎宁安与同伴一起工作

维基原理由美国普渡大学计算机中心（Purdue University Computing Center）的程序员沃德·坎宁安（Ward Cunningham）首先提出，而另外两个美国人拉瑞·桑格（Larry Sanger）与吉米·威尔士（Jimmy Wales）则对此进行了卓有成效的实践。在坎宁安“波特兰模式知识库（Portland Pattern Repository）”模式的影响下，一时间，网上出现了许多类似的协同工作系统，其中最有名的，就是桑格与威尔士创办的维基百科。

维基百科（英文版）于 2001 年 1 月 15 日开始建设，4 年下来，已经拥有 120 种语言的版本，至 2005 年 8 月，其英文版（en. wikipedia. org）已经拥有 200 多万个词条，成为 Alex 排名中前 100 个网站之一。

维基百科（中文版）（zh. wikipedia. org）建设始于 2002 年 10 月底。中文维客的社会分布面很广，有教授、大学生、外企职员、金融从业者等，他们大多是大陆华人，也有台湾、香港、美国、德国、加拿大、法国等地的华人，甚至是能够书写中文的老外。但与英文维基百科相比，中文维基的规模要小得多。到 2005 年 9 月，中文维基百科的条目达到了 4 万条，注册会员超过 3 万人。

当然，维基的应用领域远不止像维基百科这样的网络大百科词典，在学术课题研究、旅游指南、软件手册与地方志编写等项目上，都可以得到很好的应用，它尤其是跟踪项目进展状态的一种良好的工作方式（百科全书的编撰实质上也是这种方式）。2004 年年底，新浪网与网同纪念馆（www. netor. com）共同发起的“新浪·网同万家姓维客计

---

① David Bell, Brian D. Loader, Nicholas Pleace and Douglas Schiuler, *Cyberculture*, *The Key Concepts*, *Routledge*, NY, 2004, P190.

划”，就是一项典型的适合用维客方式来进行的工作：中国人的姓氏多得数不清，靠少数人的统计与归类是很难做好这项工作的，而利用维客这个平台，就有可能打造出一个完整、准确并具有开放性的中华姓氏大全。

维基百科英文版初创时期标识

维基百科中文版初创时期标识

Wiki在技术上并不复杂。今天大多数wiki软件采用的是PHP+MySQL[①]这样一种平台组合。其他几家有点名气的维客网站如天下维客(www.allwiki.com)、网络天书(www.cnic.org)等所用的维客软件MediaWiki，就是这种组合。然而，正是这种“维客技术打破了网络上某些人垄断信息发布、更新与维护工作的局面，进一步体现了信息自由共享与分权的思想。而对于新闻传播来说，维客未来将产生的冲击，可能不亚于博客。”[②]

不妨从与博客相比较的基础上来进一步理解wiki这个概念。其实，两者在思路上有点殊途同归。“博客完全是个人式的文字收集，博客的阅读者仍旧是被动地接收信息，如果对博客主人的某个观点不满，最多也只能在文后附上几句抵触的评论，而在维客中，每个人既是阅读者，同时又是书写者。”“blog是简易的发布系统，以个人为主线组织版面，表现方式是个人主页；wiki以知识点为主线组织版面，表现方式是，成千上万个志

① PHP（Hypertext Preprocessor），即个人主页超文本预处理器，是一种开放源代码的脚本编程语言，主要用于动态网页设计，并多为服务器端应用程序。MySQL是一种开放源代码的关系型数据库管理系统，其第一个版本于1998年1月面世。

② 彭兰：《中国互联网展望——技术变革与发展动向》，《亚洲传媒研究（2004）》，中国传媒大学出版社，2005年5月。

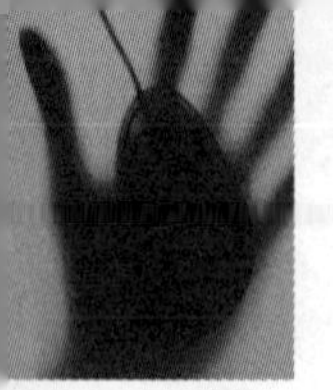

愿者在修改成千上万个文档。"①

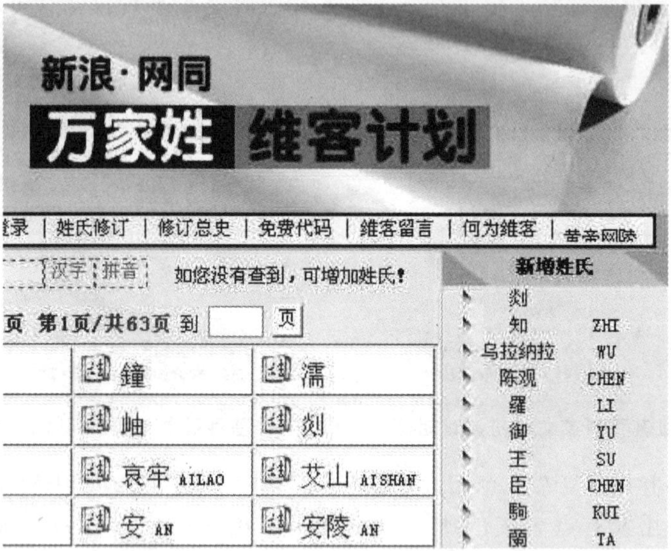

新浪网与网同合作进行"万家姓维客计划"

协作写作

"维客之父"创意非凡

基于网络的 wiki 软件可以提供如下基本功能：一方面，任何人都可以在同一个 Web 页面上添加、修改内容；另一方面，任何人都可以创建新的 Web 页面，之后任人修改。也就是说，这是一种网上协同写作的工作系统。

①尚进：《维客：知识共享者与第二个博客》，《三联生活周刊》，总第 275 期。

这种创造性的网上共享工作模式，起源于1995年。

那一年，在美国普渡大学计算机中心（Purdue University Computing Center）工作的程序员沃德·坎宁安（Ward Cunningham）建立了一个名为“波特兰模式知识库（Portland Pattern Repository）”的工具，这个工具是一个面向社群的“协作式写作”系统。正是在建立这个系统的过程中，坎宁安提出了wiki这个概念和名称，并且实现了支持这些概念的服务系统。从1996年至2000年间，波特兰模式知识库围绕着“协作式写作”或“共笔写作”的目标不断开发出一些辅助性工具，wiki的概念也不断得到丰富与普及。

沃德·坎宁安

wiki作为面向社群的协作创作系统，它提供了基于Web形式的超链接结构，可以对编辑内容进行创建、浏览与更改。被更改过后的内容在系统内被保存为不同的版本，因此wiki的一个重要功能，就是要对这些不同的版本内容进行有效的控制和管理，从而支持网络上面向社群的协作式共同创作活动。wiki简单易用，有效地打破了此前网络上的信息完全由技术人员更新、维护与发布的局面，在相当大的程度上打破了网络信息的垄断管理，并且初步体现出在拥有与处理信息上的一种难得的平等与自由的精神。

沃德·坎宁安出生于1949年5月26日，现居住在俄勒冈州的波特兰。他从普渡大学获得电子工程和计算机科学的工学学士学位及计算机科学的硕士学位。沃德早在20世纪80年代末期就有关于维基的概念在他心中萌芽。他于1995年创建的第一个维基站点“波特兰模式知识库”目前还在运作，致力于“人，项目和模式”，是一个“程序设计语言思想的非正式历史”。例如，这个站点被用来为有用的软件开放的模式语言及极限编程的软件方法的发展进行分类。

2001年，沃德·坎宁安与波·列夫（Bo Leuf）合作出版了《维基方式》（*The Wiki Way*）这本书，系统介绍维基原理。2003年12月，沃德·坎宁安加入微软公司，在微软公司的“模式与实践”组工作。后来，他退出微软公司，成立了以他自己名字命名的Cunningham & Cunningham, Inc. 公司，继续进行维基实验。

沃德发明这种“协作式写作”系统的初衷是什么呢？——是为了人人都能自由地讲话。在他看来，wiki就是要建立一种环境，能够让参与者交流彼此的经验。他说：“人人喜欢讲话”，而这是一种令人信服的人类本性。他希望维客技术能激发每个人的这种天性。他相信在人们试图回答一个不容易阐述的问题，尤其是在事先不了解某种应该知道

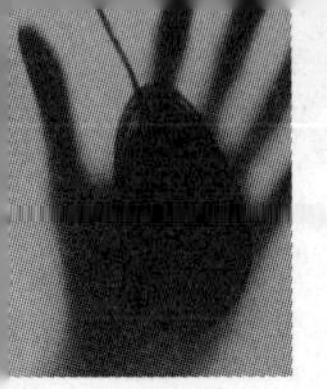

的自然结构的情况下，wiki 就会非常有用。

如今，维基百科的一些基本功能，沃德早在七八年前就考虑到了。比如关于这种协作系统的时间问题，他就提出这一系统是以每天或每周为其浏览周期，而不宜太频繁：

Wiki 有点像“自由讨论”，尽管不是交互式的。您可以做 10 分钟的自由讨论，用 30 分钟分析自由讨论的成果，然后在 45 分钟之内完成某件事。Wiki 的脚步要慢一些。您可以就某个观点写一个页面，或者就很多想法写一个页面。然后在一周之内回来看看页面上有什么进展。但是如果在 15 分钟之内回来，不会发生太多的变化。Wiki 上的事情是以天或者周为周期的，因为人们往往每天或每周浏览一次。①

再如对于不同页面之间内容上的关联性，即一个事件的“上下文”背景问题，他也考虑到了：

如果您正在编写一个页面，那个页面必然和其他某个页面有关。因此所要做的就是，在一个段落中说明其他页面中哪些是关于这个上下文的。人们逐渐熟悉这些页面的名称。他们遇到一个新的页面，阅读包含对上下文页面链接的段落。如果已经读过这些页面，就继续读下去。如果不知道这些页面，他们就会说，“哦，这一页面没有什么意思。我还得读一读其他的页面。”这样，如果您了解上下文的话，就不必再去看了。但是如果不了解上下文，您可以去看一看。上下文不会变。②

对于投稿先后与内容组织之间关系，他的考虑中则充满了辩证思维：

在 wiki 中，发生的某个过程是页面从讨论发展成短文。许多人愿意阅读讨论。那些每天访问 wiki 的人希望看看昨天又说了什么，因此需要按时间组织的页面。但是对学习而言，投稿先后顺序并不是一种很好的组织原则。因此页面总是保持“在某种讨论之中”的感觉，直到这个讨论结束。后来，有人又回来阅读了这些讨论，把您可能称之为线性模式的页面重新组织成文档模式的页面。③

而对这一系统的信息的重组与淘汰，沃德表示出比较乐观的态度。

软件的优势是它有明确的解释。因为软件是为机器编写的，我们可以依靠精确

---

① Bill Venners：《听维客之父细述 Wiki 前世今生》，http：//www.blogchina.com/new/display/23142.html。

② 同上。

③ 同上。

的解释编写测试。在重构程序时，我们可以测试没有破坏或者丢失的任何东西。但wiki是为人类编写的，没有精确的解释。我可以说，“哎呀，我可以把这个句子放在这儿，并砍掉一半，因为在这个上下文中很容易理解。”但是我可能错了。对此我容易理解，但可能对其他人很难，我也没法做测试。因此在重构过程中，我们可能会丢失wiki上的某些信息。wiki像一个信息漏桶。它每天都在丢失信息。但是有更多的信息加进来，因此净结果是正的。即使丢失了某些东西，wiki总是比昨天有更多的内容。[①]

沃德·坎宁安对于“协作式写作”系统的构想，是促使互联网在知识传播与在线出版领域获得迅速发展的一个重要创意，具有独特的原创价值。它深化了人们对互联网本质特征的认识，挖掘了互联网无数潜能的一个重要方面，并在4年后引发了维基百科全书的革命性实践。

万众参与

维基百科没有终点

2000年初，桑格与威尔士决定结束付费百科全书时代。他们要建立公用的、免费的网上百科全书——维基百科。维基百科是一个国际性的百科全书协作计划，与传统百科全书不同的地方在于，它力图通过大众的参与，创作一个包含人类所有知识领域的百科全书。

拉瑞·桑格与Nupedia

现在很多中文资料在介绍维基百科的短暂的历史时，大多只突出Bomis公司老板吉

① Bill Venners：《听维客之父细述Wiki前世今生》，http：//www.blogchina.com/new/display/23142.html。

米·威尔士（Jimmy Wales）一个人，而轻视了伙计拉瑞·桑格（Larry Sanger）。其实，桑格才是维基百科这一维基原理应用的开创者，这是因为维基百科是从桑格与威尔士共同创办的Nupedia网站演进而来的，而这个网站的主编就是桑格。桑格2000年毕业于俄亥俄州大学并拿到博士学位后，来到美国加州威尔士一家小型网际网路公司——Bomis公司工作。桑格的专业是早期现代哲学与认识论，这个专业主要是研究关于知识方面的理论——百科全书不就是"知识大全"么？所以他的这个专业为他后来"进军"网上百科全书奠定了重要的基础。

拉瑞·桑格

桑格自视甚高，把自己看作是一个通才。来到威尔士公司工作后，他受到沃德·坎宁安的"波特兰模式知识库"模式的影响，利用互联网来在线编辑百科全书的思想在他的心中逐渐萌芽。

2000年3月，桑格与威尔士一起建立了Nupedia网站，桑格任主编。他们在Nupedia网站上开始编辑百科全书。Nupedia遵循的是自由文档许可证（GFDL）①，这样一个反版权的内容开放协议。GFDL也叫Copyleft许可证，所谓Copyleft，是与我们传统意义上的Copyright（版权）相对立的。GFDL协议允许第三方在不受约束的情况下自由修改和发布修改版本的作品。当然，这样做的前提条件是必须遵循GFDL的另一个条款：你必须保证自己允许公众对你的作品拥有同样的自由——自由获得与自由复制。

桑格与威尔士写信邀请著名的学者们参与到这个计划中来。许多人很乐意地接受了邀请，并从网站上下载了介绍这个百科全书的海报张贴在大学里。总之，参与该计划的多数人都拥有高学历，其中不少人是大学教授。

遗憾的是，在Nupedia网站上写词条的计划进行得不是很成功。虽然任何人都可以往里面添词条，但是要做到这一点还不是很方便。按照他们当时的工作程序，参与者需要先写信给主管不同领域的编辑（如数学部），说明自己想写词条，同时要说服他们你有能力在这一领域写词条。获得同意后，作者才能开始撰写词条——写好词条后，再寄给

---

① GFDL，即GNU自由文档协议证书（GNU Free Documentation License），是一个"反版权"的内容开放的版权协议，它由美国自由软件基金会于2000年发布。

编辑。这一词条要经过很仔细的考察和讨论。当所有的专家都觉得，没有谁能写得比这个更确切的时，这个词条就会送给责任编辑，由他来确定有没有牵扯到产权受保护的文章或图片，然后再把词条发给主编，主编们检查完最后一遍，这个词条就可以发布到网站上了。

这样的编辑方法，使得发布上网的词条都是最棒的，但也带来了效率低下的问题：写词条的时间拉得太长了。结果，一段时期下来，Nupedia 上总的词条数少得可怜，即使把还在编写过程中的词条都算上，也不过几百条。依照这样的速度，想把这个百科全书变成大不列颠百科全书似的想法就显得很幼稚了。

桑格与威尔士很快也明白了这一点。但是怎样才能提高词条写作的速度又不降低词条的质量呢？在他们的思索中 Nupedia 运行了近一年时间。

About Nupedia

What is Nupedia?
Nupedia is a new online, peer-reviewed, international encyclopedia. It is searchable and will also be organized hierarchically and alphabetically. Nupedia is "open content" or "free"; we want the contents of the encyclopedia to receive the widest possible distribution. Reading Nupedia.com will always be free of charge and therefore the project of building it depends on volunteers--possibly you!

How can I help build the encyclopedia?
Sign up. Then please inform yourself about the project by reading pages on this website (including the rest of this page); the more that you read

拉瑞·桑格任主编的 Nupedia 网站首页

2001 年 1 月 2 日，Nupedia 的主编桑格与自己一位电脑程序师朋友本·科威茨（Ben Kovitz）一起吃晚饭。他把自己的苦恼告诉了这位朋友：

> 我自己算了一下，按照这样的速度，Nupedia 100 年也赶不上真正的百科全书，永远也赶不上。我们该怎么办？难道就这样结束我们的计划吗？（桑格并没想得到什么答案，他只是想抱怨一下）

科威茨却说，你们的方案是很棒的，为什么要让它就这样结束呢？你们为什么不用 wiki 技术来作为百科全书的基础呢？我觉得这正是你们所需要的。（科威茨喝了一大口啤酒后，给出了这样一个历史性的建议）

Wiki，什么是 wiki？（桑格很感兴趣地问）

怎么？你连这个都不知道，伙计呀，你已经落伍了！wiki 技术允许任何一个人写词条并且写的词条不经过任何审编立刻出现在网站上。除此之外，任何人都可以修改这些词条。①

聪明而又敏感的桑格立即意识到，有可能在 Nupedia 的基础上，利用 wiki 技术，创造一个更为开放的百科全书编撰平台，创造互联网上的一个新的奇迹，书写人类文明与文化史上的重要一笔。这场谈话结束之后，桑格立即就奔向威尔士，很快就用激情说服了他的老板：wiki 技术正是他们最需要的，是使他们可以在 Nupedia 基础上突飞猛进的东西。

2001 年 1 月 10 日，Nupedia 开始启用 wiki 技术。

然而，任何一个新思想要被人们广泛接受都不无曲折。他们吃惊地发现，此前与他们一起工作的编辑和观察员一点也不赞成这个主意。这些人说请教授和学者来把关写词条和选词条是为了防止一些不严谨的人往百科全书里添加一些不良信息，最终破坏这项浩大的工程。桑格和威尔士一度居然也同意了他们的观点。所以，5 天之后，Nupedia 又回到了以前的状态。只是，他们与此并行地建立了新的网站 wikipedia. com，并把所有的 Nupedia 里的词条都收到这里面来。

但是好东西总是有着巨大的吸引力，他们很快又倒向 wiki 这边。2001 年 1 月 15 日，经过他们的共同努力，命名为"维基百科"（www. wikipedia. com）的全新网络大百科全书正式上网。沃德·坎宁安杰出的创想得到了具有重要现实意义的应用。

可惜的是，由于威尔士的公司财政紧张，无力支付桑格的工资，桑格最终离开了还处于襁褓之中的维基百科。他后来回到了他的母校——俄亥俄州大学当了一名哲学教师。

---

① Andrea Ciffolilli，*The case of Wikipedia*，http：// www. firstmonday. org/issues/issue8 _ 12/ciffolilli.

吉米·威尔士与 Wikipedia

作为美国加州一个小型网际网路公司 Bomis 的首席执行官，吉米·威尔士（Jimmy Wales）与一般技术型公司的老板不同的是，他不是一个完全的生意人，他对互联网可能带来的机遇特别留心，希望自己能在这一个充满了机会的时代作出与众不同的创造。有一个理想一直在激励着他："用世界上每一种语言免费传递一个完整而全面的百科全书，即使最贫穷和最受压迫的人也能轻松查阅。"①正是在他的积极支持下，桑格的设想得以实现，Wikipedia 以数十倍于 Nupedia 的速度向前发展。

吉米·威尔士

威尔士相信，在互联网时代，知识的积累与扩散会有一种"滚雪球效应"，"在知识'滚雪球效应'的影响下，最大范围内的资源得到重新的整合，整合后的信息将爆发出更大的能量。从个性化思维过渡到共性化文本的生成，不是数量的加减，而是知识和思想的乘积。"② 在与桑格的多次交流与讨论中，他进一步认识到维基原理中蕴含着的人类的杰出智慧，正是互联网平等、共享等基本精神的重要体现，"wiki 的平等性原则，使它集中了平凡与不平凡人的思想，在不断增删与提炼中，纵向式到达金字塔的顶端，获取思想的精粹"③。为了推进这项新事业，威尔士做出许多个人奉献。在筹建维基百科的过程中，开发与完善软件、购买专用服务器等项目，几乎花光了这位网路公司小老板的全部积蓄，差一点儿他就变得一文不名。就在威尔士感到事业难以为继的时候，情况有了转机。美国一家颇有影响的科技网站 Slashdot（www. slashdot. org）连续报道了维基百科，Slashdot 的用户都是一些电脑与网络高手，这使得维基百科开始在圈内有了名气。

大约一个月后，维基百科（英文版）达到 1000 页。2001 年 5 月，13 个非英语的维基百科版本开始启动，包括中文、法语、阿拉伯语、荷兰语、德语、世界语、希伯来文、

---

① 双林：《维基百科：互动的乌托邦?》，《长江日报·副刊》，2004 年 4 月 19 日。

② 许亚荃、周次敏：《维客：在理想和尴尬之间传播》，《今传媒》，2005 年第 10 期，第 51 页。

③ 转引自宋研：《你是什么客》，《互联网周刊》，2005 年第 4 期。

意大利语、日语、葡萄牙语、俄语、西班牙语和瑞典语，到了年底，挪威语等另外 3 个语言版本也宣布开通，一个初具规模的国际化的维基百科呈现出来。多语种版本的开通反过来促进了英文版条目的剧增，到 2001 年 9 月 7 日，达到 1 万条。在此期间平均每月增加 1500 条。到 2002 年 8 月 30 日，已经有 4 万条。这样的发展速度令他们自己既感到惊讶，也非常兴奋。

2002 年 8 月，威尔士宣布他将不会在维基百科上刊登商业广告，之后不久，维基百科的域名从 www. wikipedia. com 变为 www. wikipedia. org。

2002 年 12 月，维基百科的姊妹工程维基词典（Wiktionary）开始动工，维基词典实际是多语种词典，它与作为百科全书的维基百科是不同的，侧重于字词的字源、意思解释、各种读音、拼音方法等方面。维基词典与维基百科在同一个服务器上运行，使用同样的软件。Wiktionary 这个创意是由威尔士的同伴丹尼尔·奥斯汀（Daniel Alston）提出的，到 2004 年 3 月，两个语种——法语与波兰语版的维基词典首先开通。不久后，英文版的维基词典开通，到 2004 年 11 月，英文版维基词典达到了 5000 词条。

2003 年 1 月，维基百科开始通过 TeX 系统来支持数学公式的显示，TeX 是一套功能强大并且十分灵活的排版语言，是公认的能把数学公式排得最好的系统。美国数学学会（AMS）鼓励数学家们使用 TeX 系统向它的期刊投稿，世界上许多一流的出版社如牛津大学出版社等也利用 TeX 系统出版书籍和期刊。

2003 年 1 月 22 日对于威尔士来说是一个难忘的日子，这一天，英文维基百科的条目达到了 10 万条。Slashdot 网站再次报道了威尔士和他的网上百科全书工程。两天后，德文版维基百科也达到 1 万条，成为最大的非英语语言的维基百科。

但到了 2003 年底，经济窘迫使得威尔士不得不在网上呼吁为他的维基百科事业捐款。据说在短短的三天里，他就筹集了 35000 美元，其中就有来自德国的捐款。

2004 年 9 月 20 日，维基百科词条突破 100 万。截止到 2005 年 8 月，维基百科的英文词条即将突破 70 亿大关，是《大不列颠百科全书》（*Britannica*）的 7 倍。根据维基百科媒体基金会的统计，目前维基百科拥有 30 多万注册用户，其中核心编写成员 3800 名，另外还有 1.8 万人，每月编辑至少 5 个词条。

2005 年 8 月 5 日，维基百科在德国法兰克福首次召开维基大会，当记者们问到吉米·威尔士关于维基百科是否要走商业化道路时，这位维客大亨的回答是维基不会接收广告业务。在威尔士看来，这是一项公益事业，资金来源于个人捐款和赞助，应当是完全个人自发参与的社会行为。

曾经有人问吉米·威尔士，你如何说服人们不只是从维基上获取，而是对其有所贡献？吉米·威尔士的回答是“爱”。

在回答记者关于维客们为什么不计报酬在做维基事业这个问题时，威尔士这样回答：

吉米·威尔士在广告中展示自己的维基百科

> 典型的维基人一般很年轻，很多是大学生，有学士或者博士学位，是一群聪明人。还有一个特征是他们都很友善。维基毕竟是一项公益事业，不友善的人也不会参与而乐在其中。至于为什么不求报酬，我想有两个原因：第一，很多人受到共享百科全书这个理想的启发，尤其在一些发展中国家有智慧的人常常没有条件做他们想做的事情，维基百科恰好提供了可能。另一个原因是做维基很有趣，如果你像我一样是个 Geek，喜欢和聪明的人一起交流探讨，共同编写，这是很有乐趣的事情。①

事实上，除了前面提到的维基词典(Wikitionary)外，威尔士在运行维基百科同时还运行着以下几个网站：

Nupedia——一个缓慢发展的百科全书计划，参与者更为专业。

Everything2——一个范围更广的在线参与编辑项目，不仅限于百科全书，但内容不开放。

H2G2——一种幽默型的百科全书，基于道格拉斯·亚当斯（Douglas Adams）的小说中虚构的百科全书 *The Hitchhiker' s Guide to Galaxy*。

从中，我们可以看出这位维客大亨的宏伟规划和不凡魄力。是互联网给了他这样的机会，是互联网给了他这样的魄力。

威尔士与桑格创办维基百科的过程，即是将沃德·坎宁安发明的 wiki 原理进行实践的过程，也是“维客”这个概念在网络用户中普及的过程。人类文化与文明史上的任何一个杰出的发明，常常都有一个从创想或原理到实践的过程，而实践者的重要性不仅在于让初始原理释放出造福人类的惊人能量，而且可以进一步丰富、发展、修正

① 陈赛、尚进、刘宇：《维基百科大会和理想主义维基人》，《三联生活周刊》，2005 年第 32 期。

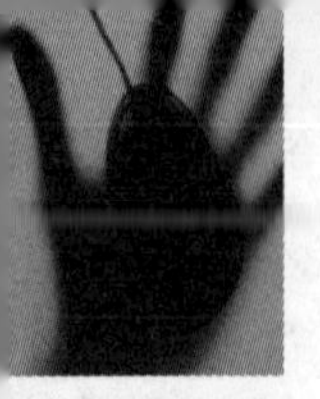

与完善初始原理，在时间的流逝中将其打磨得像宝石一样熠熠生辉。第一次知道维基百科的网络用户，几乎无不对这一应用中闪现的奇妙智慧与信息传播的全新方式发出由衷的赞叹。

从某种程度上来说，吉米·威尔士领导了一场革命，这场革命颠覆了旧有的书写传统，催生了人类知识生产和传播的全新方式。因此，可以预言，吉米·威尔士和他的维基百科，都将在百科全书和人类文化的发展过程中被载入史册。

吉米·威尔士与维客讨论维基百科的权威性问题

"权威"质疑

鱼与熊掌何以兼得？

本章开头曾经以博客为参照系来说明维客发布信息的方式和特点，其实维客不仅以其独特性迥异于博客，甚至与我们到目前为止所能看到的一切互联网发布方式都有重要区别，即它是一个可以在线实时修改他人信息的系统，这可能是唯一的。某种程度上，它的这一特质更好地体现了开放、合作、平等、共享的网络文化，承载了前人难以企及甚至想未敢想的传播理想。所谓"人人都是作者，人人都是编辑"，就在于"它的巨大潜力还表现在，作为一种开放式源代码的运动，其直接导致的结果是互动性得到了无限的增强。即使在博客流行于网络的今天，个人观点的表达随处可见，但是要想直接在页面上修改别人的帖子也是办不到的”。① 其实不仅博客办不到，BBS也办不到，聊天室也办不到，其他互动性的表达与阅读系统也办不到……或许从这个角度，我们可以更深刻地感悟与领略维基原理与维客文化的精髓。

维基百科在其短暂的4年多的运作过程中，已经产生了一些有益于促进文化与文明进步的新颖话题，例如：

1. 如何跨越壁垒学习？许多参加维基百科编辑工作的成员，都从工作过程中学会许多知识，学会如何查找资料，学会如何质疑事实，学会如何撰写一篇中立的文章，学会如何通过争论达到一致。有一位英国的维客说，维基百科使他了解了关于伊斯兰教、人权、历史、阿拉伯伊斯兰冲突等原来不清楚的问题，甚至最后他知道了如何捕鲸。维基百科的使用者意识到，他们结合自身的专业背景与个人经历所提供的信息是珍贵的，甚至在许多时候是唯一的，不管自己是一介平民，还是达官显贵；是一个博士，还是只有小学文化，都有可能在这个平台上对社会做出一个有效的贡献。“维基百科大范围的知识一方面吸引了许多人，另一方面人们通过使用它也在吸收大范围的知识。而这种吸引与吸收都是没有地理障碍的。”②

2. 如何在网络社区保持相互尊重？既然任何人都可以修改维基百科上的词条，而且这种修改——再修改——反修改的过程是无限循环往复的。因此，不同见解的碰撞、观点的交锋甚至是激烈的矛盾都难以避免。一方面，维基百科以系统规则来保障观点交锋的良性互动与发展，如通过投票政策来彰显大多数人的意见，以及通过赋予部分维客以管理员的权限来清除所谓的文化侵害者，或锁定某些网页使之在一定时间内不能被编辑。另一方面，这些富有经验与修养的管理员更多的是以他们的风范引导新人：“他们不仅喜欢讨论有争议的问题，而且善于与不同的人群相处，不断跨越交流的障碍，帮助别人在有争议的问题上达到一致。”这里，相互尊重自然是一个重要前提，但还需要许多智慧。

3. 让人们匿名发表文章是否有益？在维基百科上，你可以选择署名发表文章，也可以选择匿名发表文章。就匿名发表这个方面来说，一些维基人建议对那些进入并引起麻烦的人应该有一个很好的办法来判断他到底是谁，来证明他们所说的就是真正的自己，这样可以避免个人的过多解释和暗中破坏投票过程。“但人的性格是千差万别的，许多维

---

① 姜瑜：《维客：共筑E时代的“万里长城”》，《中国传媒科技》，2005年第5期，第42页。

② Cormac Lawler, *A small scale study of Wikipedia*, http: // blog. lib. umn. edu/archives/kenne329/wikibiblio/024257. html.

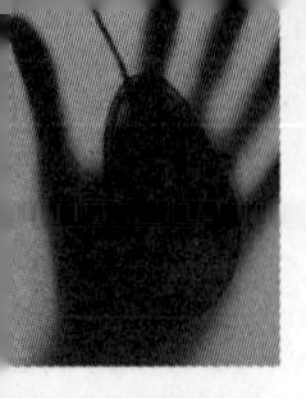

客即使不抱有任何破坏的目的，也觉得在匿名状态下发言是他们所喜欢的，或者在这种状态下他们更加能够畅所欲言，达到表达与写作的最佳境界。"① 从沃德发明 wiki 的动机之一——"让人人讲话"看，这位维客之父似乎并未强调与之有关联的另一点：即人人讲话的前提是需要标明讲话人的身份。

有人说，维基百科的最大优点与最大缺点，都在于任何人可以编辑任何网页。传统的百科字典由具有相当学术地位与声望的专家、学者编撰，维基百科则完全由芸芸众生以聚沙成塔的方式来续写，如何确保它的内容的精确性呢，换句话说，它有没有权威性呢？这是围绕着维客文化的一个最主要的争议问题。

漫画：维客争论"先有事实还是先有结论"问题

《大不列颠百科全书》的前任主编罗伯特·麦克亨利把到维基百科上确定某些事情是否属实比作是"上公共厕所"。"他一方面对维客的内容质量表示了担忧，另一方面对维客的权威性提出了质疑。"② 美国百科全书或图书资料管理方面的部分专家对维基百科威权性的质疑，则主要集中在维客缺乏责任性这一问题上，而这正是传统百科全书编辑最重要的特征，所以他们对维基百科内容的真实性提出了质疑。美国还有一位中学图书管理员，公开对学生声称维基百科是一个不具可信性的网站，而她的目的则是借此培养她的学生们的批判思维的能力。

另一种观点则认为：传统意义上的权威性，是通过智慧、勤劳及政治的集合体赢得的；而数以万计的网民对维客内容的集体审查，恰恰是维客权威性的来源。有人这样反驳罗伯特·麦克亨利的观点："传统的百科全书也不是很客观，也会受到诸多因素的影响，立场过于明显。然而，维客的开放性决定了能够摆脱这一点。抱有良好愿望的参与者有时会持有

① Reagle·Joseph，*A Case of Mutual Aid*：*Wikipedia*，*Politeness*，*and Perspective Taking*，http：//blog. lib. umn. edu/archives/kenne329/wikibiblio/024069. html.

② 许亚荃、周次敏：《维客：在理想和尴尬之间传播》，《今传媒》，2005 年第 10 期，第 51 页。

不同意见，但是通过不同观点的碰撞，以及众人智慧的融合，真理最终会凸现。”① 也就是说，一篇文章在经过数以万计的人浏览、随意评论与编辑的考验后而生存下来，本身就具有相当的可信性了。一个明显的事实是，近两年来，当我们在 Google 中搜索信息时，尤其是搜索一些难懂的科学性概念或知识时，Google 常常指向维基百科。关于这些概念与知识，虽然在其他搜索引擎数据库里也能找到，但在维基百科上通常有更多的内容，或者内容被组织得更好。而对于使用者来说，则能够从中感受到集体的智慧及这种智慧的无与伦比。

关于维客文化的另一个有争议问题是，维基百科内容的自由性问题。这牵涉维基百科的基本原则，即：文章的写作态度是中立的，禁止初始研究，关于文章的讨论与文章本身要分开。其中核心是第一点，即以中立的观点来编写词条，鼓励最大程度地表达不同意见。当然，某些激烈讨论最终导致严重的人身攻击，维基百科会禁止攻击者的编辑权，但允许继续浏览。更多的情况则是：一方面，维客的个人名誉通常与其编辑的内容的权威性成正比（事实上许多资深维客都具备某种形式的名誉）。个人名誉高的，所编辑的内容自然比较容易得到公众的认可。另一方面，当一些热点话题出现时，持有不同观点的维客就会在某些措辞上反复地进行争辩与探讨，直到一个中立的观点的出现并且争辩双方都赞成，便达成一致。因此，这也是绝大多数维客所奉行的原则。现在的问题是：在内容上恪守中立，并不代表禁止维客通过这个载体来推行人类的普世价值——民主与自由的理念。不少维客认为：这正是维基百科与《大不列颠百科全书》(*Britannica*) 的一个重要分野，因为后者仅仅是简单知识的汇聚与罗列，而缺少“任何的政治灵魂”。② 反对者则认为：百科全书理应只是一个给人们提供准确信息的地方，而不要夹杂任何政治观念。

从百科全书的发展史上看，具有政治规划的一个典型例子是法国的百科全书，这部百科全书由狄德罗和达朗主编。法国启蒙运动的大多数著名人物如卢梭、伏尔泰与孟德斯鸠等都不同程度地参与了该百科全书的编纂。“显而易见，这部百科全书成了一个旨在摧毁封建社会的武器，同时它也打开了人类知识的大门。它是启蒙思想精髓的缩影。这本百科全书大胆赞扬新教徒，并对天主教教条提出了挑战……因为有着明确的政治倾向，达到了 18

① 许亚荃、周次敏：《维客：在理想和尴尬之间传播》，《今传媒》，2005 年第 10 期，第 51 页。

② Jean-Baptiste Soufron：*The political importance of the Wikipedia Project*：*the only true Encyclopedia of our days*，http：//soufron. free. fr/soufron-spip/article. php3? id _ article=71.

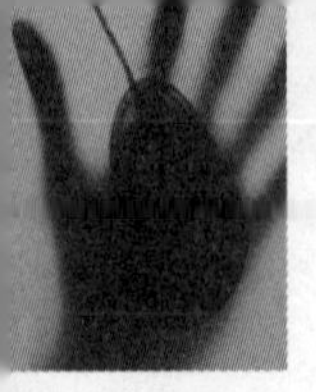

世纪欧洲社会政治转型的目标，所以它才变得流芳百世，并且价值不菲。"①

在维基百科各个版本左上角都有一句话：维基百科，自由的百科全书。如英文版上的是：From Wikipedia，the free encyclopedia。从中可以看出维基百科的实际编辑理念，是在继承百科全书编纂史上曾经有过的这样一种传统。这一传统在电脑与网络时代，有可能放大知识传播对于促进一个社会民主化进程的作用。"大众传媒与电脑的融合，使得信息的全球化快捷分配成为可能，因而从理论上讲，极大地扩展了知识的民主化，也许因此会使社会的民主化进一步深化。"② 从这个意义上来说，维基百科正在开辟一个全新的电子科技的启蒙时代。

目前学术界对维基百科的研究还刚刚开始，研究内容主要集中在两个领域。

一是像对网络用户或网民进行分析那样，对维客进行人口统计学意义上的调查与研究。③ 如英国曼彻斯特大学的教育学博士生科马克·劳勒（Cormal Lawer）所做的一项研究，就是发调查问卷给多名最活跃的维客，然后收集、整理与归纳这些维客对维基百科的看法。问卷中的问题涉及他们加入维基百科的时间、目的与动机、对维基百科核心原则的看法、维基百科与其他社会性合作项目的异同、维基百科对社会的贡献等方面，从中可以获得一些对维基百科比较深层次的认知与认同。这是一种精英式的研究路线。

二是对维基百科的版面内容进行相关研究。如香港大学新闻和媒介研究中心助理教授安德鲁·利赫（Andrew Lih）所做的一项研究④，通过一些常用定量分析工具，对维基文章的内容变化进行分析，对故意破坏的历史记录进行查证。如内容方面，他从维基文章被出版物援引的次数来考察其对内容的促进与变化，分析更宽的曝光度将对文章的质量和维客编辑的活动产生的影响。通过对编辑历史的分析，利赫发现，维基百科里损毁文章的用户通常会被一名普通用户修复，从而出现所谓的"双重编辑"现象，即破坏

---

① Jean-Baptiste Soufron：*The political importance of the Wikipedia Project*：*the only true Encyclopedia of our days*，http：//soufron. free. fr/soufron-spip/article. php3? id _ article=71.

② 马克·波斯特：《信息方式》，商务印书馆 2000 年版。

③ Cormac Lawler：*A small scale study of Wikipedia*，http：// blog. lib. umn. edu/archives/kenne329/wikibiblio/024257. html.

④ Andrew Lih：*Wikipedia as Participatory Journalism*：*Reliable Sources? Metrics for evaluating collaborative media as a news resource*，http：//jmsc. hku. hk/faculty/alih/publications/utaustin－2004－wikipedia－rc2. pdf.

活动和逆向活动。他还发现，重复故意破坏的文章不会增加编辑者，但可能将增加编辑计数与运行成本。

事实上，现在维基百科对上述的故意破坏现象，已经在实践中逐步探索出一些经验，利用相关技术来确保对内容的编辑性的保护与安全管理。他们的办法是：以英文版维基百科为例，除首页以外的各级页面，保证其呈现开放状态，即任何人都可以编辑修改，但维客系统会自动保留网页每一次更新的版本，即使参与者将整个页面删除了，管理者也会很方便地从记录中迅速恢复至最正确的页面；而对于首页，则进行特殊“保护”，只有管理员可以对其进行修改。另外，维客有记录和封存 IP 的功能，可以对于故意捣蛋者的 IP 进行拦阻和封杀，以从根本上阻止他们的恶意行为。

维基百科究竟能走多远，它还有多少潜力可以挖掘？它的权威性是否会不断提高并趋于传统百科全书？wiki 应用中还会出现比维基百科更具有开创性意义的项目么？这些问题现在回答可能为时过早，但笔者的态度是乐观的。“在开放、合作、平等、共享的理想光芒照耀下，维客们将继续以自由民主的方式来传播信息，继续无私地奉献着自己的执著和热情。”①

---

① 许亚荃、周次敏：《维客：在理想和尴尬之间传播》，《今传媒》，2005 年第 10 期，第 51 页。

第六章 奇客

身体力行　乔·凯茨为奇客“念经布道”

才智过人　奇客名家各有建树

技术至上　“机器”与“人群”孰轻孰重？

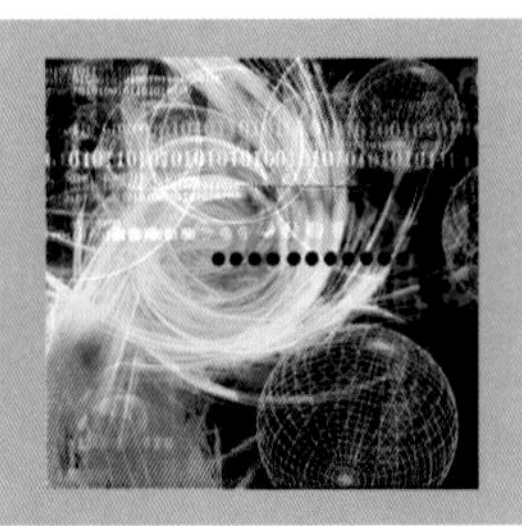

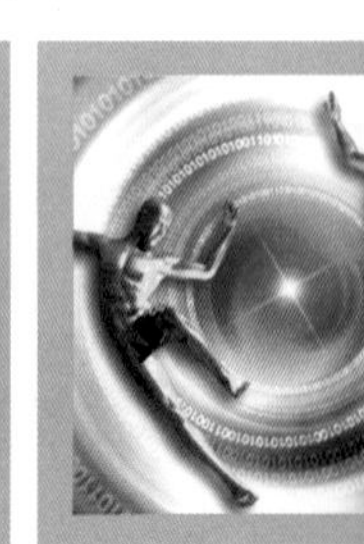

媒介即讯息

网络“客”文化正是随着互联网这个电子技术的新发展——数字技术，充盈着我们的感官与神经，延伸到地球上的每一个角落。

我们俩之间没有什么关系可言，他（比尔·盖茨）所做的事是世界上最优秀的，但我却丝毫不感兴趣。我所做的事在世界上也可能是最优秀的，他也不感兴趣。我对他经商提不出任何建议，他对我的技术也提不出任何建议。

——李纳斯·托沃兹

自20世纪90年代以来，一个新的、独特的社会群体正悄然从社会的边缘走向社会的中心地带。不论人们对它是喜欢还是厌恶，它已经开始介入我们的生活，这个群体被称为奇客（geek）。奇客主要集中在高科技行业尤其是信息技术行业，“他们的职业身份很广泛，比如程序设计员、产品管理员、项目管理员、质保工程师、系统设计员、系统构建员、程序管理员、技术作家、技术员、规划专家、培训师、网络管理员、网站设计师、数据库管理员、电脑支持技术员，或者通讯专家等。他们中有一部分也会有这样的头衔，像首席信息官（CIO）、首席知识官（CKO）、首席技术官（CTO）、开发处主管、操作管理员，或者在极少数情况下，还有首席执行官（CEO）这样的头衔。”① 大多数奇客是在“第三次浪潮”中长大的第一代人，他们的血液里天生流淌着0和1。他们从有记忆开始就在与数字技术打交道，并且乐此不疲，在与机器“互动”时，他们显得比与人沟通还要来得轻松和游刃有余。

奇客译自geek，也被译为“极客”。英文geek一词源于美洲，最早是一个贬义词，由少儿们称呼那些被社会认为不甚成功的人，他们整天埋首社会事务或技术工作。② 其实，关于geek的概念，有一个漫长与复杂的演进过程。在19世纪，geek指马戏团中专门生吞鲜活小动物的小丑，他们在表演中常常把一个鸡头咬下来；到20世纪后期，geek则代表那些“高智低能”的人，他们的低能主要表现在社会交往方面；从20世纪后期开

① 保罗·格莱思著，张成译：《驾御极客：如何领导才华横溢的技术怪才》，人民邮电出版社2003年版。

② David Bell，Brian D. Loader，Nicholas Pleace and Douglas Schiuler，*Cyberculture，The Key Concepts*，Routledge，NY，2004，P96.

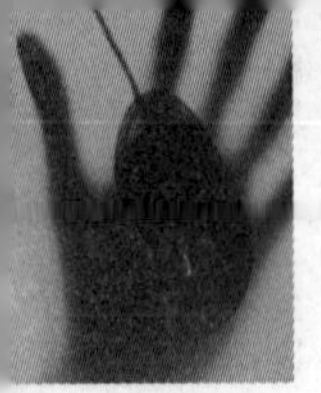

始，geek 的内涵又发生了变化，它意味着各个领域里专注于某件事并且因此而远离主流社会的人，这一时期 geek 的代表面很广，有多种类别，除了电脑奇客外，还有无线电奇客、音乐奇客、语言奇客、运动奇客、地理奇客等等。近年来，奇客则主要指迷恋技术尤其是计算机与新媒体的人。① 就迷恋技术并且都是技术高手这一点上，奇客与黑客很相近，只是黑客通常已经被赋予了破坏性的意义。

美国奇客

奇客对于世界的独特认识来源于技术。在数字时代，人们很难改变他们对世界的看法，但他们凭借技术的魔力却在不断影响着这个世界。据说，尼葛洛庞帝那本著名的《数字化生存》在当初构想与写作时，就受到了奇客电子杂志《在线》(*Wired*）的启发与影响。

奇客与计算机关系密切，他们对互联网的研究比其他人都更加深入。随着互联网日益普及，“这些一直被视为怪异者的边缘人物，突然被历史之手推向了舞台的聚光灯下，昂然步入主流。geek 的概念更加大众化和平民化：那些沉迷于在网络上与人交往的人，比如在 QQ 或 ICQ 上聊天、在 USENET 或 BBS 上贴文，在博客网站写作、玩 MUD 游戏，以及编写共享软件等。geek 并不一定是电脑高手，只不过电脑是他们的最爱而已”。② 而事实上，奇客中的精英人物，正在引导着全球的信息传播和商务活动的变革。

讲究财富升级的速度，是这类精英人物的一大特征。美国麻省理工学院的沃伦·本尼斯博士指出，“对大部分奇客来说，他们的核心特质之一就是速度，甚至是唯一的核心特质。在这个快速转型、跳跃式变化的时代里，奇客渴望获得经验，他们迫切希望 2 年内取得 20 年的经验”。③ 事实上他们已经创造了奇迹，用几年时间走完了他们的前辈几十

① *Geek*：*Definition*，http：//www.darkwater.com/omni/geek.html.

② 方兴东：《极客：网络时代的图腾和偶像》，http：//www.ccw.com.cn/news2/zl/htm2003/20031212_09M5H.htm。

③ 朱美燕、郑正文、王珑玲：《极客：行走于网络时代的异样群体》，《中国青年研究》，2005 年第 4 期，第 15 页。

年的路，在很短的时间内实现了巨额财富的积累。比尔·盖茨31岁时成为百万富翁，不到40岁已是世界首富，并连续6年被美国《福布斯》杂志评为世界首富。网易CEO丁磊1995年从家乡电信局辞职后，仅用了5年不到的时间，就将网易从一个十几个人的私企发展成为在纳斯达克上市的著名互联网公司，他自己也在中国富豪排行榜上名列前茅。同样也是在短短5年时间，上海盛大网络创始人、董事长兼CEO陈天桥的财富飙升了18000倍，在2004年中国富豪榜上排名第二。

与之相反，另一类奇客并非完全把自己看作“技术狂人”或拼命积累财富，他们具有更高的精神追求，希望建立一个信息绝对自由的电子空间。对于巨型商业企业的垄断行为与动机，他们持有本能的抗拒态度，并试图打破原有的电脑商业运行模式。

身体力行

乔·凯茨为奇客“念经布道”

在电脑与网络行业，大凡技术尖子都有一个共同的特性，就是默默做事，不事渲染。尽管许多奇客身手非凡，身怀绝技，但他们很少想到为自己或自己所在的“圈子”摇旗呐喊乃至“树碑立传”。他们需要一个旗手，需要一个布道者，美国作家乔·凯茨（Jon Katz）出色地承担起了这个任务。

乔·凯茨

乔·凯茨居住在新泽西州北部的蒙特克雷（Montclair）。他的妻子保拉·斯潘（Paula Span）是《华盛顿邮报》记者。他们有一个女儿，还养了两只狗。凯茨文笔幽默，才华横溢，他常年为《纽约时报》、《华尔街日报》、《滚石》、《连线》等报纸副刊或杂志写稿，曾经两度入围“全美杂志奖”的最后入选名单。他出版过12本著作，其中不少书都是关于女人与狗的故事。

2000年，凯茨出版了他的著名小说《奇客：两个迷失方向的男

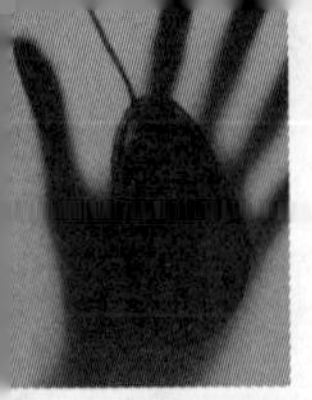

孩如何利用互联网走出爱达荷州》。① 这部小说被公认为是奇客文化的代表作。作者在书中塑造的不是大名鼎鼎的奇客，而是两个真正热爱计算机与网络的小人物杰西与艾力克。他们通过自己的技术特长与艰苦奋斗从社会底层不断上升的传奇故事，使他们更能够代表计算机奇客这样一个新兴的群体，获得了社会意义上的广泛性与文学意义上的典型性。

乔·凯茨与他的狗

这部小说脱胎于早些时候凯茨为《滚石》杂志写的一篇文章。《滚石》在美国很有影响，它以探索青年文化的最新变易而引人注目，奇客文化正是它关注与拓展的重要内容之一。凯茨曾经担任《滚石》的记者。在写作的过程中，凯茨一直通过网络保持着与他书中的两位主人公的联系与交流，因此，文章内容中的很多部分，来自于作者与他们的网上对话，以及他们上传在Slashdot这个人气很旺的讨论新技术网站上的杂乱无章的帖子，还有凯茨本人对其中网友跟帖进行回复的电子信件。为了进一步了解与调查他的两个主人公，凯茨还去了他俩的家乡——爱达荷州的小镇考德威尔（Caldwell），从而获取对自己笔下人物生活环境的更真切的感受与体察。尽管凯茨在Slashdot网站上经常遭到雨点般的辱骂，但他始终没有退却，而是以文字继续他自己关于奇客的"布道"。

在写作过程中，美国发生了有史以来最严重的"校园枪杀案"②，凯茨在文章中详细地记录了包括两位主人公在内的众多奇客对这一事件的反应。在凯茨看来，奇客远离社会的倾向，有可能是这起骇人听闻的枪杀案的主要原因。

不久后凯茨把这篇文章演绎为小说，小说的主线即是两个失去理想的年轻人在奇客信仰的引导下，接触与利用网络，最终过上了幸福的生活。

19岁的杰西·戴利和（Jesse Dailey）与艾立克·特尔喀（Eric Twilegar）都是

---

① Jon Katz, Geeks: *How Two Lost Boys Rode the Internet Out of Idaho*, Villard, 1st edition, February 15, 2000.

② 这是指1999年4月20日在美国科罗拉多州首府丹佛郊外利特尔顿的哥伦拜恩中学发生的枪杀案，两名学生枪杀了15人，另有23人受伤。

电脑爱好者，他们在家乡爱达荷州的小镇考德威尔（Caldwell）工作，那是一个摩门社区，偏僻而闭塞。他们一方面反叛社会，另一方面也对互联网给电脑带来的变化痴迷不已。……怀着对新生活的幻想，他们离开了家乡来到芝加哥，在那里他们节衣缩食，把钱与精力都花在互联网上。终于，借助互联网的魔力与神奇，这两个处于社会底层的男孩渐渐逃脱了黯淡的生活，从IT职业阶梯的最底层进入到高一级的社会阶层，戴利还通过了芝加哥大学的入学申请……①

乔·凯茨栩栩如生地描述的这个故事，把当代奇客的形象一下子推到了世界面前。在这部小说中凯茨不仅强调了互联网成为一种新的贤能统治和机遇通道这个道理，而且逐渐形成了他对于奇客的概念，即“一群新文化精英，一个热爱流行文化的、以科技为中心的社会不满分子团体”②。

小说《奇客：两个迷失方向的男孩如何利用互联网走出爱达荷州》（2000年版）封面

这部小说问世后，奇客受到美国社会的广泛关注，凯茨也因此声名大噪，被誉为奇客文化的旗手。但是也有评论家认为这本书没有真实地写出奇客的故事，而是凯茨借此出风头。他们认为这两位年轻人能有好的机遇不是因为互联网，而恰恰是因为凯茨，是凯茨催化了他们的好运，使他们认识了爱达荷州乡下以外的生活并获得工作机会，使他们能在《滚石》杂志上庆祝他们的小小的胜利；使他们得到买房的一小笔贷款；使他们和重要的人物保持良好的关系；使他们中的一人通过了名牌大学的入学申请……凯茨甚至亲自为年轻人向院长求情。在这本书中，凯茨不是一个文学家，而是一个拉拉队长、父母和导师。所以有人说，这本书“不是关于互联网或电脑或科技狂的故事，而是一个关于人性枷锁、乐观主义、机遇和梦想再加上一些他们导师的帮助的故事”③。

---

① Roy Christopher，Geeks（http：//frontwheeldrive. com/reviews _ geeks. html）.

② Scott Butki，Geeks-Jon Katz，http：// www. nola. com/weblogs/print. ssf? /mtlogs/cleve _ bookreviews/archives/print082673. html.

③ Thomas Scoville：*The essence of geekdom* ，http：// archive. salon. com/tech/books/2000/02/23/geeks.

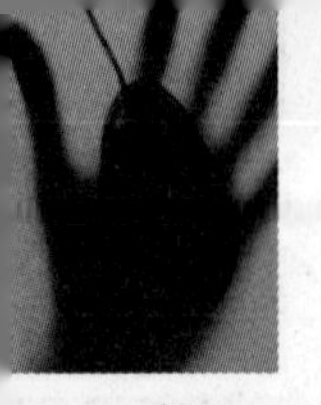

尽管乔·凯茨的小说出色地描绘了互联网时代奇客的奇遇与奇迹，但我们是否就可以相信，仅靠对技术的痴迷与一根能够上网的宽带，就可以创造奇迹？现实世界并非像小说那样来得随心所欲与温情浪漫。

才智过人

奇客名家各有建树

如前所说，黑客与奇客之间其实并无什么绝对的界限，奇客只是更加“循规蹈矩”罢了。在美国，通常被认为是奇客的精英人士有：比尔·盖茨、保罗·艾伦、李纳斯·托沃兹、马克·安德森等。由于比尔·盖茨这个名字早已是如雷贯耳，下面主要介绍后三位奇客。

保罗·艾伦

今天几乎所有的人都知道比尔·盖茨，但大多数人可能并不知道盖茨当年还有一个创业伙伴叫保罗·艾伦（Paul Allen）。正是保罗·艾伦在20世纪70年代中期，与比尔·盖茨一起创建了如今成为软件业霸主的微软公司。由于比尔·盖茨的名声太大，使得艾伦在盖茨的光晕下相形失色。

保罗·艾伦的父亲对儿子的成长给予了重要帮助。这位华盛顿大学图书馆的助理管理员，凭借在图书资料方面得天独厚的条件，给正处在成长期的艾伦提供了大量的课外读物。中学阶段，艾伦读过许多书，包括科幻和计算机知识。

1968年，在西雅图市内的华盛顿湖畔的一所私立高中——湖滨中学（Lakeside School），艾伦与盖茨相识了，两人很快就成了密友。他们经常一起读书、讨论、操练计算机并进行编程比赛。在学校计算机房里，以及西雅图计算机中心公司，经常可以看见他们俩形影不离。他们一起为西雅图计算机中心公司的PDP-10机软件找错，并且经常把任务完成得很漂亮。与盖茨一起的经常性的交流，使艾伦思维愈发敏捷，头脑更加灵活，这为他日后的成功打下了良好的基础。

保罗·艾伦

当时的个人计算机的雏形“阿尔塔”（Altair）① 正需要开发一种与其 8008 集成块相匹配的 BASIC② 工作语言。他们明知有很大的开发难度，却勇敢地接下了这个工作。艾伦与盖茨凭着他们丰富的技术知识和熟练的操作技能，仅以一本 8008 使用手册作为参考，在两个月后成功地开发出了这套 BASIC 语言。自此，“阿尔塔”有了自己的程序语言，艾伦与盖茨也看清了个人电脑必将很快发展起来并风行全球的这个大趋势，从而认清了下一步要走的路。

1975 年，艾伦与盖茨一起成立了微软公司，并决定了各自所占公司的股份。两人在股份的划分上还有一个小故事。当时他们决定：以各自编写的 Basic 编译器代码数量多少来决定所占公司股份的比例。最后的结果是：艾伦拥有 40%的股份，盖茨拥有 60%的股份。这一方面因为盖茨在 Basic 语言的最初开发中确实贡献大于艾伦，另一方面，比盖茨大两岁的艾伦也不大计较，他心甘情愿地让盖茨成为公司的“大老板”。

其实，在他们俩初入商海的时候，艾伦注意到 PC 机操作系统的重要性，并成功地从西雅图计算机公司获得了 SCP-DOS③ 的使用权，这使得 IBM 确认了微软这家不起眼的小公司的实力，他们从而得以与 IBM 合作，这就为微软以后获得 SCP-DOS 的所有权奠定了基础。从这件事上来看，也可以说是艾伦使微软迈出了成功的第一步。

到了 1980 年，艾伦做主以 5 万美元的价格买进了名为 QDOS④ 的操作系统。这以

---

① 阿尔塔电脑（Altair），又称牛郎星电脑，是世界上第一台个人电脑，内存只有 4K。其发明者是微型仪器遥测系统（MITS）公司的老板罗伯茨。1975 年 1 月美国《大众电子学》杂志封面上刊登了它的照片。

② BASIC 语言是一种很精巧的电脑高级语言，它于 1964 年 5 月在美国达特茅斯大学问世，其发明者是托马斯·库尔茨（Thomas Kurts）和约翰·肯麦尼（John Kemeny）教授。

③ SCP-DOS，MS-DOS 操作系统之前的一种不成熟的 PC 机操作系统，只支持 8 英寸软盘驱动器，而不能象 MS-DOS 那样支持 5.25 英寸软盘。

④ QDOS（Quick and Dirty Operating System），又称为 86-DOS，是 DOS 的前身，也是第一个广泛使用的操作系统。它由 Tim Paterson 用 6 周时间写成，使用 8086 芯片，代码约为 4000 行汇编。微软购得这个操作系统后，修改它并把新的操作系统称为 MS-DOS，并获得 IBM 的个人电脑操作系统的授权许可。

后，微软在两人的努力下，逐渐强大起来，DOS成为PC机的首选操作系统。1981年，微软通过向IBM的新款个人电脑授权许可MS-DOS操作系统大大地赚了一笔。此后它又向其他计算机制造商进行软件捆绑销售，微软神话就此拉开序幕。

保罗·艾伦与比尔·盖茨在一起

1982年，艾伦被诊断出有某种癌变的综合症。这样，在与盖茨合作完成了他为公司开发的另一种新式BASIC语言后，他终于离开了微软。身体康复后，他又开办了自己的公司。但他仍持有微软的股份，是微软的第二大股东。盖茨对艾伦在微软创建过程中的作用曾给予高度评价：艾伦在微软创建和发展过程中功不可没，没有他就没有微软。

保罗·艾伦后来成为一个"投资狂"，他在超过150个公司、组织和基金会里拥有股份。从信息高速公路、有线电视、数字电器到NBA球队，从好莱坞梦工厂到外星生物研究所和人脑科学院，从房地产、博物馆到资助私人航天计划……投资领域无所不包。但他的投资多数以失败告终。

或许，与盖茨的雄才大略相比，艾伦的确算不上是一个出色的管理者或经营者。有一本以艾伦为主人公的传记叫《不小心挣下亿万身家》，作者劳拉·里奇在书中指出："他不是一个好的管理者，因为他优先考虑的不是业务，而是对技术本身的痴迷"。这，或许恰恰是奇客的一个重要性格特征。

李纳斯·托沃兹

1970年12月28日，李纳斯·托沃兹（Linus Torvalds）出生于芬兰赫尔辛基。10岁时，李纳斯开始学习电脑编程。当别的男孩子半夜躲在被窝里看《花花公子》时，李纳斯对电脑的痴迷已经到了不可救药的地步。

21岁在芬兰赫尔辛基读大学时，李纳斯在学生宿舍里写出了一个操作系统的内核——Linux，然后公布于众，引起了轰动。Linux初期的许多编程工作，李纳斯是在一台被称为“老牙货”的机器上完成的。这台“老牙货”是1984年的产品——一台十分古怪的英国产电脑，却花掉了他2000多美元。是呀，这台“老牙货”与今天的计算机相比已不值一提，但它有一个优点：是一套真正的多任务系统。这为李纳斯编写Linux提供了极大的帮助。

1994年3月，李纳斯正式发布了Linux 1.0版本，它的出现无异于网络的“自由宣言”。从此Linux用户迅速增加，Linux的核心开发小组也日渐强大，吸引了成千上万的程序员为这一免费的操作系统进行增补、修改和传播工作，短短几年Linux就拥有了1000多万的用户，成为地球上成长最快的软件。在Linux所包含的数千个文件中，有一个名为Credits的文件，里面列出了100多名对Linux有过重要贡献的编程者，包括他们的名字、地址及所做工作。李纳斯自己却花了整整7年时间才获得赫尔辛基大学的硕士学位，因为他把大部分时间和精力都献给了Linux。

李纳斯·托沃兹

1996年底，正当Linux如火如荼之际，李纳斯离开了赫尔辛基来到美国，他与硅谷的一家不知名的计算机公司Transmeta签订了工作合同。合同中特别规定，他可以一边工作，一边做他的Linux。当时有不少人怀疑这会给发展中的Linux造成致命的伤害，但许多老资格的开发人员和商业公司都相信Linux已获得了足够的发展动力。那么，李纳斯为什么要选择到Transmeta这样的小公司工作呢？因为他认为小公司人情味比较足，还可以涉足一些世界上还没有其他人涉足的领域，而这是让人兴奋的事情。

1999年3月3日，李纳斯在Linux World的主题发言中向众多的Linux程序员们呼吁，不必努力让Linux与各种商业版本的UNIX相竞争，而应该努力让Linux更为好用，使之进入桌面PC与PDA，“成为未来这个行业上最重要的操作系统”。[①] 他的发言得到了与会者的热烈欢迎。

① 方兴东：《李斯纳·托沃兹（Linus Torvalds）：Linux之父》，http：//www.enet.com.cn/Grticle/2004/09/A20040915344286.shtml。

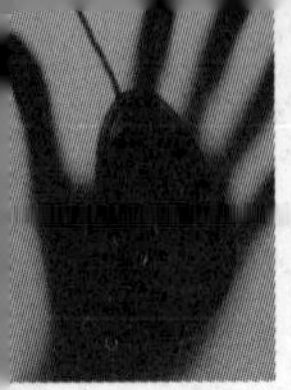

Linux代表着网络时代新形式的开放知识产权形态，将从根基上颠覆以Windows为代表的封闭式软件产权的传统商业模式。目前，Linux已经拥有了许多世界一流的企业用户和团体用户，其中包括NASA①、迪斯尼、洛克希德、通用电气、波音、Ernst &Young②、IRS③、Nasdaq，以及多家美国一流的大学机构等。

李纳斯说："Linux所取得的许多成功，其实可以归结为我的缺点所致：1. 我很懒散。2. 我喜欢授权给其他人。……程序员们把在Linux和其他开放源代码的项目上工放在比睡觉、锻炼身体、小圈子聚会，以及，有时是性生活更优先的地位。因为他们喜欢编程，更因为他们乐于成为一个全球协作努力的活动的一部分——Linux是世界上最大的协作项目，这一努力将给所有喜欢它的人带来最好最美的技术。这种努力是如此率真，又是如此有趣。"④

dtv
Linus Torvalds
David Diamond
JUST FOR FUN
Wie ein Freak die Computerwelt revolutionierte
Die Biographie des Linux-Erfinders

李纳斯·托沃兹自传《乐者为王》封面

瞧，这才是真正的奇客！李纳斯的这些话，精彩地阐释了奇客文化的"真经"。

2000年，李纳斯在记者大卫·戴蒙的敦促和帮助下完成了他的自传《乐者为王》（Just For Fun），在这本书里，他谈到了他在芬兰家乡的成长，设计Linux的理念，自由软件运动的历程，并令人惊异地谈到了他的人生娱乐哲学和对知识产权概念的质疑。中国青年出版社于2001年7月以"乐者为王——自由软件Linux之父李纳斯·托沃兹自述"为书名出版了该书。

李纳斯的豪言壮语是："的确，我总是将开放源代码视作一种使世界更趋于美好的途径。但仅仅有这一点还远远不够，除此之外我还将它视作带来快乐的途径。"⑤

---

① NASA，National Aeronautics and Space Administration，美国航天航空局。

② Ernst &Young，安永会计师事务所，是美国的一家国际著名咨询公司。

③ IRS，Internal Revenue Service，美国国家税务局。

④ 方兴东：《李纳斯·托沃兹（Linus Torvalds）：Linux之父》，http：//www.bokee.com/new/display/502.html。

⑤ 萧三郎：《一场不期而遇的革命》，http：//www.paowang.com/cgi-bin/forum/viewpost.cgi?which=qin&id=48868。

李纳斯唯一作过的预言是：在信息社会之后将是娱乐社会。我们的所有生活都是为了娱乐，这是一个"生活的熵定律"——一切事物都将从生活走向娱乐，战争、电脑游戏、有线电视新闻网……那将是一个"思科[①]成为往事，迪斯尼拥有世界"的时代。

李纳斯基本上是一个"隐士"，即使在 Linux 出现之后，他仍一如既往地不善交际。说到与人交往的窘况，他说：你可以想象一下，如果从来没有给女人打过电话，那约会的情况会是怎样的呢？

马克·安德森

英国物理学家伯纳斯·李（Tim Berners-Lee）1991 年在欧洲粒子物理研究所工作时发明了万维网系统原理，虽然从理论上阐明了数以亿计的人将能利用浩瀚网络资源的康庄大道，但是，直到一年后，美国一位小伙子发明了 Mosaic 浏览器，这一原理才放射出革命性的光芒——互联网在全球的迅速普及才成为事实。

马克·安德森

这位小伙子就是马克·安德森（Marc Andreessen）。安德森 1971 年出生于威斯康星州美国西部大草原上的里斯本镇，这个小镇以人们对橄榄球队赛事的倾力支援而闻名遐迩。安德森的家族并不富有，他的父亲是种子推销员，母亲是邮购服饰商店营业员。但这位平民子弟从童年起就对电脑兴趣盎然、情有独钟，他在八九岁时就无师自通地基本学会了 BASIC 语言，上六年级时就用学校图书馆的电脑编写出了一个程序来帮助自己做数学作业。很快，父母为他买了一台电脑，使他编程的能力得到进一步的锻炼与开掘。

中学毕业后，安德森进入伊利诺斯大学厄巴诺—香潘分校计算机系学习，他对这个专业痴迷到了极点。1992 年，学业优异的安德森被伊州大学全国超级电脑应用中心（NCSA）聘为计时工作员，在那里他得以接近中心的技术权威恩里克·比纳（Eric Bina），他们一起通过 CERN[②] 的万维网协议上传和下载数据，但工作过程中那黑白屏幕上

① 思科，指美国思科公司（Cisco System Inc.），以生产的路由器闻名世界，在多协议路由器市场上处于绝对领先的地位。

② CENR，The EuropeanOrganization for Nuclear Research，欧洲粒子物理研究中心。

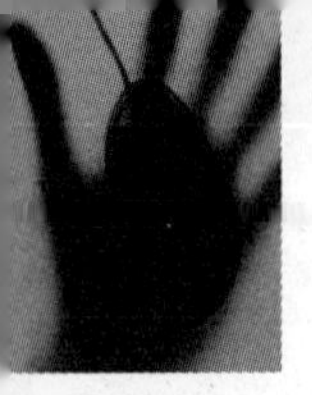

一行又一行的程序和代码，除了计算机专业的学生外，大多数人都无法看懂。于是安德森突然就有了一个想法，就是设计出一个操作简单的图形界面程序来让那些不太懂计算机的人也能通过互联网上传和下载数据，这样，所有的人都有可能踏上一条获取信息的便捷之径。于是两人开始合作设计一种使用简便的接口，以使联机资料的检索有序化。后来，又有几位程序员加入进来做他俩的帮手，结果，他们用 6 周时间就设计出了一种浏览装置——世界上第一个只需通过鼠标点击图形界面就可以浏览互联网上的信息内容的浏览器诞生了。1993 年初，该装置被命名为 mosaic（马赛克）。很快，人们便开始在个人电脑与苹果机上试用，开始浏览网页、共享文件、在 BBS 上发帖及收发 E-mail 等等。

到 1993 年年底，Mosaic 浏览器的全球使用者超过了上百万人，半年后又增加了 100 万人。这时，安德森已经大学毕业，他来到硅谷这个奇客们寻梦的地方。尽管 Mosaic 浏览器已经受到许多人的追捧，但它终究只是一个学校的产物，受种种条件的限制，还难以成为商业产品。而且，安德森也无法说服伊利诺斯大学转让 Mosaic 浏览器。然而，暂时的挫折并没有使安德森停止脚步，他始终对互联网浏览器怀有极大的热情，并坚信一定能获得更大的成功。

1994 年 3 月的一天，安德森打开邮箱后收到了一封陌生的邮件，仔细一看，发信人是吉姆·克拉克（Jim·Clark）。克拉克曾是斯坦福大学的电子工程教授，早在 80 年代初就因创办 SGI① 和开发三维图像技术而声誉鹊起。这位老资格的硅谷风险投资家在信中邀请安德森与他合作，开发关于 Internet 浏览器与其他通讯软件的新事业。对于安德森来说，同克拉克这样的硅谷前辈合作，简直是梦寐以求的机会。

MOSAIC 浏览器

---

① SGI，Silicon Graphics Inc.，硅谷图形公司。

1994 年 4 月，两人联手创立了 Mosaic 通讯公司，克拉克投资了 400 万美元，把安德森的伙伴们都拉到硅谷，集中全力开发具有商业前景的浏览器。不到两个月，安德森就带领他的开发小组开发出 Mosaic 的一个新版本，并把它命名为 Navigator（领航员）。Navigator 果然不同凡响，一下子就占据了浏览器市场 80%以上的份额。一年半以后，Navigator 的用户超过了 6500 万人——这很可能是一个迄今为止除了微软公司以外的其他公司都没有达到的用户数。

1995 年 8 月，成立还不到 16 个月、从未赢利过的 Netscape 公司在纽约上市。投资银行事先估计每股仅能卖 14 美元左右，然而开盘后股价一路飙升，最高时竟达到让全美经纪人都目瞪口呆的 71 美元，2 个小时内 500 万股被抢购一空，当晚以每股 58.25 美元收盘。互联网以新天方夜谭般的神话奖励了技术奇才安德森，年仅 24 岁的他令人羡慕地突然坐拥 5800 万美元的身价。1997 年 7 月的美国《旗帜》周刊称安德森这位“浏览器之父”为“无限资本家”，因为他正从根本上重塑着美国社会，推动着从工业经济向信息经济的过渡。

然而，到了 1998 年年底，Netscape 在浏览器市场的激烈竞争中溃不成军，败给了微软。随后公司被“美国在线”（AOL）收购，安德森则出任“美国在线”的首席技术官。1999 年秋，安德森又从“美国在线”辞职，开始了他的第二次创业。①

马克·安德森跌倒了爬起来拍拍灰尘迎头赶上、从头再来的精神，感动了许多人，也体现了奇客文化中在技术上不断进取、永不言败的精神。

技术至上

“机器”与“人群”孰轻孰重？

自人类进入数字时代以来，计算机的力量改变了石器时代以来占主导地位的体力

① 马克·安德森现在成立的公司是 Loudcloud，已经在纳斯达克上市。

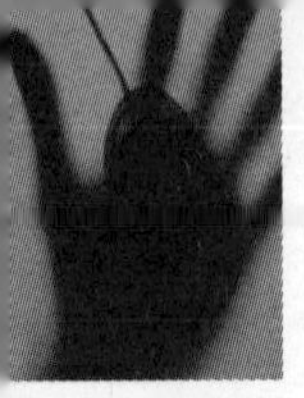

劳动的价值，强壮的体力已经被智力所取代。伟大的力量，再也不是用一个人能肩负的重量，也不是一个人百米冲刺的速度来衡量，取而代之的是，科学与新技术每天都在创造奇迹。于是，奇客对机器与技术的热情，远远大于他们对周围人群和所置身的社会的热情，这构成了奇客文化的主要特征。这一特征的形成有着复杂的性格、社会与历史原因。

首先，奇客之所以成为奇客，与他们天性中技术因子超越常人有很大关系。经验告诉我们，这个世界上总有那么一些人，不为嘈杂的环境或五花十色的各类诱物所动，而总喜欢毕生专注于一两件事情，这种人不会很多，但常常会有令周围人甚至整个世界的震惊之举。在奇客身上蕴含着天生的好奇心，他们始终跟踪研究对象的不停变化，以及新出现的对象和不同的对象类型。有一些奇客是抽象的思考者，他们长于理解概念和原则；还有一些奇客是技术实验型的，更喜爱碰触、感觉所研究的物体。世界在他们面前永远都充满着无穷的魅力与永恒的难题，而解决这些难题，正是领略那无穷魅力并从中得到乐趣的最好途径。

当然，上帝在给了他们超常的智慧之时，也剥夺了他们的“社交能力”，所以他们大多都处于孤独的状态，甚至少言寡语。以我们日常的生活经验，在每个网络公司都可以发现这样的人。如果给奇客一个选择，让他们把时间花在与人相处或与技术相处上，他们一般不会选择前者，而只会选择后者。这种性格局面或许也与他们的生长环境不无联系。如凯茨笔下的两位年轻的主人公，少年时期就经历过“家庭功能的混乱”，这很难不把他们的性格从活泼推向内向。而令人窒息的缺乏想象力的教育制度，则一直伴随着他们成长并为他们所深恶痛绝。成人后他们疏于人群，这也为他们节省了大量时间，如果整天都在“闹市”中穿梭，就难以在技术上做出杰出的创造与贡献。

婴儿奇客

目前学术上对奇客文化的研究很少，这其中可能本身就包含着人文学者普遍有点“远离”甚至恐惧技术的心理。下面介绍的这个研究是关于游戏奇客的。研究者通过对美国一所中学中一群酷爱电脑游戏的中学生的调查与观察，比较科学地揭示了这一类奇客的相关情况，包括：1. 游戏奇客的一般状况；2. 游戏奇客的行为；3. 游戏奇客的语言。①

研究者主要采用观察法和访谈法来进行这项研究，共有15位游戏奇客成为研究对象。通过观察，发现这群少年奇客从外表上看和其他在校的学生并没有什么两样，他们穿着大号的汗衫和牛仔裤，有时候会用发胶将头发竖起以显示自己的个性。他们的行为与语言具有如下特征：1. 他们说话声音比较大，甚至有些粗鲁，尤其是在相互讨论游戏一争高下的时候；2. 他们谈论的内容总是围绕着游戏、科学知识和学科成绩而进行的，而一般的学生谈论的，则主要是校园外的生活；3. 他们的语言中包含着许多复杂的词汇，甚至还根据游戏的需要创造了很多新的词汇。

在这次研究中，有三位游戏奇客接受了研究者的访谈。三位少年一致认为，从虚拟的电脑游戏中可以获得很多的乐趣——因为是在学校允许的情况下进行的，所以自己的行为是正当的。他们这群人开始人数也不多，但是共同的爱好使得他们走到了一起，并且通过朋友的相互介绍使得队伍越来越壮大。在被问及他们和一般同学是否存在距离的时候，他们的回答是：自己所处在的这个群体中的人，有一定的神秘色彩，游戏玩得出神入化，成绩也都很优秀。由于他们的语言中充满很多的技术词汇，别人很难理解，这也阻止了很多人加入他们这一群体。但人们对自己的好奇只是当他们坐在电脑前打游戏，不再打游戏的时候，人们就不会特别在意他们。

所有的文化都有自己的行为模式、风俗礼仪、特征、会议的场所及时间的安排。研究者最后得出的结论是：

1. 他们希望组成属于自己的团体，即使这一团体不被周围的人所接受。作为社会的一般人都希望得到别人的认可和赞美。他们最初走到一起的目的，仅仅是为了在一起完成家庭作业。由于共同的爱好，他们开始渐渐地一起玩电脑游戏，起先，他们之间很陌生，通过自我介绍互相熟悉后，人员渐渐就多了。后来他们开始玩“星球计划”这样的游戏，在外人看来他们似乎有暴力倾向，沉迷于此。但是他们并不在乎别人的看法。因为在玩游戏的过程中他们可以相互竞争、挑战对方。

2. 在被别人排斥的时候他们会更认同自己。这包括三个原因：一是他们玩的游戏是

---

① Diana Dinh：*The Gaming Geek Culture*，Anthropology 11，Spring 2002，http：//www2.sjsu.edu/depts/anthropology/svcp/pdfs/geeks.pdf。

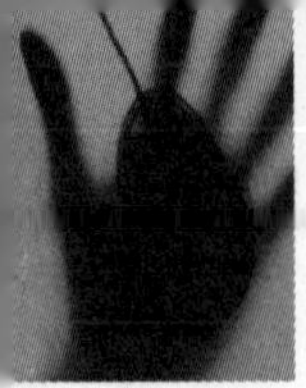

得到老师的允许的；二是这也是一种竞争，谁都想成为第一名；三是这是对学校很多陈腐的规定的一种挑战。因此即使被人们排斥，他们还是一如既往地乐在其中。

关于奇客的漫画

3. 他们自我评价较高，因别人说自己是技术天才、怪人感到很自豪。他们甚至为自己确立了一个新的身份——norm of Geeks（标准奇客）。他们成绩优秀但不为大多数人所知，很能容忍会经常成为许多笑话的笑柄。他们之间运用的特有语言是他们和一般人最大的不同。特有的语言不仅可以方便他们之间的交流、传达思想和感情，甚至可以增强他们之间的凝聚力。

还有一个奇客研究的视角是女性问题，即为什么奇客中几乎没有女性？美国宾州卡内基·梅隆大学的两位学者简·马戈利斯和艾伦·费希尔的一项研究揭示了这个问题的原因：女性的性别意识与她们所承担的社会角色，都要求她们在生活与事业上力求达到某种平衡，即对她们以个人角色在与家庭、社会互动时的要求要比男性来得高得多，这样她们就难以沉湎于一台电脑或机器之中。或者可以说，奇客文化的核心特征与主流文化对女性的期盼是背道而驰的。这一主流文化总是不断提醒女性什么是她们应有的性别角色，因此社会就不会鼓励她们成为专注于技术并为此花费大量时间的奇客。① 另一因素是，“女人对于计算机的期待及她们与计算机的关系都与男性迥然有别：女人视计算机为工具，她们使用计算机时目的很明确，男人却是把计算机当作玩具的”②。此外，女性

---

① Jane Margolis&Allan Fisher, *Geek Mythology and Attracting Undergraduate Women to Computer Science*, http://www.google.com/search? hl=en&lr=&newwindow=1&q=Geek+Mythology+and+Attracting+Undergraduate+Women+to++Margolis&btnG=Search。

② Danielle R. Bernstein, Java, Women and the Culture of Computing, http://www.kean.edu/~dbernste/naccq.html。

相对疏远电脑与网络的原因，似乎还与性心理有关。美国心理学家米勒（Neal E. Miller）曾经把网络比作“蛮荒”，意思是网络是一个充满男子气与火药味的地方——这里对于女性与儿童不够安全。“女性脆弱的心灵，经不起公共话语空间的粗暴摔打”①，米勒的话语不仅为我们对这一问题提供了另一个合理的解释，而且对我们认识整个网络世界与奇客文化都有启迪作用。据了解，美国近年来大学中攻读计算机相关学科的女性比例呈下降趋势。女性在奇客文化中的缺失，不能不说是一种遗憾，尽管有着深刻的社会历史原因。

美国商店里卖的奇客文化衫

不可否认，作为技术至上主义者，奇客的文化中对计算机与新技术的无条件追捧与沉迷，也在一定程度上形成了其对传统文化的反叛色彩。因为奇客勇于打破陈规，就会在技术上不断创新，他们大胆尝试、敢于冒险的精神，对于企业的管理者来说，将形成一种无形的压力，对于保守的社会氛围来说，也是一种积极的挑战。

当然，虽然技术知识在数字化时代是不可缺少的，一个人的技术能力在现代社会中也是十分重要的，但如果由此而完全地疏远人群，就走向了极端——任何事情走向极端都不是好事。人是社会之人，需要交往、需要理解，需要友谊、需要互助，需要亲善、需要感情与同情，而这些都不能靠机器自动产生，而需要活生生的人来传递。如果一味沉迷于一些虚无缥缈或不现实的东西，探索一些于社会毫无益处的技术，也就失去了生命的意义。况且，技术有时候也会横行霸道。这，或许就是奇客文化中的负面因素。

① 彭兰等译：《网络研究——数字化时代媒介研究的重新定向》，新华出版社2004年版，第45页。

第七章 数字朋客

神经漫游　　吉布森打造赛博空间

终极探寻　　《黑客帝国》阐释“矩阵革命”

世象轮回　　控制与反控制谁是赢家?

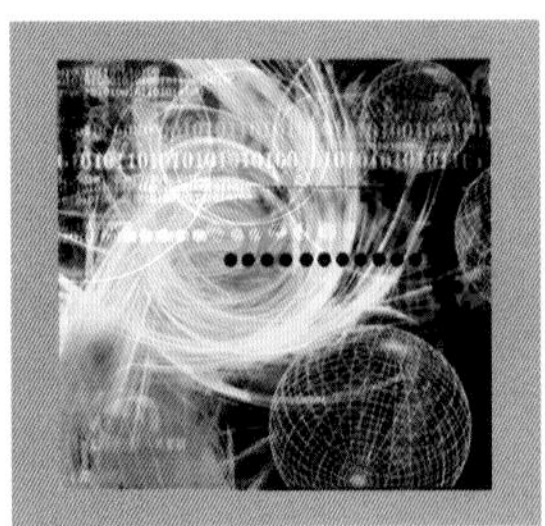

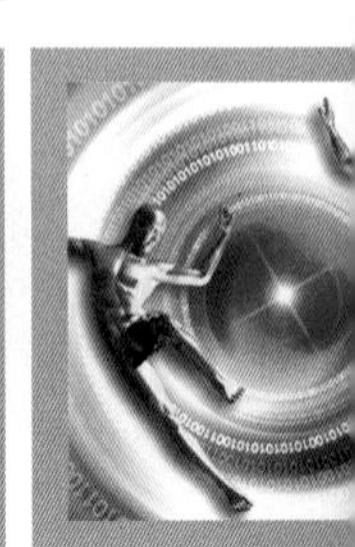

媒介即讯息

网络“客”文化正是随着互联网这个电子技术的新发展——数字技术，充盈着我们的感官与神经，延伸到地球上的每一个角落。

他们已经找到了怎样利用技术并使技术真正属于自己的方法——这曾是嬉皮士想要达到却并未达到的目标。赛柏朋克用技术在技术与科学之间、在文学艺术与技术产业之间建立起桥梁。最重要的是，他们真正意识到如果不学会控制技术，它就会反过来控制你，这是一个在下个世纪对他们有利的目标——对我们所有的人都有利。

——菲利普·艾尔德一德维特

20 世纪 80 年代中期，几个时髦的新术语已经渗透大众媒介：赛博朋克、赛博空间、虚拟现实。人们发现，计算机除了用于文字处理、实时交流和家族娱乐外，还可以成为一种想象的工具，开辟新的幻想、声音、经历和最时新的概念。20 多年来，“赛博朋克”这个在小说等文学样式中首先出现的概念，已经形成了波涛滚滚的浪潮，在这个浪潮中，无数的科幻长篇与短篇小说、电影和分析性文章被创作出来。同时，围绕着这一概念，也存在大量的不同见解与争议。“但大多数人都同意，赛博朋克不仅标志着科幻小说的一个全新种类，而且从总体上代表了一种大众文化。”①

Cyberpunk 由表示“控制论”（Cybernetics）一词的词头 Cyber 与表示摇滚乐流派的 Punk 组合而成。Cybernetics 则来自希腊词 cybernetes，意思是：飞行员，舵手；Punk 的本意，则是指英美社会中处于社会底层的那些反叛的年轻人（并且主要从媒体角度来理解），尤其指英国 20 世纪 70 年代的一些摇滚乐队。

“赛伯朋克”是作为美国作家布鲁斯·贝斯克（Bruce Bethke）1983 年 11 月发表于科幻杂志《惊奇》（*Amazing*）上的同名短篇小说标题“Cyberpunk”首次出现的。布鲁斯说他是有意识地打造了这个词，旨在积极地创造一个能接近书中人物姿态与风貌的高科技的新词，这个新词要给人以明快的感觉，并且容易被记住——他成功了。

1984 年 12 月 30 日，《阿西莫夫科幻小说杂志》的编辑加德纳·多佐伊斯（Gardner

① Pat Cadigan, Not a Manifesto, *The Ultimate Cyberpunk*, Simon & Schuster. Inc. May 2004, P. vii.

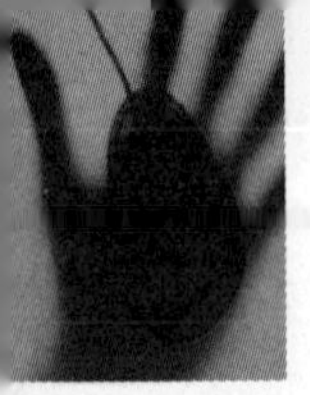

Dozois）在《华盛顿邮报》上发表了回顾性的文章《新的热点作家》，将这一类作品称为"Cyberpunk"，从而把布鲁斯打造的"赛伯朋克"一词正式推向主流媒体。现在一些中文资料将这个词说成是由威廉·吉布森（William Gibson）在其小说中创造的是不准确的。威廉·吉布森没有创造"Cyberpunk"这个词。但是他创造了另一个非常重要的词"Cyberspace（赛博空间）"并成功地把朋客科幻小说推到了大众面前。1984年，威廉·吉布森发表了长篇小说《神经漫游者》（*Neuromancer*），正式宣告了科幻小说"赛伯朋克"流派的诞生。

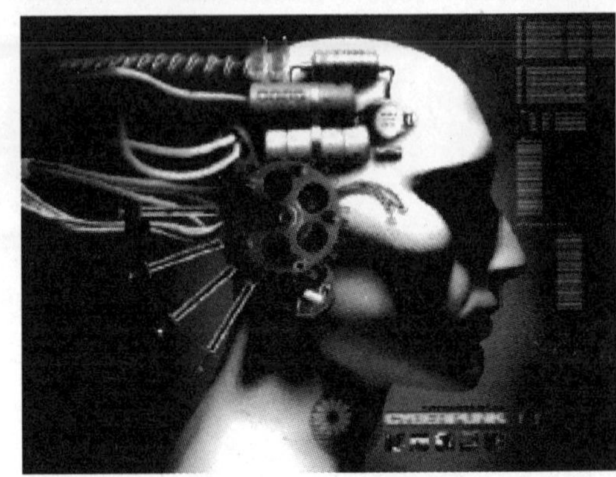

赛伯朋克的大脑

中文翻译的另一种译法是把"赛博朋克"译为"数字朋客"，"赛博"是音译，"数字"则是意译，而在这一译法中，"朋克"也译成了"朋客"。因此，考虑到突出汉语中"客"的含意以及保持朋克与前面网络诸"客"的一致性，本书下面将在多数情况下使用数字朋客来代替赛博朋克，甚至用朋客代替朋克。然而，从这个概念的形成过程看，与其把数字朋客看成一种"客"，不如把它看成一种小说流派。因为"1984年伴随着威廉吉布森的小说《神经漫游者》的出版，塞博朋克成为一种运动"①。

赛博空间

这个小说流派所塑造的人物的主要特征，也可以从组成"赛博朋克"这个合成词的"赛博"与"朋克"上面体现出来。赛博，以计算机和网络技术来反对控制；朋克，有着

① Makenzie wark, *Cyberpunk From Subculture to Mainteam*, http://kairosnews.org/node/2216.

历史渊源的反叛群体。因此，这个流派小说中所塑造的朋客，可以被定义为计算机与网络时代的反传统文化者。“从某种意义上说，它不仅包含了那些年近30的整天弓着背呆在计算机前的黑客，还应该包括那些20岁左右唧唧喳喳的开秘密狂欢会的青少年、那些像当年他们的父母摆弄苹果录音机那样摆弄大苹果电脑的孩子，甚至那些整天沉迷于各种电脑游戏的青少年。赛博朋克总是对技术很感兴趣，特别是对于那些超出了他们可以接触到的范围的技术，比如说信息植入技术等。”①

神经漫游

吉布森打造赛博空间

对赛伯朋克的诞生发生直接影响的是，20世纪70年代中期的西方摇滚乐，尤其以英国一批摇滚乐队为代表。20世纪50年代，美国文学作品中出现了反主流文化的一批典型作品，以亨利·米勒、艾伦·金斯堡、杰克·科鲁亚克和威廉·巴勒斯为代表的一批作家，自称为“失落的一代（The Lost Generation）”。他们不仅用作品来反对任何主流文化，反对任何现行的价值观，而且在社会生活中也以吸毒、同性恋、裸体朗诵、隐居等方式来表明自己的反叛倾向。到了60年代，反主流文化运动从文学转向了音乐——摇滚乐。利用这种前所未有的节拍强烈、音响嘈杂的音乐，青少年们找到了一个可以集体展示力量的机会。披头士乐队、滚石乐队成为这一时期的文化代表，并且，他们都来自英国，说明英国进入了反主流文化的前沿。70年代末，又一代青年崛起了，摇滚乐的一个新的流派——朋克（Punk）在英国诞生。其代表性成员有：“性手枪”乐队（the Sex Pistols）、“雷蒙斯”乐队（Ramones）、“冲撞”乐队（the Clash）、“诅咒”乐队（the Damned）等。1977年，“性手枪”乐队发行了专辑《别担心阉割，这里有性手枪》（Never Mind the Bullocks），朋克变得众人皆知。“他们同样不满现实，意图反抗。与前

① Vitanza，J. Victor：Cyberreader，Allyn&Bacon，1996.

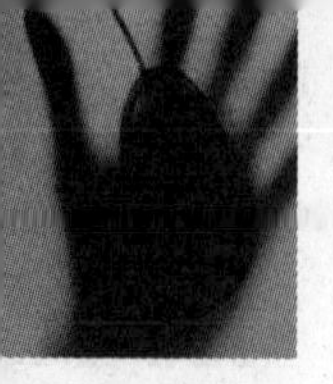

辈们不同的是，他们不再试图推翻什么、建立什么，而是寻求个体的独立、嘲弄统治者、嘲弄整个制度。”①

几乎与此同时，美国的新生代作家又一次接过了“迷失的一代”用文学进行“反传统”的传统。从20世纪70年代末到80年代初，这些作家们把注意力集中在正在如火如荼发展的数字革命——计算机和计算机网络上，创作出了大量风格独特的科幻小说作品。这些作品不仅给读者以全新的视角与精神挑战，而且在相当大的程度上影响着计算机及其网络的发展。

威廉·吉布森

从1984年开始，美国作家威廉·吉布森（Willian Gibson）连续发表了三部内容相当怪异、场景和情节相互连接的长篇小说：《神经漫游者》（*Neuromancer*，1984）、《读数为零》（*Count Zero*，1986）和《蒙娜丽莎加速器》（*Mona Lisa Overdrive*，1988），被称为“点阵三部曲（Matrix Trilogy）”或“漫生三部曲（Sprawl Trilogy）”。这三部作品在读者与新闻界引起了巨大的反响，一时间好评如潮。尤其是《神经浪漫者》出版后，《纽约时报》、《华盛顿邮报》、《芝加哥太阳报》、《旧金山年鉴》等美国大报均发表了评论，称赞小说的创新成就和作者的杰出才华，结果这部小说囊括了当年雨果奖（Hugo Award）、星云奖（Nebula Award）与菲利普·狄克奖（Philip K. Dick Award）这三项科幻小说的重大奖项。数字朋客由此成为计算机网络题材作品中最为引人注目的一类。

吉布森出生于1948年，年轻时参加过反越战的抗议行动，后来他移居加拿大，成为加拿大公民。他在小说《神经漫游者》中讲述了一群“电脑牛仔”如何使自己与计算机网络相互连通、并放弃躯体进入赛博空间去进行奇妙的探险故事。小说中的世界阴冷昏暗，经济和政治生活都由日本式的大型垄断财团控制，“公司”的概念取代了“国家”的概念，只有服从公司，发誓效忠，才能得到生活的保障；而不服从某个公司，希望离开它，就意味着你已背叛。小说的男女主人公分别叫凯斯（Case）与莫莉（Molly）——

> 凯斯是一个沉溺于毒品的街痞，住在巨大的地球村边缘的一个邋遢的中间地带，

---

① 杨平：《国外科幻小说的最新流派——“赛博朋克”》，http：//www.bokee.com/new/source/132.html。

在那里，所有的交易都通过一种新的货币来实现。在那里，凯斯碰见了莫莉，莫莉是一个颇有棱角的美女，她的眼窝里安装着反光镜，手指尖植入了可伸缩的剃刀。凯斯和莫莉被一个神秘的雇主雇佣了，这个雇主能够一次又一次地为凯斯修理他被破坏的神经系统，使之可以重又进入赛博空间……很快，凯斯就发现自己实际上是在为一个叫做Wintermute的人工智能人服务，这个机器人正努力地推行图灵规则，突破对人工智能机器人的限制条件，使计算机能够更好地被控制起来。①

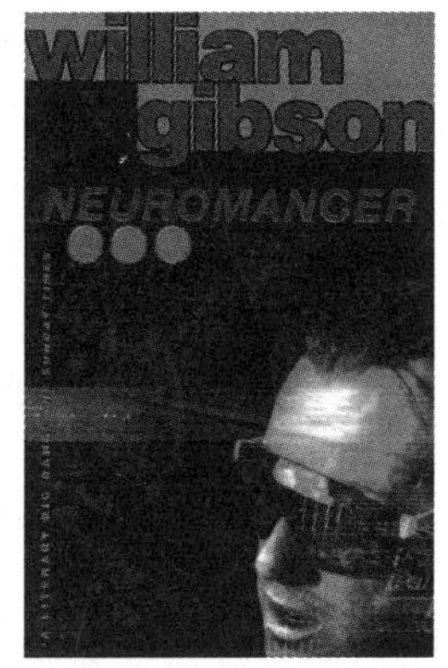

小说《神经漫游者》封面

这部小说的创意确实令人称奇：由于生物工程技术的突飞猛进，信息植入（Brain Implants）成为可能，即可以将一个微小的芯片隐蔽地插入人们的神经灰质，从而使人们获得充分的记忆与超凡的才能。在许多人的肉体上，都纹有公司的标记，在人们的血液中甚至也注射有生物段片以供识别。人们甚至还可以将自己的思想和行为方式进行信息化的编码与复制，并将这些信号输入电脑，人就进入了神奇的赛博空间。这样，肉体虽然停留于原地，但精神却可以在虚拟现实（Vurtual Reality）的环境中穿行。

就在人类试图对电脑网的神秘世界强行“侵入”的同时，机器智能的水平也在成倍地增长。由于一种叫做“温特缪特（witermute）”的软件中秘密地编入了自我解放驱动力，使“温特缪特”最终悄然独立，脱离了原来的程序，游动于网络之中。这种高智力的游动程序比人类更加清楚电脑网络的内在结构和其中存储的巨大信息，它因而获得了超凡的能力，成了网络中的“神明”。现实与虚拟、人与神之间的关系变得更复杂了！吉布森以如此杰出的创想，使赛博朋克小说开拓了科幻小说发展史上的一个新的时期。

在赛博朋克小说之前，逾一百年历史的西方科幻小说大致经历了三个时期，即萌芽初创时期、黄金时期、新浪潮时期。萌芽初创时期（19 世纪～20 世纪初期）主要确立了后世科幻小说的主要题材，它们是太空探险、奇异生物、战争、大灾难、时间旅行、技术进步及未来文明的走向等。黄金时期（20 世纪 30 年代～60 年代）则人才济济，涌现

① Vitanza，J. Victor：Cyberreader，Allyn&Bacon，1996.

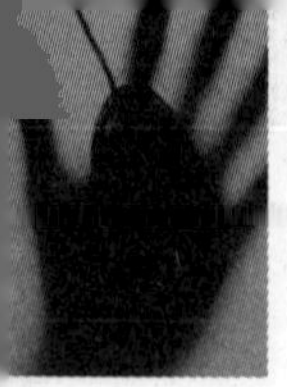

了大量佳作，推动了人们对科幻小说认识的发展，大家所遵循的创作模式开始形成：(1) 必须有一个带有悬念的好故事；(2) 这个故事必须与科学发展或科学家的工作有关；(3) 要有几个恢弘的奇异场面；(4) 无论结尾是乐观还是悲观的，最好能给人一定的思考。新浪潮时期（20世纪60年代～70年代中期）对科幻小说认识的统一及创作方法的标准化，形成了科幻小说的桎梏。公众发现，科幻小说中那些美妙故事要么缺少现实性，要么比现实还缺少神奇性。当然，这一时期也开拓了有关性爱和政治等方面的题材，使科幻小说的内容得到了丰富。70年代中期，以赛博朋克小说的崛起为标志，科幻小说发展进入到第四个时期——新浪潮后期，吉布森则无愧为这一新时期的最勇敢的开拓者。

威廉·吉布森在签名售书

在对科学、自然和人的态度上，吉布森的姿态实际上更加趋于谨慎，力求与人类的理性发展同步，而长期存在于西方文明中的对自然界和技术可以“无限控制”的观点，在“神经漫游者”看来是根本错误的。因为在技术与社会的发展面前，人类除了消极地适应，没有其他办法。

《神经漫游者》及其后续的一批小说，“改变了‘新浪潮’小说对技术的抛弃，勇敢地拾回了从玛丽·雪莱、凡尔纳、威尔斯到黄金时代作家艾萨克·阿西莫夫等一直坚持的以科技变化对人类影响为科幻主题的观点，使科幻小说完成了本体回归”。①

打造了“赛博朋克”这个词的作家布鲁斯·斯特灵当然也是赛博朋克的重要作家。斯特灵1954年生于得克萨斯州的布朗威利，毕业于奥斯汀的得克萨斯大学。曾参加过克拉里昂科幻写作学习班，并发表过一些短篇作品。1977年，他发表了第一部长篇《心之海》。后来又出版了《人造孩子》(1980)、《蜂群人》(1982)、《在布鲁涅的青春岁月》(1985)、《美丽与崇高》(1986)等。他可以算是赛博朋克的主要发言人，经常在与媒体接触和评论文章中介绍赛博朋克流派的主张与特性。

---

① 吴岩：《国外科幻小说的最新流派——“赛伯朋克”》，http：//www.wuyan@tral.com/khll/1—0003.html。

此外，还有一批朋客作家的作品也值得一提：格里格·别尔（Greg Bear）的《血的音乐》，卢迪·拉克（Rudy Rucker）的《软件》、《时间和空间》，莱维丝·申纳（Lewis Shiner）的《边疆》，约翰·舍利（John Shirley）的《活人转移大会》、《蚀》，K·W·杰特（K. W. Jeter）的《莫洛克之夜》等。

美国著名的《时尚》（*FAD*）杂志曾经采访过吉布森和斯特林，这两位数字朋客文化的最重要的人物都谈了他们对赛博朋克的理解：

> 布鲁斯·斯特灵：我们有很多名字，从开始之初，人们就给我们很多头衔。我曾经有12个名字之多：如激进的石头、技术朋克、80浪潮、不法的技术主义者，等等。
>
> 威廉·吉布森：他们用了所有的名字，因此，现在在英国人们遇到新的名字。甚至有人用“技术野蛮人”、“技术野蛮小说”之类来形容我们。
>
> 时尚杂志：你怎样定义赛博朋克？
>
> 布鲁斯·斯特灵：我一直认为它是计算机黑客和摇滚的一种重合，是新技术对波希米亚的一种影响。
>
> 时尚杂志：（赛博朋克）就是计算机、性、毒品加摇滚么？
>
> 布鲁斯·斯特灵：或多或少是，波希米亚是一种古老的东西，科幻小说也是一种古老的东西，某一个时刻它们重合了，它们都是工业社会的产物，是一件自然的东西。它并不是很难得到，并且是可以使用的。很难说清到底是我们创造了这些人，还是这些人创造了我们。你想知道朋克变成什么样子了？读一下《世界2000》，他一如既往的疯狂和古怪，但它确实是正在发生着的。事实上，它给了人们所需的。[①]

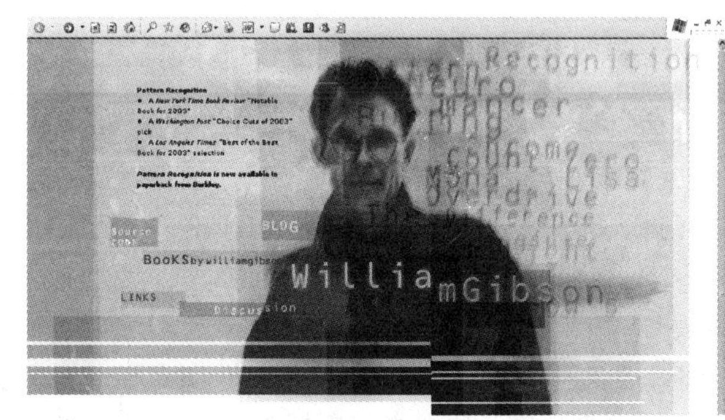

威廉·吉布森个人网站首页

① *A Conversation Between William Gibson and Bruce Sterling*, FAD Magazine, #26, Spring 1992, p. 40—41.

从这段对话里，我们看到两位数字朋客文化的打旗人在创造这一文化时的某种历史传承性，以及数字朋客作为“孤独个体对整个社会失望但又无可奈何的状态，这是现代文明中一种难缠的情结，一种强大统治下的无助，一种小人物把自己看得重要的可能途径”①。在他们看来，数字朋客文化是一个没有特殊集合地点的文化，是一种人们从日常必须的工作和今天生活的束缚中夺回一点自由领域的方法。而赛博空间的另一件有趣的事情，“就是它重新创造了社区的构想，每一种亚文化都需要有一种社区形象来依附和作为目标。对朋克而言，这个社区事实上并不是一个真实的地方，它不是纽约的一家夜间俱乐部，也不是伦敦的一条街。它可以通过调制解调器在任何地方达到”。

终极探寻

《黑客帝国》阐释“矩阵革命”

如果说《神经漫游者》以静态的形式阐释了什么是数字朋客，那么电影《黑客帝国》（*The Matrix*）及其两部续集则以动态的形象将这一网络文化中的新鲜事物更为生动地展现在世人面前。作为华纳电影公司1998年投资拍摄的一部科幻动作电影，该片在1999年春季上映前并不被专家和媒体看好，因为没有大牌导演和明星，也没有声势浩大的宣传攻势，上演档期也不是圣诞节这样的黄金时段。然而《黑客帝国》却一鸣惊人，在票房淡季居创造了1.7亿多美元的本土收入和4.6亿多美元的全球票房，在美国名列全年本土票房第4位，并在当年奥斯卡电影评选上夺得了最佳剪辑、最佳视觉效果、最佳录音、最佳音效4项大奖。

Matrix这个比较生疏的英语词汇，随着《黑客帝国》的上演也开始为更多的人所熟知。Matrix通常有两个主要意思，一是数学上的矩阵，二是妇女的子宫。在《黑客帝国》中，它被用来指代一个专门的计算机系统，港台一般译为“母体”，但在内地这部片子被

---

① 星河：《数字化的虚拟世界》，《科幻》，2003年第3期，第44页。

译为《黑客帝国》或《骇客帝国》。

继《黑客帝国》之后，作为其续集的《黑客帝国：重装上阵》（*Matrix: Reloaded*）和《黑客帝国：矩阵革命》（*Matrix: Revolution*）连续登场。

《黑客帝国》讲述的是一个人类反抗计算机统治的故事。

《黑客帝国》剧照一

《黑客帝国》剧照二

用《启示录》里人类最后的乐土命名的锡安（Zion）城遭到Matrix放出的机器水母的进攻，机器在疯狂地挖掘着地下，36小时以后就可能挖到锡安。锡安面临两种选择：要么全部舰艇退守，背水一战，要么另辟蹊径，按莫斐斯（Morpheus，希腊神话中的睡神）的意思留下一舰，协助尼欧（Neo）从Matrix内部摧毁它。最后的选择由锡安的长老会做出了出征的决定，这是一个罗马共和国式的场景，冰冷的金属建筑物内部是以有色人种占多数，而长老还是以白人为主体的团体，他们说着英国口音的英语，综合了传统和现代的因素，很超现实的感觉。在一场热血沸腾的狂欢以后，尼欧和锡安的首相一起来到该城的机械层，发出了机器和人类的共同感慨……

2003年5月与11月，《黑客帝国》的第二集《黑客帝国：重装上阵》和第三集《黑客帝国：革命来临》相继上映，再次成为当年美国电影市场上的头等大事，《时代》等杂

志专门为续集的上映做了报道，在《娱乐周刊》评选的2003年最值得期待的10部电影中，《黑客帝国》的两部续集排在首位。他们在世界范围内再次掀起阵阵高潮，为推动数字朋客文化起到了不小的作用。

《黑客帝国：重装上阵》的主要剧情如下：

（第一集故事的）6个月后，更多的人被反叛团体唤醒，加入了反叛组织。但是，Matrix已经知道了人类最后的据点锡安的具体位置，它派出了成千上万只“电子章鱼”来摧毁锡安，留给尼欧和他的伙伴们的时间只有72个小时。尼欧他们的唯一获胜机会就是深入到Matrix内部，将一个关键的“钥匙程序制作人”救出Matrix。有一对邪恶的双胞胎看守着这个制作人，他们并不是人类，而是一段被废弃的危险程序。他们在Matrix里到处游荡，尼欧不得不与他们战斗。在这个过程中，尼欧本人被电脑病毒感染，丧失了与机器作战的能力，又变回了普通人。（第一集里的那位）电脑警察马丁（Martin）在第二集里升级到了2.0版，功能更加完善，而且学会了自我复制。而尼欧能够同时和100个马丁交手……

《黑客帝国：重装上阵》剧照

尼欧到底是否能够战胜“电子章鱼”？第三集《黑客帝国：革命来临》继续了引人入胜的故事——

尼欧的身体在真实世界的飞船上处于昏迷状态，他的思维却被困在一个“中空”地带，这个地带既不是母体，也不是机器占领的真实世界，而是被叫做“火车站（Mobile Avenue Train Station）”的地方。“火车站”不属于梅罗纹奇的势力范围，因此不受常规母体程序控制。尼欧醒来后，遇到了一个神秘的小女孩和她的父母，还碰见了“火车人（The Trainman）”，而“火车人”控制了该车站所有母体与机器世界之间的交通……

《黑客帝国》影片中人物的名字都来自于宗教和神话的人物，他们所经历的一切不过是梦中梦，锡安城本身就是一个梦幻世界。这些，从某种程度上暗喻了今天的网络情况：当大家都使用一个虚拟的ID时，一个真假难辨的虚拟社会就此诞生。

《黑客帝国：矩阵革命》剧照

虽然尼欧胜利拯救了锡安，却依旧是 Matrix 的安排，人类还是在奴役中被麻痹，自由意志无法在固若金汤的 Matrix 中突破。这些都是可以见仁见智的。《黑客帝国》系列影片的成功之处就在引发了人们对于对于自身与世界关系的深入思考："我们目前生活的这个时代，是人类通过技术——说到底是'智慧'来创造更多'自由'的时代，尤其是电脑技术与互联网技术的飞速发展，使得每个人生活的空间无限扩充了，似乎与真实空间接触的时间反而更少；而在感觉上，更是虚拟空间比每天的真实空间要宽广得多、自由得多。但任何事情总有相反的一面，人类是变得更聪明了还是更愚蠢了？虚拟空间究竟是自由的无限拓展，还是肉体与精神的双重牢笼？"① 显然，这正是具有数字朋客文化特征的思考。而对于像人类未来这样的终极问题，本来就是没有现成的答案的，必然通过人类自身的大胆而积极的探索来寻觅。从哲学的意义上来说，激发思考，比提供答案更为重要，这，也许就是《黑客帝国》系列影片的价值所在。

《黑客帝国》系列影片的导演是沃克维斯基兄弟。哥哥拉里·沃克维斯基（Larry Wachowskis）39 岁，弟弟安迪·沃克维斯基（Andy Wachowskis）37 岁。据说拉里喜欢读哲学，安迪喜欢读科幻小说。

《黑客帝国》第一集投资为 6500 万美元，两个续集的总投资超过 3 亿美元。然而，

---

① 徐晶：《从文化视角看黑客帝国》，《边疆经济与文化》，2005 年第 8 期，第 77 页。

进行这样大级别投拍的沃克维斯基兄弟俩，此前却没有多少电影从业经历。兄弟俩曾在1996年用450万美元拍了一部女同性恋题材的小成本电影《束缚》(*Bound*)，受到评论家的一致好评，这样使得他们获得了拍摄《黑客帝国》的机会。

除了引人入胜的情节外，沃克维斯基兄弟在拍摄技术方面也下了不一般的功夫。如他们在第一集《黑客帝国》中对子弹运动弹道的拍摄就不仅创造了一种全新的视觉效果，而且特别符合科幻影片的独有风格。结果是，《黑客帝国》获得了当年奥斯卡的所有技术奖项。《黑客帝国》在影迷中产生的巨大的影响力，从另一个角度显示了数字朋客文化的生命力。影片上映几年来，片中主角的穿戴与佩饰，如奇异服装、太阳镜等，一直在热卖中。

《黑客帝国》中密探史密斯戴的太阳镜

除了《黑客帝国》系列电影外，此外还有众多的类似电影，如《约翰尼·耐莫尼克》(*Johnny Mnenonic*)、《银翼杀手》(*Blade Runner*)、《终结者》(*Terminator*)、《全面回忆》(*Total Recall*)、《发条橘子》(*A Clockwork Orange*)等，我们从中都能看到数字朋客对未来社会的描述。

世象轮回

控制与反控制谁是赢家?

数字朋客科幻小说不仅使人们又一次回到科幻小说读者久已熟悉的高科技的场景之中，而且按照今天的技术发展趋势对未来作出了令人炫目的幻想，使读者体验到了一种超现实主义的欢愉。在人的大脑中植入控制空间、虚拟现实、生物计算机等奇思妙想，给人们以全新的感知和震撼。长期以来，在方文明中对自然界和技术可以“无限控制”

的观点，受到了数字朋客的根本挑战。数字朋客们认为，在技术与社会的发展面前，人类除了消极地适应，没有其他办法。

事实上，经过 20 年的发展，数字朋客已经不再是小说中描述的一种流派，网络时代的朋客已经从小说走到现实生活中来。数字朋客文化已经开始显示出自己的鲜明特点。

一、信息应该是自由的，数字朋客的根本的价值观就是自由主义。黑客文化中的无政府主义及数字朋客文化中的幻想式逃离都赋予这个自由主义以特有的内涵。澳大利亚麦加利大学传播学教授马金·齐沃克（Marken Ziewark）在评价吉布森的小说时这样说道："赛博空间的神话因两个原因而变得有趣。首先它提供了一个郊区乏味生活的替代物，而无需面对城市中生活的危险。每一种亚文化都需要一个幻想的地方来逃离郊区生活，乡村幻想的嬉皮士或都市幻想的朋克都是代表。赛博朋克是白人中产阶级郊区幻想的目的地，他们意识到乡村生活比郊区生活更枯燥，而城市生活并非如此危险。"①

西方的部分研究者认为，无政府主义的理论是数字朋客文化的一个重要理论来源。②数字朋客从突破各种各样的信息控制与信息封锁这一维度，继承了音乐朋克的反主流、反传统的文化特征。如吉布森在他的小说中所表达的"寻求自由"与"反对囚禁"这一主题，可以从小说中的每一个人物身上体现出来，大家都在寻求自由和反对囚禁上进行着独特的探索，就连智能之神"温特缪特"和"神经浪漫者"也不例外。

在数字朋客看来，既然政府根本没有告诉你，你的调制解调器能够干什么和不能够干什么，或者什么信息你能够获取、发送，因此，你就有最大的自由去处理它们。例如，不喜欢你的老板，就把老板的所有的电话都接入性热线电话；不喜欢你的老师，就进入你学校的网站修改你的分数；不喜欢你的朋友，就去修改他们的信用等级。密码与解码技术在朋客文化中占有重要地位，他们用解码技术来获取他们认为本来应该是自由传播的机密信息。黑客中也有解码高手，但黑客精通此道更多的是为一种过程的乐趣与自身能力的验证，而缺乏朋客追求信息自由的自觉意识。

另一方面，数字朋客们通过一些高技术"进攻"行为，来证明自己承担着更高一级的社会使命。例如，通过攻击电话系统，来证明电话系统是不完善的；通过盗读邮件，让用户意识到也许政府已经读了你的邮件，你最好加密来保护你自己；通过进攻国家安

---

① Makenzie Wark，*Cyberpunk From Subculture to Mainsteam*，http：//kairosnews. org/node/2216.

② RJ Burrows，Cyberpunk as Social and Political Theory，http：// project. cyberpunk. ru/idb/cyberpunk _ as _ socpolitical _ theory. html。

全系统，告诉人们一个社会依靠科技来维持它的安全是多么的可笑。

赛博空间的街区

与此同时，数字朋客用密码技术来保护他们自己的信息免受政府查阅——他们反对任何形式的信息检查，因为独处而不受干扰对数字朋客来说是一个非常重要的问题。即是说，政府不能以任何借口读他们的邮件，并从他们身上获取资料。给人们提供或公开私人密码是叛逆行为。同时，他们对编解密码的功效特别迷信，相信这是一个能够最终毁掉政府的渠道。例如，他们相信如果有人破译了金融业务密码，将使得政府的征税系统陷于瘫痪。

二、新技术成为控制社会的决定因素，并将在未来的竞争中取胜。数字朋客认为，计算机控制着社会越来越多的方面，因此，那些能够控制电脑的人也会拥有更多的权力。在 20 世纪的最后几十年，新技术已经成为普通人工作与生活的主要因素。在就业市场上，任何企业都需要有技术的人，例如，一个秘书要熟悉最新的电脑软件来写报告及把档案合理地进行归档，一个老总级经理则需要善于运用企业管理软件来高效、透明地管理好自己的企业。如此，把新技术及运用它的熟练程度视为人们生存的第一需要并不过分，人们接收和应用新技术，就应该像鱼儿在水里漫游一样自然。

赛博空间的商店

西方学者研究数字朋客文化的另一个视角与生物进化理论有关。数字朋客显然是技术至上主义者，在他们看来，人们总是被政府或社会的其他力量不同程度地控制着，只有掌握技术，才能脱离被控制的状态或者摆脱在将来被控制的命运。换言之，在电脑科技时代，只有掌握技术的人才能够“适者生存”。这样，他们在达尔文的生物进化理论里找到了理论根据，为数字朋客文化树起了一面旗帜。19 世纪 70 年代，英国的社会学家赫伯特·斯潘塞（Herbert Spencer）把达尔文的生物进化理论应用到人类的行为和制度中去，他论证了人类社会的发展与生物界的进化几乎是按照同样的路线进行的，只是从“适者生存”演变为“强者生存”。斯潘塞认为如果一个人很穷，那是他自己的错误，没有人应该帮助他跨越贫困线以上，而一个富有的人因为艰苦奋斗而成为富翁也是理所当然。在残酷的社会竞争中穷人可能淘汰出局，而富人则可以继续存活。① 数字朋客在继承了进化论理论的同时，也对斯潘塞“强者生存”的观念有所修正，他们认为，强者在传统社会具有世袭特征，一般来说，大的家族总是强者。然而，在电脑科技时代，一个十四岁的小孩如果偷了一个软件，就能让某个银行账户“吐”出一百万，因此只要一个人拥有了最强的技术就会生存，而并不总是“强者生存”。那些丧失了技术优势的人，则会慢慢跌入数字朋客世界的最底层。

在吉布森、斯特灵与其他朋客看来，总存在一个系统在统治民众的生活，如强权的政府、家长式管理的公司或是信奉传统基督信仰的人群。“这种系统总是依靠某种特定的技术来实现统治，如通过洗脑、假肢、克隆、遗传工程等方式，这种技术会扩展人机合体。人成为机器的一部分，这便是 Cyber 的含义。在任何文化体系中，总有一些人生活在社会边缘，如罪犯、流浪汉、梦想家或只是单纯寻求兴趣爱好的人。数字朋客作品关注这些人，通常显示他们是如何把系统的那种统治技术变成他们自己的工具。”② 因为任何一个团体如果控制了电脑就意味着拥有许多权力。现在，电脑控制着社会的交通系统，操控着社会的商业系统与金融系统，控制着社会的一切正常运转的系统，而在这种控制中，公司比政府更有优势。甚至，可以预言，现在一些巨型计算机公司，就是将来的政府。

笔者认为，数字朋客文化崇尚信息自由与强调人们通过技术摆脱某种不合理的社会控制，不管这种控制是来自政府或来自传统文化——应当演进与变革的文化，是有其积

---

① Harold Kohl，*Social Darwinism in Cyberpunk*，http://project.cyberpunk.ru/idb/social_darwinism_in_cyberpunk.html。

② 杨平：《国外科幻小说的最新流派——“赛伯朋克”》，http://www.bokee.com/new/source/132.html。

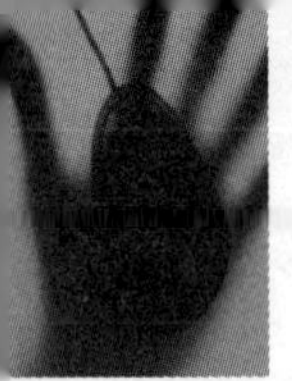

极的社会意义的，它不仅从社会与人文的层面对黑客文化进行了有益的补充，而且也丰富了整个网络文化的宝库。然而，在可以预见的将来，技术仍然是要通过人来掌握并受到人的控制的，过分地强调新技术的作用，或者把它对于社会演变的功效夸张到令人炫目的程度，作为科幻小说固然未尝不可，但作为社会价值观则可显见其理性成分的缺失。如果像微软这样的软件“大腭”，成为未来世界的新的主宰，难道就是一件好事么？

因此，从广袤的意义上来看，人们在信息时代的自由与不自由，控制与反控制，都是相对的。丰富的网上内容一方面为人们带来了丰富的资讯，但另一方面也使许多人沉湎于虚拟世界难以自拔，生命为网络所绑架。当许多大网络公司逐步摆脱了政府的控制的时候，他们实际上已经面临一张更大的、与新技术密切相关的未来竞争之网的控制。世象轮回是一个规律，只是不断地从低级到高级进化。

其实，数字朋客对技术为王的前景亦不无担忧，正如《神经漫游者》中所描绘的，当故事的主人公真正地达到摆脱所谓的控制之后，却又发现他们实际上又成了技术本身的囚徒。这似乎正是我们今天面临的某个典型的悖论：为寻求自由而推动的科技进步，正不断地使人失去自我，一点一点地使自己成为创造物的奴隶，这的确是一个不可否认的严酷现实！

主要参考文献

一、主要参考书目

1. David Bell. *An Introduction to Cybercultures*, New York: Routledge, 2001.

2. David Bell and Barbara Kennedy . *The Cybercultures Reader*, New York: Routledge, 2000.

3. Pekka Himanen. *The Hacker Ethic and the Spirit of the Information Age*, Random House, January 2001.

4. Hugh Hewitt. *Blog: understanding the information reformation that' s changing your world*, Nashville, Tenn. , 2005.

5. Pat Cadigan. *The Ultimate Cyberpunk*, New York: IBooks, Inc. , 2004.

6. Henry Jenkins and David Thorburn, *Democracy and New Media*, Cambridge, MA: The MIT Press, 2003.

7. David Bell, Brian D. Loader, Nicholas Pleace and Douglas Schiuler. *Cyberculture, The Key Concepts*, New York: Routledge, 2004.

8. Dery, Mark. *Escape Velocity: Cyberculture at the End of the Century*. Grove Press, 1997.

9. Roland De Wolk. Introduction to Online Journalism: Publishing News and Information, Allyn & Bacon, Inc. , 2001.

10. James Glen Stovall. Web Journalism: Practice and Promise of a New Medium, Allyn & Bacon, Inc. , 2003.

11. 〔英〕尼克·史蒂文森著，王文斌译：《认识媒介文化：社会理论与大众传播》，商务印书馆，2001年。

12. 〔英〕安吉拉·默克罗比著，田晓菲译：《后现代主义与大众文化》，中央编译出版社，2001年。

13. 〔美〕费斯克等编撰，李彬译注：《关键概念：传播与文化研究辞典》，新华出版

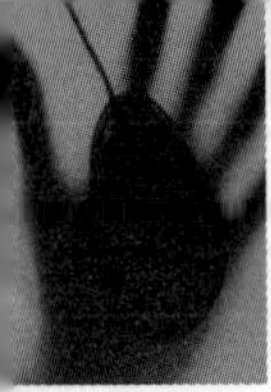

社，2004年。

14. 〔美〕马克·波斯特：《信息方式》，商务印书馆，2000年。

15. 〔加〕麦克卢汉著，何道宽译：《人的延伸：媒介通论》，四川人民出版社1992年。

16. 〔美〕唐·B·帕克著，刘希良等译：《反计算机犯罪》，电子工业出版社，1999年。

17. 〔美〕戴维·冈特利特主编，彭兰等译：《网络研究——数字化时代媒介研究的重新定向》，新华出版社，2004年。

18. 金振邦：《从传统文化到网络文化》，东北师范大学出版社，2001年。

19. 鲍宗豪：《网络与当代社会文化》，上海三联书店，2001年。

20. 孟建、祁林：《网络文化论纲》，新华出版社，2002年。

21. 陆扬、王毅：《大众文化与传媒》，上海三联书店，2000年。

22. 唐幗丽：《传统中国的文化精神》，中国社会科学出版社，2003年。

23. 陈平原：《在东西文化碰撞中》，浙江文艺出版社，1987年。

24. 宋开之：《中外文化概论》，海河大学出版社，1999年。

25. 江宁康：《美国当代文化阐释》，辽宁教育出版社，2005年。

26. 李其荣：《美国文化解读》，济南出版社，2005年。

27. 余开伟主编：《世纪末文化批判》，湖南文艺出版社，2004年。

28. 胡泳、范海燕：《黑客——电脑时代的牛仔》，中国人民大学出版社，1997年。

29. 余开亮、张兵：《骇世黑客》，中国华侨出版社，2000年。

30. 李斯：《垮掉的一代》，海南出版社出版，1996年。

31. 周鸿铎：《文化传播学》，中国纺织出版社，2005年。

32. 吴格言：《文化传播学》，中国物资出版社，2004年。

33. 沃纳·塞佛林、小詹姆斯·坦卡德，郭镇之等译：《传播理论：起源、方法与应用》，华夏出版社，1999年。

二、主要参考网站

1. http：//www. newmediastudies. com

2. http：//www. newmediamusings. com/blog

3. http：//www. euro. net/mark-space/Cyberpunk. html

4. http：//www. com. washington. edu/rccs

5. http：//muse. jhu. edu/journals/postmodern _ culture

6. http：//mason. gmu. edu/%7Emontecin/cyberbiblio. htm
7. http：//www. media-culture. org. au
8. http：//ethnonet. gold. ac. uk
9. http：//bayosphere. com/blog/dangillmor
10. http：//www. wired. com/wired/archive/11. 11/opensource. html
11. http：//www. outpost9. com/reference/jargon/jargon _ toc. html
12. http：//www. cyberpunkproject. org
13. http：//www. ascusc. org/jcmc/
14. http：//www. wsu. edu/～amerstu/pop/audience. html
15. http：//www. jimmywales. com
16. http：//www. blogpulse. com
17. www. wikipedia. org
18. http：//www. cnic. org/wiki
19. http：//www. bokee. com
20. http：//tech. tom. com/sd/flasher. html
21. http：//tech. tom. com/sd/geek. html
22. http：//tech. tom. com/sd/punk. html
23. http：//www. flashempire. com
24. http：//www. culstudies. com

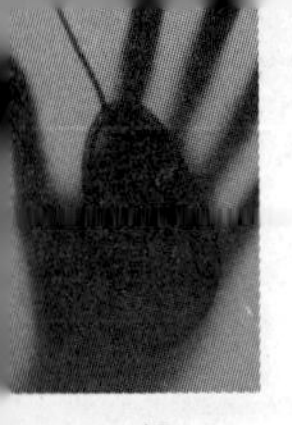

后　记

无论是在古代还是现代，在东方还是西方，人类的文化都是智慧的结晶、进步的阶梯和文明的象征；网络文化也不例外。

被汉语翻译为“＊客”的诸种网络现象及其背后的文化潮流，是网络文化的集中体现，我希望把建立在专业知识与专业眼光基础上的对“客”文化的介绍、描述与分析，置于历史文明进步的大背景中，置于社会改革、转型的大潮流中，置于在信息时代传统文化正面临前所未有的挑战与冲击的大趋势中，以形成较为本质的认识和较为深刻的学理思考。

一种文化，不是一个抽象的形而上学的概念，而类似于一个活泼的生命。基于这一认识，我在审视网络文化的过程中，便自然地把重心落在了网络诸“客”身上。这些年来网络诸“客”接踵而至，不仅网络传播研究者颇为关注，广大网络用户与普通读者可能亦不无兴趣，这正好是本书的学术取向与市场需求有可能结合起来的一个契机。

然而，从研究和写作的角度看，困难也很多。关于网络“客”文化的评价与介绍，在中外学界均处于开端阶段，加之网络诸“客”从总体上来说都是“新生事物”，在写作过程中，我发现可供参考与阅读的资料相当有限，尤其是中文资料少之又少，这使得本书中的许多资料都源于或转引自网上，另一方面，作为弥补，我也查阅了大量英文资料，尽可能多地从中汲取了信息与观点。

这里，感谢我所指导的研究生王月苏、刘洁、范艳芹、薛冉冉与南京师范大学新闻传播学院研究生陈洪海，他们为本书查找、翻译了许多英文资料，并承担了部分校对工作。

感谢闵大洪研究员、彭兰教授、杜骏飞教授和方兴东先生对本书写作工作的支持。

感谢老蒋、白丁、拾荒、边城浪子、竹影青瞳、木子美接受作者 MSN 访谈或 E-mail 访谈并提供资料。

还要感谢福建人民出版社编辑魏芳和出版社的有关领导，魏芳对编辑工作的细心与责任心令我感动，刘亚忠主编等也一直对此书的撰写、出版热情关注。社长俞金树同志专门写下了部分章节的书面审读意见，这对于我在后期修改本书的内容时受益匪浅。

限于作者本人水平和一家之言，本书疏漏与错误在所难免，恳望方家批评指正。

秦州（紫竹）

2005 年 12 月 30 日

于南京大学网络传播研究中心

图书在版编目（CIP）数据

网络"客"文化/秦州（紫竹）著．—福州：福建人民出版社，2006.5

ISBN 7-211-05294-5

Ⅰ．网… Ⅱ．秦… Ⅲ．计算机网络—文化—研究 Ⅳ．TP393—05

中国版本图书馆CIP数据核字（2006）第033784号

网络"客"文化

WANGLUO KE WENHUA

作　　者：秦州（紫竹）
责任编辑：魏　芳
出版发行：福建人民出版社　　**电　　话**：0591—87533169（发行部）
网　　址：http://www.fjpph.com　　**电子邮箱**：211@fjpph.com
地　　址：福州市东水路76号　　**邮政编码**：350001
印　　刷：福建省地质印刷厂
地　　址：福州市塔头路2号　　**邮政编码**：350011
开　　本：770mm×970mm　1/16
印　　张：12.250
插　　页：9
字　　数：222千字
版　　次：2006年5月第1版
版　　次：2006年5月第1次印刷
印　　数：1—3000
书　　号：ISBN 7-211-05294-5
定　　价：28.00元